Milliardenschwer und unerreichbar

EIN MILLIARDÄR VOLLER LEIDENSCHAFT

Mason

J. S. SCOTT

Englischer Originaltitel: »Billionaire Unattainable ~ Mason (The Billionaire's Obsession, Book 14)«

Deutsche Übersetzung: Martina Risse für Daniela Mansfield Translations 2019

eBook:
ISBN: 978-1-951102-07-4

Taschenbuch:
ISBN: 978-1-696002-41-7

Titelbild entworfen von: LoriJacksonDesign
www.lorijacksondesign.com

Ebenfalls von J. S. Scott

Ein Milliardär voller Leidenschaft – Die Serie:

Entfesselte Leidenschaft (Buch 1 der Serie erzählt die Geschichte von Simon und Kara)

Das Herz des Milliardärs ~ Sam (Buch 2)

Die Erlösung des Milliardärs ~ Max (Buch 3)

Der Milliardär und sein Spiel ~ Kade (Buch 4)

Ein Milliardär außer Kontrolle ~ Travis (Buch 5)

Ein Milliardär ohne Maske ~ Jason (Buch 6)

Milliardenschwer und ungezähmt ~ Tate (Buch 7)

Milliardenschwer und ungebunden ~ Chloe (Buch 8)

Milliardenschwer und unerschrocken ~ Zane (Buch 9)

Milliardenschwer und unerkannt ~ Blake (Buch 10)

Milliardenschwer und unverhüllt ~ Marcus (Buch 11)

Milliardenschwer und ungeliebt ~ Jett (Buch 12)

Milliardenschwer und ungestüm ~ Carter (Buch 13)

Bräutigam auf Zeit (Zeke und Lia)

Milliardenschwer und unerreichbar ~ Mason (Buch 14)

Die Sinclairs – Die Serie:

Kein gewöhnlicher Milliardär ~ Dante (Buch 1)

Der verbotene Milliardär ~ Jared (Buch 2)

Weihnachten mit dem Milliardär ~ Grady (Eine Sinclair-Novelle)

Der Milliardär mit dem gewissen Etwas ~ Evan (Buch 3)

Die Stimme des Milliardärs ~ Micah (Buch 4)

Der Milliardär geht aufs Ganze ~ Julian (Buch 5)

Die Geheimnisse des Milliardärs ~ Xander (Buch 6)

Nichts weiter als ein Millionär ~ Liam (Buch 7)

Unerwartet Milliardär – Die Serie:

Erfolgreich umworben (Buch 1)

Geschickt umgarnt (Buch 2)

Die Walker-Brüder – Die Serie:

Lass los! (Buch 1)

Vertrau mir! (Buch 2)

Rette mich! (Buch 3)

Wächter des Guten – Die Serie:

Gefährlicher Handel (Buch 1)

Der Billionär und seine Braut – Die Serie:

Prinz Bryan ~ Der Billionär und seine Braut

Eine Jungfrau für den Prinzen

Von J.S. Scott & Ruth Cardello:

Gut Gespielt – Liebeszauber auf dem Footballfeld

Von J.S. Scott als Lane Parker:

Geliebter Stalker

Widmung

Dieses Buch ist all meinen Leserinnen und Lesern gewidmet, denen meine untypischen Heldinnen und meine bisherigen Geschichten über Frauen mit Kurven so gut gefallen. Danke, dass Sie um mehr gebeten haben. Diese ist für Sie. :)

xoxoxoxoxo Jan

Inhalt

Prolog

Laura

Ein Jahr zuvor …

Mir war bewusst, dass ich viel zu viel Champagner getrunken und zu viel Torte gegessen hatte, aber ich war mir nicht ganz sicher, in welcher Reihenfolge.

Unmengen Torte und danach tonnenweise Champagner?

Oder habe ich zuerst den Champagner hinuntergekippt und bin erst danach auf den Einfall gekommen, ein Pfund Torte zu vertilgen?

Verdammt! Ich hätte mir diese Verlobungsparty sparen sollen!

Da ich Übelkeit verspürte, trat ich auf die Terrasse hinaus, um frische Luft zu schnappen.

Normalerweise trank ich nicht viel Alkohol. Ich genehmigte mir einen Drink und hielt mich strikt daran. Heute jedoch ging mir viel zu viel im Kopf herum.

Einatmen.

Ausatmen.

Einatmen.

Ausatmen.

Gott, ich wollte auf jeden Fall vermeiden, mich auf der Terrasse einer mehreren Millionen teuren Dachwohnung zu übergeben, die einem einflussreichen Milliardär gehörte.

»Was zum Teufel tun Sie da?«, erkundigte sich eine tiefe Stimme aus einer Ecke.

Mist! Ich bin nicht allein hier draußen!

»Atmen«, antwortete ich steif. Auf Gesellschaft hätte ich lieber verzichtet, falls ich mich der Torte entledigen musste.

Wie auch immer, am Ende wandte ich der mysteriösen Stimme den Kopf zu, denn das Beobachten der verschwommenen Lichter der Innenstadt von Seattle unter mir verursachte mir leichten Schwindel.

Erschrocken musste ich erkennen, dass es sich um Mason Lawson handelte. Beinahe hätte ich laut aufgestöhnt.

Warum musste gerade er es sein? Masons jüngerer Bruder Jett war der Gastgeber der Party und Besitzer der extravaganten Dachterrassenwohnung.

Mein Gedächtnis arbeitete unzureichend, doch ich hätte niemals vergessen können, dass ich Mason schon einmal gesehen hatte … ein einziges Mal. Auf einer Wohltätigkeitsveranstaltung. Wir hatten zwar nicht miteinander gesprochen, doch das hatte mich nicht davon abgehalten, aus der Ferne seine Gestalt zu bewundern.

Genau wie an jenem Abend sah er zum Anbeißen aus.

»Wir atmen doch ständig«, knurrte er. »Ich glaube nicht, dass man das wirklich üben muss. Und Sie haben ziemlich laut geatmet.«

»Habe ich Sie gestört?«

»Nein.«

»Und störe ich Sie jetzt?«

»Nein.«

»Warum wollen Sie dann, dass ich damit aufhöre?« Ich wusste, ich klang wie eine totale Idiotin, aber mit meinem vom Alkohol vernebelten Verstand war mir das gleichgültig.

»Ich habe doch nur gefragt, warum Sie so heftig geatmet haben. Ich habe Sie nicht gebeten aufzuhören.«

»Ich habe zu viel Torte gegessen und zu viel Champagner getrunken. So etwas passiert mir äußerst selten.«

»Warum ist es dann heute Abend passiert?«, fragte er und klang, als hätte ich sein Missfallen erregt.

Oder vielleicht war Mason *stets* missmutig. Ich kannte ja sein normales Verhalten nicht.

Eine gute Frage. Warum *hatte* ich zu viel getrunken und Torte in mich hineingestopft? Jetzt, da ich darüber nachdachte, war ich mir ziemlich sicher, dass ich auch noch anderes Gebäck verschlungen hatte.

»Ich denke, ich habe versucht, meinen Gedanken zu entkommen«, gab ich zu, denn in dem Augenblick war es mir vollkommen gleichgültig, was ich zu wem sagte.

»Woran mussten Sie denn denken?«, wollte er wissen, als befragte er einen Zeugen zu einem Verbrechen.

Mein Gott! War der Kerl immer so … aufdringlich?

»Ich möchte ein Baby haben«, gab ich fröhlich zu, da ich aufgrund des Alkohols jegliche Kontrolle über mein Mundwerk verloren hatte. »Ich werde langsam alt und niemand will mich *und* ein Baby. Also gut, gewiss würde mich *irgendjemand* heiraten, denn schließlich bin ich ein Supermodel. Okay, ein Model für Übergrößen, aber ich habe Geld. Manchmal, wenn man viel Geld verdient, kann man nicht sicher sein, warum ein Kerl mit einem zusammen sein will. Wissen Sie, was ich meine? Und außerdem wollte niemals der Richtige mit mir zusammen sein.« Ja, ich schwafelte, aber ich schien nicht aufhören zu können.

Er stieß ein bellendes Gelächter aus, das ziemlich rostig klang, als würde er es nicht oft einsetzen.

»Wie alt sind Sie?«, erkundigte er sich.

»Dreiunddreißig. Meine biologische Uhr tickt und ich möchte noch jung sein, wenn ich mit meinen Kindern spiele. Falls ich *Kinder* haben werde. Mehrzahl. Auch wenn ich schon glücklich wäre, eins zu haben. Aber ein Einzelkind fühlt sich einsam.« Niemand wusste das besser als ich.

»Aber wie wollen Sie ein Kind bekommen, wenn es keinen Mann in Ihrem Leben gibt?«, fragte er etwas verwirrt.

Ich tätschelte seinen Arm. »Wir Frauen brauchen die Männer nicht mehr, Dummerchen. Also gut, der Mann muss nicht mehr *persönlich* anwesend sein. Stattdessen erfüllt eine Samenspende den Zweck. Letztendlich brauchen wir die Männer also irgendwie doch noch. Aber ich muss mich nicht dauernd mit einem Mann auseinandersetzen. Ich brauche nur seine Spermien.«

»Versuchen Sie mir gerade zu erklären, dass Sie ein Baby aus dem Reagenzglas haben wollen?«, fragte er unwirsch.

Ich nickte so heftig, dass mir schwindelig wurde. »Genau. Mein Ei, seine Spermien, und den Kerl muss ich niemals persönlich treffen. Ich denke, auf diese Art ist es viel besser.«

»Ist Ihnen jemals in den Sinn gekommen, dass das Kind eines Tages nach seinem Vater fragen wird?« Masons Gesichtsausdruck wirkte grimmig.

»Ich werde ihn oder sie genügend lieben, um wiedergutzumachen, dass das Kind nur einen Elternteil hat«, argumentierte ich.

Aber ja, darüber hatte ich auch schon nachgedacht, und *das* war wahrscheinlich auch der Grund, weshalb ich mich auf dieser Party gehen ließ und versuchte, alles zu vergessen.

»Sie haben noch Zeit. Sie sind hübsch und erfolgreich. Sie werden jemanden finden, mit dem sie auf normalem Weg ein Baby zeugen können«, stellte er mit eisiger Stimme fest.

»Sind Sie immer so mürrisch?«, fragte ich.

»Sind Sie immer so geschwätzig?«, schoss er zurück.

»Eigentlich nicht. Ich glaube, ich bin einfach nur betrunken. Ich denke, ich gehe besser nach Hause.«

»Wissen Sie noch, wo Ihr Zuhause ist?«, erkundigte er sich trocken.

»Natürlich. Und Sie müssen nicht so gemein zu mir sein, nur weil ich ein Kind haben möchte. Jeden Tag bekommen Frauen Kinder.«

»Ich dachte, ich wäre nett gewesen«, erwiderte er zögernd. »Ich unterhalte mich doch mit Ihnen.«

Wenn er sich im Augenblick für nett hält, möchte ich nicht erleben, wie er sich verhält, wenn er schlecht drauf ist.

»Also dann, vielen Dank für die Unterhaltung«, verabschiedete ich mich und wandte mich von ihm ab, um mir den Weg ins Haus zu suchen.

»Warten Sie«, befahl er und hielt mich am Arm fest. »Ich wollte wirklich nicht gemein sein.«

Ich drehte mich wieder zu ihm herum. »Ist schon in Ordnung. Sie kennen mich schließlich nicht und ich höre mich wahrscheinlich an wie eine verrückte, betrunkene alte Jungfer.«

»Versuchen Sie wirklich, ein Kind zu bekommen?« Schon wieder nahm er mich so hart in die Zange, wie er es zuvor getan hatte.

»Ja. Ich wollte schon immer eine Familie haben.« Ich spürte, wie mir die Tränen in die Augen stiegen, und weil ich betrunken war, versuchte ich nicht einmal, sie zu unterdrücken.

Er legte mir seine riesigen Hände auf die Schultern. »Sie werden jemanden finden. Sie können sich noch etwas mehr Zeit lassen. Verdammt, ich bin vierunddreißig und habe noch nicht einmal daran gedacht, Kinder zu haben. Oder eine Frau, da wir gerade darüber reden.«

»Sie sind ein Mann. Sie können bis zu Ihrem Tod Kinder zeugen. Aber meine Uhr tickt.«

»Sie tickt aber noch nicht sehr laut«, gab er zurück.

Langsam begann ich zu glauben, dass Mason Lawson keine Ahnung hatte, wie man sich nett verhielt. Aber immerhin hörte er mir zu.

Mein Gott, was für ein gut aussehender Teufel er doch war! Er hatte dunkles Haar, aber seine Augen schimmerten in einem schwelenden Grauton, den ich verdammt sexy fand.

»Sie tickt laut.« Ich lallte furchtbar. »So laut, dass ich mir überlege, zu einer Samenbank zu gehen. In ein paar Monaten werde ich vierunddreißig Jahre alt.«

»Haben Sie jemals in Betracht gezogen, jemanden als Vater zu benutzen, den Sie kennen? Jemand, dessen gesundheitlichen und sozialen Hintergrund Sie kennen? Ein Mann, den das Kind besuchen kann, wenn es das entsprechende Alter erreicht hat?« Seine Stimme klang noch immer kühl und er blickte mir direkt ins Gesicht.

»Oh Gott, nein. Ich kenne keinen Mann, der bereit wäre, das zu tun.«

»Ich wüsste vielleicht einen«, ächzte er.

»Wer?«

Ich wollte unbedingt seine Antwort hören und war mir ziemlich sicher, dass er tatsächlich »*Ich*« gemurmelt hatte, bevor ich zusammenbrach und in seinen Armen ohnmächtig wurde, denn er fing mich auf, bevor ich den Boden berührte.

Kapitel 1

Laura

Ein Jahr später …

»Bist du schon schwanger?«

Ich verdrehte die Augen, als ich die rasselnde Stimme von Mason Lawson durch mein Mobiltelefon hörte. Wie immer klang er mürrisch, doch für ihn war der Tonfall normal.

Als hätte ich nicht genau gewusst, wer mich anrief, bevor ich in meinem Heimbüro mein Telefon zur Hand genommen hatte!

Es war sechs Uhr abends an einem Sonntag. Seit einem Jahr erhielt ich den gleichen Anruf.

Jeden Sonntag.

Um genau sechs Uhr abends.

Wenn man Mason auch alles andere vorwerfen konnte, unzuverlässig war er nicht – eher pünktlich auf die Sekunde genau.

»In dieser Woche habe ich die Klinik nicht aufgesucht, nein«, informierte ich ihn seufzend wie jede Woche. »Woher weißt du eigentlich, dass ich jeden Sonntag zu Hause bin?«

»Gut«, sagte er, womit er die Tatsache zur Kenntnis nahm, dass ich mich in der Woche vor seinem Anruf nicht hatte künstlich befruchten lassen. »Und dass du sonntags immer in deinem Büro arbeitest, weiß ich, weil du ein Workaholic bist. Da die meisten Menschen sonntags mit ihrer Familie beschäftigt und die meisten Geschäfte geschlossen sind, ist dies die beste Zeit, um in Ruhe zu arbeiten.«

Ich schnaufte. »Das dachte ich mir. Du befindest dich auch gerade in deinem Büro, oder?«

»Natürlich«, erwiderte er. »Sonntags bin ich am produktivsten.«

Wieder verdrehte ich die Augen, obwohl er mich nicht sehen konnte. Zwar arbeitete ich auch viel, aber an seinen Arbeitseifer kam ich nicht heran, denn Mason war von seiner Arbeit besessen.

Allerdings konnte ich mich auch nicht als der Eigentümer einer der weltweit größten Technologiekonzerne bezeichnen. Und ich besaß keine Milliarden.

Jede Woche genau das gleiche Telefongespräch mit ihm zu führen war wirklich Unsinn.

Aber auch die Tatsache, dass ich den Anruf weiterhin stets annahm, war grotesk. Es musste doch eine Lösung für diesen Schwachsinn geben.

»Können wir nicht einfach … irgendeine Abmachung treffen, dass ich es dich wissen lasse, wenn die Befruchtung erfolgreich war, anstatt jeden Sonntag diese Albernheit zu wiederholen?«

»Nein«, gab er barsch zur Antwort.

»Warum nicht?«

»Weil ich das Gefühl habe, dass es nicht geschehen wird, wenn ich dich regelmäßig daran erinnere, wie schlecht die Idee ist.«

Ich setzte mich auf meinem Bürostuhl gerade und aufrecht hin und klopfte mit dem Zeichenstift auf das halb fertige Bild auf meinem Skizzenblock.

Das Trommeln des Stiftes wurde lauter, je mehr meine Gereiztheit zunahm.

Ehrlich, ich war wütender auf mich selbst als auf ihn. *Warum zum Teufel bin ich so erleichtert, dass er meinen Vorschlag abgelehnt hat?*

Gefällt mir diese sonntägliche Quälerei wirklich?

»Und wenn ich nicht ans Telefon gehe?«, fragte ich übellaunig.

»Ich bin stets darauf vorbereitet, eine detaillierte Nachricht zu hinterlassen«, erwiderte er ruhig.

Natürlich ist er vorbereitet!

Mason war stets auf alles vorbereitet. Der Mann agierte wie ein Roboter, der niemals eine falsche Bewegung macht.

Ich schleuderte meinen Stift auf das Skizzenbuch, denn ich befürchtete, ansonsten meine Arbeit an einem neuen Entwurf zu zerstören.

Im Laufe des letzten Jahres hatten Mason und ich überaus vorsichtig eine gewisse Freundschaft aufgebaut. Eine lockere Freundschaft. Oh, zur Hölle, vielleicht wäre es konkreter ausgedrückt zu sagen, uns verband inzwischen eine Art freundlicher Bekanntschaft.

Mason Lawson war nicht gerade der Typ Mann, den man als Freizeitkumpel hätte bezeichnen können. Ich war mir ziemlich sicher, dass ihm die Zeit fehlte … oder die Lust … etwas anderes zu tun, als zu arbeiten.

Er war kurz angebunden.

Er war äußerst unangenehm.

Und, mein Gott, wie herrisch er war! Tatsächlich besaß er eine solch fordernde Art, dass ich bezweifelte, dass irgendjemand ihm irgendetwas ausschlug, außer es handelte sich um Familienmitglieder, denen er das durchgehen ließe.

Na ja, und dann war da immerhin noch ich selbst.

Mein Weg zum Erfolg war so lang und schwierig gewesen, dass ich mir von keinem Mann etwas bieten ließ. Nicht mehr. Doch Mason hatte so beharrlich seine wöchentlichen Anrufe wiederholt, dass ich ihn entweder einfach ignorierte oder ihm das erzählte, was er hören wollte, denn es war ohnehin die Wahrheit.

Vielleicht hatte ich geglaubt, er würde schließlich aufgeben und nicht mehr anrufen.

Doch das war nicht der Fall.

Wirklich, das musste ich ihm lassen … Mason war hartnäckig.

Er meldete sich niemals bei mir außer …

Um sechs Uhr.

Sonntags.

Wie ein verdammtes Uhrwerk.

Ja, gelegentlich liefen wir uns über den Weg, und ich gestehe, es war übertrieben, unsere Beziehung als freundliche Bekanntschaft zu bezeichnen.

Masons jüngerer Bruder Carter hatte vor ungefähr neun Monaten meine beste Freundin Brynn geheiratet. Daher hatten wir uns während der Feierlichkeiten gezwungenermaßen oft in derselben Gesellschaft wiedergefunden.

Und in nur sechs Tagen würde die Hochzeit seines Bruders Jett stattfinden und da ich mich mit Jetts Verlobter Ruby enger angefreundet hatte, sahen Mason und ich uns während dieser Hochzeitsvorbereitungen ebenfalls oft. Ich würde die Trauzeugin für Ruby und er den Trauzeugen für Jett abgeben. Es war schwer, unter den gegebenen Umständen Mason zu übersehen. Da Jett und Ruby lange mit ihrer Eheschließung gewartet hatten, hatten während der letzten paar Wochen jede Woche diverse Hochzeitsaktivitäten stattgefunden. Jett wollte sichergehen, dass seine zukünftige Braut die Hochzeit voll auskosten konnte. Ich war mir ziemlich sicher, dass die zahlreichen Veranstaltungen Rubys Erwartungen bei Weitem übertroffen hatten.

Mit anderen Worten, Jett hatte sich ein Bein ausgerissen, um seiner Verlobten die Hochzeit ihrer Träume zu bieten, und ich hätte es unglaublich süß gefunden – wenn es nicht bedeutet hätte, Mason über einige Monate hinweg viel zu oft zu begegnen.

Glücklicherweise waren Mason nun die ledigen Brüder ausgegangen und seine Schwestern waren bereits verheiratet und lebten in Colorado.

Gott sei Dank werden wir uns viel weniger über den Weg laufen, sobald Rubys und Jetts Hochzeit vorbei ist.

Vielleicht wird er endlich aufgeben, mich jeden Sonntag anzurufen, um sich zu erkundigen, ob ich schwanger bin.

Ich hätte am liebsten den Kopf gegen den Tisch geschlagen, wenn ich mich an den Grund erinnerte, wie Mason an eine so sensible

Information über mich gelangt war. Warum er wusste, dass ich eine künstliche Befruchtung in Betracht zog. Dummerweise hatte ich auf Jetts und Rubys Verlobungsparty vor mehr als einem Jahr dies alles ihm gegenüber im betrunkenen Zustand hinaus geplappert. Vielleicht verdiente ich es also, jede Woche seine kurzen, anmaßenden Anrufe absitzen zu müssen.

Schließlich antwortete ich knapp: »Ich bin beinahe fünfunddreißig. Da es keinen Mann gibt, der mich heiraten und in Zukunft Kinder haben will, wirst du eines Tages ein *Ja* zu hören bekommen, wenn du mich fragst, ob ich Mutter werde.«

Ich fand es vollkommen in Ordnung, keinen Mann in meinem Leben zu haben, doch auf Kinder oder wenigstens ein Kind wollte ich nicht verzichten. Geld war kein Problem. Ich war sehr wohl fähig, einem oder zwei Kindern alles Notwendige und mehr zu geben. Meine lange Karriere als Model für Übergrößen hatte mir meine finanzielle Unabhängigkeit gesichert und mein Projekt, eine Modelinie für Frauen aller Größen zu entwickeln, war derzeit ein voller Erfolg.

Meine neue Modelinie gehörte zu den Dingen, die mich davon abgehalten hatten, eine Mutterschaft früher anzustreben.

Brynn hatte beinahe von Anfang an in Perfect Harmony investiert. Sie selbst war inzwischen Taschendesignerin mit einem eigenen, sehr erfolgreichen Geschäft, doch war sie immer noch der Mensch, mit dem ich am liebsten redete, wenn ich mich einmal wieder von dem Erfolg der Perfect Harmony Linie überwältigt fühlte.

Brynns Ehemann, Carter Lawson, hatte ebenfalls in mein Geschäft investiert, da er an meine Marke glaubte. Mason war ihm gleich darauf gefolgt – aus Gründen, die ich niemals wirklich verstanden hatte –, und als ich vor zehn Monaten mit dem Online-Verkauf begonnen hatte, war das Geschäft explodiert.

Da Brynn und ich beide erfolgreiche Models waren, hatten wir unsere Internetauftritte nutzen können, um unsere Markennamen bekannt zu machen. Doch ich wusste, dass ich ohne die Investitionen von Carter und Mason nicht annähernd so erfolgreich gewesen wäre.

Mehr noch als ihr Geld hatte ich ihre Expertenratschläge benötigt. Und die hatte ich bekommen. Jeder Marketingmanager auf oberster Ebene, der für Lawson Technologies arbeitete, hatte mir mit seinem Rat zur Seite gestanden, was einen weiteren ausschlaggebenden Faktor für den Höhenflug von Perfect Harmony darstellte.

Ich bedauerte lediglich, dass ich das Muttersein hatte verschieben müssen, um die große, seit zehn Monaten expandierende Firma zu führen.

Die Lawsons hatten mir ihre volle Unterstützung bei der Vergrößerung meines Geschäfts gegeben und mir dabei geholfen, die richtigen Leute einzustellen, sobald mein Unternehmen explodierte. Der Versand wurde von einem großen Warenhaus abgewickelt und die Webseite funktionierte nach einigen Störungen inzwischen großartig. Nebenbei arbeitete ich noch gelegentlich als Model für einige Langzeitkunden. Daher war mein Tagesablauf absolut verrückt gewesen.

Inzwischen bewegte er sich in einem für mich akzeptablen Rhythmus und inzwischen konnte ich es mir erlauben, in meinem Heimbüro zu bleiben und mich wieder mehr mit neuen Entwürfen zu beschäftigen. Jetzt, da alles glatt lief, musste ich mich nicht mehr um so viele auftretende Notfälle kümmern.

Tatsächlich hatte ich während der letzten paar Wochen, da ich nicht mehr annähernd so gestresst war, genügend Zeit, den Gedanken zu erwägen …

»Tu es nicht«, erwiderte Mason mit Unheil verkündender Stimme, als hätte er meine Gedanken gelesen.

»Hör auf damit«, wehrte ich schnippisch ab. Hatte sich nicht in meinem eigenen Kopf diese warnende Stimme erhoben, die all die Fallgruben aufzählte, die eine künstliche Befruchtung mit dem Sperma eines anonymen Spenders mir stellen würde? Ich konnte gut darauf verzichten, dass Mason dieselbe Litanei jede Woche wiederholte.

»Du weißt, dass ich recht habe«, erwiderte er selbstgefällig.

Am liebsten wäre ich durchs Telefon gekrochen und hätte ihn in sein hübsches Gesicht geschlagen. »Nein, das weiß ich nicht«, gab ich gereizt zurück. »Ich glaube, wenn es nach deiner Nase ginge, würden wir mit achtzig Jahren immer noch das gleiche Gespräch führen. Warum kümmert es dich überhaupt, was ich mit meinem Leben anfange? Wir kennen uns doch kaum.«

Diese Frage stellte ich ihm allerdings jeden Sonntag.

Doch Mason nahm sich das Recht heraus, nicht zu antworten. *Kein. Einziges. Mal.*

»Ich möchte nicht, dass du deine Entscheidung bereust«, erwiderte er barsch.

»Es ist allein mein Entschluss. Ja, ich bin mir der Tatsache bewusst, dass mich das Kind eines Tages nach seinem Vater fragen könnte und ich ohne all die Antworten dastünde, die ich gern hätte. Und selbst wenn ich Informationen besäße, könnte der Samenspender unehrlich gewesen sein. All dessen bin ich mir bewusst, aber niemand führt ein perfektes Leben. Ich kann wirklich darauf verzichten, von dir die Nachteile dieses Schrittes eingebläut zu bekommen.«

Ehrlich, eigentlich hätte ich ihm einfach die Wahrheit sagen sollen in Bezug auf das, was ich entschieden hatte. Ich war mir nicht sicher, warum ich es nicht tat.

Vielleich, weil es ihn nichts anging?

Oder gefiel es mir, mich jeden Sonntag dieser Folter zu unterziehen?

»Geht es dir gut, Laura?«, erkundigte er sich.

»Ja. Warum?« Die Frage war ungewöhnlich für Mason. Unser sonntägliches Telefongespräch war für gewöhnlich kurz und betraf lediglich ein Thema: meine mögliche Entscheidung mithilfe künstlicher Befruchtung Mutter zu werden.

Seine Frage nach meinem Befinden war daher … unnormal.

»Ich weiß, dass der Online-Start von Perfect Harmony sich ziemlich verrückt gestaltet hat. Auf der Party letzten Freitag hast du recht erschöpft ausgesehen«, erklärte er. »Wird dir alles zu viel? Brauchst du mehr Unterstützung?«

»Nein, mir geht es gut. Du und Carter, ihr habt mir bereits genug geholfen. Um die Wahrheit zu sagen, habe ich begonnen, die Möglichkeit einer Mutterschaft wieder näher ins Auge zu fassen, jetzt, da ich wieder etwas Luft habe.« Da er tatsächlich einmal nett war, fand ich, ich könnte es auch sein.

Ich hörte, wie Mason heftig den Atem ausstieß, bevor er antwortete, was nicht normal für ihn war. Meist war er vollkommen beherrscht. »Ich verstehe einfach nicht, warum es da nicht einen Mann gibt, der dich jeden Abend ins Bett trägt und auf Teufel komm raus versucht, dir zu geben, was du haben willst.«

Ich schnaufte. »Es tut mir leid, aber der Märchenprinz ist leider nicht erschienen.«

»Muss es unbedingt ein Märchenprinz sein?«, hakte er heiser nach. »Kann es nicht ein ganz gewöhnlicher Mann sein?«

Noch nie war Mason so freimütig gewesen. Nicht annähernd. Für gewöhnlich erinnerte er mich lediglich daran, nichts zu tun, das ich bereuen könnte, und beendete dann das Gespräch. Ich muss zugeben, ich war so überrascht, dass ich einen Moment mit der Antwort zögerte. »Doch gewiss«, gab ich zu. »In Wahrheit würde ich einen gewöhnlichen Mann sogar vorziehen. Die Sache mit dem Märchenprinzen ist nur ein Witz. Ich habe niemals jemanden gefunden, der einfach mich … als Mensch … gernhat. Und der vielleicht eine Familie gründen möchte. Ich ziehe Versager an wie ein Magnet. Ich bin eine Frau mit Übergröße, die zufällig viel Geld besitzt und einigermaßen bekannt ist. Bis jetzt habe ich noch keinen Mann getroffen, dem diese beiden Dinge nicht wichtiger sind als die Frau, die vor ihm steht.«

»Dann suchst du an den falschen Orten«, meinte er heiser. »Du bist eine wunderschöne Frau, Laura. Intelligent. Du kümmerst dich über deine Wohltätigkeitsorganisationen um andere Menschen, besitzt also auch Mitgefühl. Was sollte ein Mann mehr wollen? Es muss Millionen Männer geben, die dich schwängern wollen.«

Obwohl meine Augen tränenfeucht waren, musste ich ein überraschtes Lachen unterdrücken. »Einen«, verbesserte ich ihn. »Ich wollte stets nur einen einzigen Mann.«

Den richtigen.

»Wie lauten die Voraussetzungen?«, erkundigte er sich mit heiserer Stimme, die mir einen Schauer die Wirbelsäule hinunterschickte.

»Wofür?« Ich runzelte die Stirn. Mir war nicht ganz klar, was er fragen wollte.

»Welche Anforderungen müsste dieser Mann erfüllen?«

Ich seufzte und konnte kaum glauben, dass Mason und ich tatsächlich diese Art Unterhaltung führten. »Er muss atmen.«

»Das habe ich angenommen«, erwiderte er trocken.

»Er muss einen Job haben und sich voll dafür engagieren. Die Art von Job ist mir nicht wichtig. Auch nicht, was er einbringt. Ich will einfach jemanden mit einem eigenen Einkommen, der nicht von mir erwartet, ständig von mir finanziell ausgehalten zu werden.«

»Gewiss.«

»Falls er kocht und sich gelegentlich um die Wäsche kümmert, so ist das ein Pluspunkt«, überlegte ich. Langsam fand ich Gefallen an dem Spiel, die Qualitäten aufzuzählen, die ich in einem Mann zu finden gehofft hatte, mit dem ich mich vor langer Zeit verabredet hätte.

»Und wenn er es sich leisten kann, jemanden einzustellen, der dir diese Pflichten abnimmt?«

Ich nickte, obwohl Mason mich nicht sehen konnte. »Das wäre sogar noch besser. Das würde nämlich bedeuten, dass er einen wirklich guten Job hat, den er wahrscheinlich sogar liebt.«

»Was noch?«, fragte er barsch.

Nachdenklich kaute ich auf meiner Unterlippe. *Will ich wirklich offen mit Mason reden?* Es gab ungefähr eine Million Dinge, die ich ihm hätte sagen können, um ihm auszuweichen, doch aus irgendeinem Grund platzte ich mit der Wahrheit heraus. »Er muss sich von mir angezogen fühlen«, fuhr ich hastig mit meiner Aufzählung fort, bevor ich es mir anders überlegen konnte.

»Das würde auf den größten Teil der männlichen Bevölkerung zutreffen, verheiratet oder ledig«, spottete er.

Mein Herz begann zu rasen. *Denkt Mason wirklich, dass mich jeder Mann auf der Welt begehrt?* »Nein, das stimmt nicht«, wehrte ich ab. »Mason, ich bin größer als die meisten Männer da draußen. Und ich überschätze mich keineswegs. Ich bin Realistin. Ich bin kein großes, schlankes Model, sondern eine sehr große Frau mit schweren Knochen, auf denen eine Menge Fleisch sitzt. Eine Frau meiner Größe wollen die meisten Männer in einer der üblichen Werbeanzeigen für

Badeanzüge nicht sehen. In meinem Beruf verhöhnen mich die Leute ständig, ich sei zu fett. Während eines Großteils meiner Karriere habe ich für Mannigfaltigkeit von Körperformen gekämpft, doch es war anstrengend. Männer und manchmal sogar Frauen wollen nicht sehen, wie ich mit meinem üppigen Körper in Anzeigen prahle, in denen früher sehr dünne Frauen dominierten. Doch wenn ich für eine Firma für Übergrößen arbeite, beschwert sich niemand. Wage ich jedoch einen Schritt aus dieser spezifischen Marktnische heraus, bekomme ich eins über den Schädel von Leuten, die gegen Veränderungen sind oder sich der Realität verweigern.«

»Du bist hinreißend, Laura. Wenn ein Mann keinen Ständer bekommt, wenn er dich betrachtet, so ist er ein armer Irrer«, erwiderte er heiser.

Ich verdrehte die Augen. »Dann muss es viele irre Männer auf der Welt geben.«

Obwohl ich mich bemühte, meinen Ton locker zu halten, versuchte ich immer noch, über den Schock hinwegzukommen, dass Mason über Sexuelles sprach. Das hatte er noch niemals zuvor getan.

»Deine Anforderungen sind recht simpel.« Er zögerte einen Augenblick, bevor er hinzufügte: »Selbst ich würde mich als dieser Mann qualifizieren.«

Macht er Witze?

Um Himmels willen, Mason Lawson war wahrscheinlich der Traum einer jeden Frau.

Er war stinkreich.

Er besaß Einfluss in der Geschäftswelt.

Er führte einen der größten Technologiekonzerne der Welt.

Sein Gesicht war auf gleicher Höhe mit meinem und er war so frech und gut aussehend, dass jedes Mal, wenn ich ihn sah, mein Höschen feucht wurde.

Gewiss, er war herrisch, doch mich konnte er nicht einschüchtern. Es gehörte einfach zu seiner Persönlichkeit und ich hatte inzwischen gelernt, es zu ignorieren – jedenfalls zumeist.

Aus irgendeinem Grund war ich davon überzeugt, dass Mason viel mehr zu bieten hatte, und war beinahe begierig darauf herauszufinden, wie viel mehr.

Schließlich konnte kein Mensch hundert Prozent der Zeit eine Maschine sein. Ich wusste, unter Masons geschäftsmäßiger Fassade verbargen sich eine interessante Persönlichkeit und Gefühle.

Leider wusste jedoch auch Brynn nicht, was in Masons Kopf vor sich ging, und sie war immerhin mit Masons Bruder verheiratet.

Ich holte tief Luft. »Ja, du wärst definitiv ein Kandidat«, sagte ich schlicht, unter keinen Umständen bereit, die Ahnung zu nähren, dass hinter seinen Worten mehr steckte als rein sachliche Beobachtung.

Männer wie Mason konnten jede Frau haben, die ihnen gefiel, und für gewöhnlich wählten sie nicht gerade eine Frau mit Übergröße wie mich.

Wie ich bereits sagte, ich war Realistin.

»Dann sehen wir uns Freitagabend«, sagte er und kehrte zu seinem üblichen sachlichen Tonfall zurück.

Beinahe war ich erleichtert, dass er wieder zu dem Mason wurde, den ich kannte und an den ich mich gewöhnt hatte.

Dann sehen wir uns Freitagabend?

Es dauerte eine Sekunde, bis mir einfiel, dass wir uns anlässlich des Probeessens bei Jett und Ruby begegnen würden. »Gute Nacht, Mason.«

Ich wartete, dass er das Gespräch beendete.

»Gute Nacht, Laura«, erwiderte er in undefinierbarem Ton.

Dann war die Leitung tot und mir fiel erst jetzt auf, dass Mason zum ersten Mal tatsächlich auf eine gewisse freundliche Weise meinen Abschiedsgruß erwidert hatte, anstatt das Gespräch abrupt zu beenden, wie es normalerweise seine Art war.

Ich verscheuchte den Gedanken, legte mein Handy zurück auf den Schreibtisch und nahm meine Arbeit wieder auf.

Kapitel 2

Laura

»Irgendetwas stimmte gestern Abend nicht mit Mason«, erzählte ich Brynn am nächsten Morgen, als wir uns in einem neuen Café zum Frühstück trafen.

Unsere ungewöhnliche Unterhaltung hatte mich beschäftigt, seitdem ich gestern Abend das Gespräch beendet hatte. Ja, ich versuchte, nicht daran zu denken. Wahrscheinlich war es ein Glücksfall gewesen. Doch zweifelsfrei hatte er sich anders benommen und ich konnte nicht genau bestimmen, warum mich das so verwirrte.

Ich nahm einen Bissen meines vegetarischen Omeletts zu mir und beobachtete, wie Brynn die Augen verdrehte.

»Versteh mich nicht falsch«, erwiderte sie. »Ich mag Mason. Aber wann ist er jemals normal? Der Kerl ist wie eine Maschine. Manchmal frage ich mich sogar, ob er überhaupt ein Mensch ist.«

Ich legte meine Gabel beiseite und ergriff meine Kaffeetasse. »Ja, genau das ist es«, meinte ich nachdenklich. »Normalerweise stellt er keine Fragen, sondern gibt Befehle von sich. Doch als er mich gestern Abend angerufen hat, hat er mich tatsächlich Dinge gefragt wie, welche Art Mann ich gern finden würde.«

Brynn bekam einen Hustenanfall, als hätte sie sich verschluckt, und griff zu ihrem Wasserglas.

Niemand bemerkte, dass sie außer Fassung geraten war. Das Restaurant war zwar nicht gerade maßlos überfüllt, doch jeder wuselte herum, um rechtzeitig zur Arbeit zu gelangen.

Wir hatten uns in einer ruhigen, abgeschirmten Ecke niedergelassen, sodass wir uns unterhalten konnten.

»Alles in Ordnung?«

Nachdem Brynn noch ein paar Schlucke Wasser getrunken hatte, antwortete sie: »Alles in Ordnung. Tu mir so etwas nicht an. Meinst du das ernst? Mason hat dich das tatsächlich während seines üblichen Sonntagabend-Anrufs gefragt? Ich dachte, für gewöhnlich wäre das eine herrische, zweiminütige Unterhaltung.«

Ich nickte. »So ist es auch normalerweise. Er sagt mir, ich solle mich nicht künstlich befruchten lassen, und beendet das Gespräch. Doch gestern Abend war er anders. Er blieb etwas länger am Telefon und stellte seltsame Fragen. Na ja, für Mason seltsam. Er fragt mich eigentlich nie etwas, außer ob ich schwanger bin.«

»Und was hast du ihm erzählt?«

Ich grinste sie an. »Ich sagte, ich hätte gern einen Mann, der arbeitet, atmet und sich von mir angezogen fühlt.«

»Er wollte sich vergewissern, ob er das passende Material für den Kindesvater ist«, stellte Brynn mit befriedigtem Lächeln fest, bevor sie sich ihrem Frühstück zuwandte. »Ich wusste immer schon, dass er auf dich steht.«

Oh Gott. Nicht schon wieder. Brynn versuchte schon seit Langem, mich zu überzeugen, dass Mason heiß auf mich war. Sie bestand hartnäckig darauf. Als wäre das wirklich möglich!

»Er steht nicht auf mich«, wehrte ich ab. »Er scheint einfach zu glauben, er wüsste, was für jeden Menschen auf dem Planeten das Beste ist.«

»Deshalb ruft er dich bestimmt nicht jeden Sonntag an. Laura, er fand dich immer schon attraktiv. Warum um alles in der Welt fällt es dir so schwer, das zu glauben?«

Ich schnaufte und nahm meine Kaffeetasse zur Hand. »Mason Lawson fühlt sich nicht zu mir hingezogen. Er macht sich Sorgen um mich, weil sein Bruder mit meiner besten Freundin verheiratet ist.«

Brynn kräuselte die Nase, was bei ihr entzückend wirkte, mich jedoch wie ein plumpes Kaninchen aussehen lassen würde. »Mason«, erklärte Brynn überzeugt, »verschwendet keine Zeit an etwas, das er nicht mag. Er ruft dich jede Woche an. Zugegeben, es ist ein kurzer Anruf, doch ich denke, er tut es, weil er befürchtet, du könntest am Ende von jemandem schwanger werden, obwohl er selbst gern derjenige wäre.«

Ich riss die Augen weit auf und sah sie keuchend an. »Er will nicht der Vater meines Babys sein«, sagte ich bestimmt. »Brynn, das ist verrückt.«

»Ich dachte, du hättest auf Jetts und Rubys Verlobungsparty gehört, dass er das gesagt hätte«, wandte Brynn ein.

»Ich sagte, er könnte es gesagt haben. Ich war betrunken, Brynn. Du weißt, ich vertrage keinen Alkohol. Ehrlich, ich erinnere mich nur an wenig von dem ganzen Abend. Nachdem ich ein paar Tage nüchtern war, glaubte ich, es mir vielleicht nur eingebildet zu haben. Gott, ich hasse mich für alles, was ich an jenem Abend getan habe. Ich weiß immer noch nicht, wie ich nach Hause gekommen bin.«

Brynn blickte mich befremdet an. »Hat Mason den Vorfall nicht angesprochen? Niemals?«

Ich schüttelte den Kopf. »Niemals. Nicht ein Mal. Abgesehen von der Tatsache, dass er mich jeden Sonntag mit seinem Anruf daran erinnert, dass er meinem Geschwafel zugehört hat, als wir uns zusammen auf der Terrasse aufgehalten haben – bis ich offensichtlich bewusstlos geworden bin.«

Ich schauderte. Ich schämte mich immer noch meines Verhaltens an jenem Abend. Ich war missgelaunt gewesen, da ich an jenem Tag die Kinderwunschklinik aufgesucht und begonnen hatte, darüber nachzudenken, warum es problematisch sein könnte, ein Baby von einem unbekannten Vater zu bekommen.

Ganz zu schweigen davon, dass mir das ganze Unternehmen das Gefühl vermittelt hatte, mein Kinderwunsch könnte ganz einfach mit meiner Kreditkarte gelöst werden.

Es war so unpersönlich – wie jeder andere x-beliebige Kaufvorgang.

Zwar betrachtete ich mich nicht gerade als Romantikerin, doch einen Mann als Vater für mein Baby auszusuchen, so wie man ein neues Kleid kauft, fühlte sich einfach … traurig an.

Und als ich dann schließlich auf der Verlobungsfeier eintraf, fühlte ich mich nur noch … einsam. Nicht dass ich mich nicht für Jett und Ruby gefreut hätte, doch die Party erinnerte mich wie ein Schlag ins Gesicht daran, dass ich es niemals geschafft hatte, einen Mann zu finden, der verrückt nach mir war. Deshalb hatte ich mich für eine künstliche Befruchtung entschieden. Allein.

Verdammt, noch nie hatte ich einen anständigen Freund gehabt und ganz gewiss würde ich niemals auch nur annähernd in die Situation kommen, Braut zu sein.

»Ich denke, Mason hat dich nach Hause gebracht«, meinte Brynn.

»Das glaube ich nicht«, erwiderte ich. »Dann hätte er es irgendwann einmal erwähnt.«

Jetzt war ihre Miene weniger neckend, eher ernst. »Er war mit dir auf der Terrasse, Laura. Die Männer der Lawsons mögen zwar ihre Fehler haben, doch sie würden niemals eine wehrlose Frau sich selbst überlassen. Er hat dich nach Hause gebracht.«

»Warum hat er es dann niemals erwähnt? Allerdings hat mich definitiv jemand nach Hause gebracht. Ich musste am nächsten Morgen ein Taxi nehmen, um mein Auto bei Jett abzuholen. Doch Mason war es gewiss nicht.«

Ich musste mir weiter einreden, dass mein guter Samariter nicht Mason gewesen war. Denn wenn das der Fall wäre, könnte ich diese Peinlichkeit kaum verarbeiten.

Brynn zog eine Braue in die Höhe. »Hat irgendjemand anderes jemals angesprochen, dass er dich nach Hause gebracht hätte?«

»Nein.«

»Ich bleibe bei meiner Behauptung. Denn jeder andere hätte darüber geredet«, schlussfolgerte Brynn.

Okay, auch ich hatte bereits darüber nachgedacht, dass keiner meiner Freunde ein Wort darüber verloren hatte, mich in jener Nacht nach Hause gebracht zu haben. Doch vielleicht war es auch jemand gewesen, den ich nicht so gut kannte. Oder vielleicht sogar ein Freund, der mich nicht beschämen wollte.

»Ich hatte immer gehofft, es wäre eine Frau gewesen, denn jemand hat mir mein Kleid ausgezogen, bevor ich zu Bett gebracht wurde.« Um bei der Wahrheit zu bleiben, es hätte mehr als einer Frau bedurft, um mich aus meinem Kleid zu schälen, da ich nicht gerade ein Leichtgewicht war.

»Warum fragst du Mason nicht einfach?«, erkundigte Brynn sich neugierig.

Die Frage war gerechtfertigt, doch ich konnte sie nicht wirklich beantworten.

»Ich glaube, ich will es gar nicht so genau wissen«, gestand ich stöhnend. »Den Gedanken, Mason könnte mich bis auf die Unterwäsche ausgezogen haben, möchte ich nicht näher in Betracht ziehen.«

Brynn warf mir einen fragenden Blick zu. »Laura, du hast an einem Shooting für Badeanzüge teilgenommen, um Himmels willen. Millionen Männer haben die Werbung gesehen. Wen kümmert es, wenn dich ein weiterer Mann so gesehen hat? Du warst doch ganz gewiss niemals schüchtern.«

Tatsächlich hatte Brynn unrecht. Ich mochte zwar eine gute Show abziehen, wenn ich als Model agierte, doch in meinem Privatleben litt ich unter Unsicherheit.

Ich musste mich selbst antreiben, kühner zu sein und die Grenze des Wohlbefindens zu überschreiten. Doch ich tat es für alle Frauen, die nicht Größe dreißig oder zweiunddreißig trugen. Wie auch immer, es war mir ganz sicher nicht leichtgefallen.

»Diese Männer kenne ich nicht persönlich«, erklärte ich knapp. »Und du weißt doch, dass sich viele Menschen in den sozialen Medien über mich lustig gemacht haben, dass ich diesen bestimmten Auftrag angenommen habe.«

»Du hast absolut umwerfend und sexy ausgesehen«, versicherte Brynn mir.

Ich hielt die Hand hoch, um sie zu stoppen, sodass sie nicht mehr das Gefühl hatte, meinen Auftritt im Badeanzug verteidigen zu müssen. »Ich schäme mich dessen nicht und ich stehe über den Dumpfbacken in den sozialen Medien. Ich weiß, dass ich fit bin, weil ich jeden Tag trainiere. Und außerdem bin ich gesund. Es ist mir nur irgendwie unangenehm, daran zu denken, ein unbekannter Mann könnte mich ausgezogen haben und mir so auf intime Weise nahegekommen sein, während ich bewusstlos war.«

Ich war ehrlich zu Brynn. Schließlich konnte ich meine genetische Veranlagung nicht ändern. Ich war größer als die meisten Männer und gesünder mit etwas Fleisch auf den Knochen. Ehrlich, auf den meisten Fotos sah ich gut aus, da man meine Größe nicht genau erkennen konnte.

Wie dem auch sei, ich hätte nicht zugegeben, dass ich mich ein wenig wie der Jolly Green Giant fühlte – außer dass ich keine erbsengrüne Haut besaß.

Als Model von durchschnittlicher Kleidergröße war Brynn zwar auch hochgewachsen, doch ich überragte sie um einige Zentimeter. Außerdem besaß sie eine zum Anbeißen köstliche Figur. Ich hingegen … nicht.

Brynn runzelte die Stirn. »Ich finde, du solltest Mason fragen – einfach nur, um sicher zu sein, dass an jenem Abend nichts Böses geschehen ist.«

»Falls das der Fall war, so erinnere ich mich nicht. Ich bin nicht schwanger geworden und habe mir auch keine Krankheit eingefangen.« Es gab keine Anzeichen, dass ich sexuell missbraucht worden wäre, denn ich hatte meine Ärztin konsultiert, um sicherzugehen, dass nichts Merkwürdiges geschehen war.

Trotz allem gab es da immer noch diese Gedächtnislücke …

Es war unangenehm, dass ich mich nicht im Geringsten daran erinnern konnte, was an jenem Abend geschehen war, nachdem ich Mason auf der Dachterrasse meine Geheimnisse verraten hatte.

Diese Erinnerungslücke bereitete mir die meisten Sorgen.

Irgendjemand hatte mich sicher nach Hause gebracht.

Irgendjemand hatte mich in seinem Auto gefahren.

Irgendjemand hatte meinen kräftigen, schlaffen Körper in meine Wohnung hinaufgetragen.

Irgendjemand hatte mir den größten Teil meiner Kleidung ausgezogen, mich ins Bett gebracht, zugedeckt und meine Wohnung wieder verlassen.

Es war äußerst unheimlich, dass ich keine Ahnung hatte, wer all das getan hatte.

»Frag ihn«, wiederholte Brynn. »Dann wirst du es wenigstens wissen.«

»Vielleicht werde ich das tun. Ich sehe ihn bei dem Abendessen diese Woche.« Unsere Unterhaltung machte mir deutlich, dass ich wirklich wissen musste, was geschehen war, selbst wenn das bedeutete, peinliche Fragen stellen zu müssen. »Normalerweise gestalten sich unsere Unterhaltungen so kurz, dass sich keine Gelegenheit ergibt.«

»Bis gestern Abend, nicht wahr? Da hat sich etwas verändert. Was hat er noch gesagt?«, wollte sie wissen.

Ich legte meine Gabel auf den leeren Teller. »Er meinte, er würde die Anforderungen erfüllen, die ich an einen Mann stelle. Was nicht bedeutet, dass er mich haben will. Ich glaube, er wollte damit einfach zum Ausdruck bringen, dass meine Ansprüche nicht allzu spezifisch sind. Ich schwöre, er hat wirklich gesagt, er glaube, jeder Mann auf der Welt müsste mich unwiderstehlich finden.«

»Damit hat er recht«, bestätigte sie dickköpfig. Dann lehnte sie sich auf ihrem Stuhl zurück und verschränkte die Arme.

Stirnrunzelnd trank ich einen Schluck Kaffee. »Ehrlich? Dann sag mir bitte, warum alle meine bisherigen festen Freunde sich als totale Dumpfbacken herausgestellt haben.«

»Weil du zu anspruchslos warst«, erwiderte Brynn wie aus der Pistole geschossen. »Sie waren egoistisch. Keiner war an dir selbst interessiert. Sie wollten alle nur etwas von dir haben. Lass uns zum Beispiel Justin nehmen. Er war so mit sich selbst beschäftigt, dass er unfähig war, sich um jemand anderen zu kümmern.«

Ich zuckte zusammen. Die Geschichte mit Justin war einige Jahre her und seitdem hatte ich nicht das Bedürfnis verspürt, mit einem Mann zusammen zu sein. Nicht weil unsere Beziehung so gut gewesen wäre, sondern weil sie so schlecht gewesen war.

Brynn hatte recht. Er war ein eingebildeter Schnösel. Justin war ein männliches Model mit einem perfekten Körper. Doch seine Karriere war niemals wirklich von Erfolg gekrönt gewesen. Von mir hatte er lediglich die Kontakte zu Modelagenturen und die Unterstützung haben wollen, ihn ins Scheinwerferlicht zu bringen.

»Er war nicht gerade besonders tiefgründig«, stimmte ich zu.

Sie schüttelte den Kopf. »Nicht nur das. Er hat dich benutzt. Du verdienst jemanden, dem du wichtig bist, Laura. Manchmal frage ich mich, ob du nicht tief in dir davon überzeugt bist, nichts Besseres wert zu sein.«

Ihre Bemerkung stimmte mich nachdenklich. Hatte sie vielleicht recht?

Mein Ex hatte mir ständig das Gefühl gegeben, weniger wert zu sein, weil ich ein Model für Übergrößen war. Und genauso war es mir mit jedem Mann ergangen, mit dem ich mich verabredet hatte, selbst bevor ich Übergrößen ausgefüllt hatte. »Hey, aber zumindest hat es mit keinem der Versager lange gedauert«, meinte ich mit gespielter Belustigung.

Alle romantischen Beziehungen meines Lebens waren kurz und bedeutungslos gewesen.

Sie setzte sich gerader hin und stützte die Ellbogen auf den Tisch. »Aber du brauchst jemanden, mit dem es für immer hält. Und du musst ihm wichtiger sein als er sich selbst«, stellte sie ernst fest.

»Der Märchenprinz ist niemals bei mir eingetroffen«, gab ich mürrisch zur Antwort, so wie ich es am Abend zuvor Mason gegenüber ausgedrückt hatte.

»Er ist definitiv kein Märchenprinz, aber ich finde, du solltest es mit Mason versuchen, Laura. Zumindest wirst du wissen, dass er nicht hinter deinem Geld oder deinen Beziehungen her ist«, überlegte Brynn. »Irgendetwas liegt in der Luft. Sogar Carter ist der Meinung. Es gibt einen Grund, warum Mason dich jede Woche anruft und warum er dich auf diese gewisse Weise betrachtet, wenn er dich sieht.«

»Wie betrachtet er mich denn?«

Jetzt verwandelte sich Brynns Miene in ein zweideutiges Grinsen. »Als würde er dich im Geiste nackt ausziehen.«

»Er findet mich nicht attraktiv«, brummte ich. Ganz gewiss hatte ich noch nie den lasziven Blick eines Mannes auf mich gezogen. »Mason Lawson ist umwerfend, reich und hochintelligent. Und wahnsinnig engagiert. Aber er ruft mich jetzt seit einem ganzen Jahr jede Woche an, Brynn. Glaubst du nicht, er hätte sich mit mir verabredet, wenn er an mir interessiert wäre?«

»Nicht unbedingt«, erwiderte Brynn gedankenverloren. »Carter sagt, Mason hätte seit mehr als zehn Jahren an nichts anderes als seine Arbeit gedacht. Seit dem College hatte er keine feste Freundin mehr. Offensichtlich ist er schüchtern und äußerst unerfahren, wenn es darum geht, sich mit einer Frau zu verabreden. In der Arena der romantischen Umwerbung ist er sich seiner vielleicht nicht sicher.«

Beinahe hätte ich meinen Kaffee ausgespuckt. Hastig schluckte ich ihn hinunter und brach in Gelächter aus. »Mason? Du meinst den Mason, der jeden herumkommandiert? Diesen Kerl?«

Sie verzog das Gesicht. »Also gut, wenn es um seine Arbeit und darum geht, das Leben anderer Menschen zu regeln, mag er nicht schüchtern sein. Aber er ist kein Frauenheld, Laura. Carter sagt, das wäre er niemals gewesen.«

Ich zögerte einen Moment und hörte auf zu lachen. »Keine Frau würde Mason ablehnen. Er ist rundum perfekt. Also gut, ausgenommen die ärgerliche Angewohnheit, mir vorschreiben zu wollen, was ich zu tun habe. Doch ich glaube, er tut das nur, weil niemand ihm je Paroli geboten hat.«

Brynn schnitt eine Grimasse. »Niemand widersetzt sich ihm, weil er größtenteils lediglich Kontakt zu seinen Angestellten hat. Und auch du bist wunderschön, talentiert und intelligent. Auch dich würde kein Mann jemals abweisen. Um Gottes willen, du bist Laura Hastings, das Supermodel und erfolgreiche Inhaberin eines Geschäfts. Auch du könntest jeden Mann haben, den du haben willst.«

»Offensichtlich kann ich aber nicht den Richtigen finden«, scherzte ich. »Und obwohl ich deine Zuversicht schätze, ist Mason Lawson nicht gerade verrückt darauf, sich mit mir zu verabreden. Also, lassen wir das Thema fallen.«

Im Gegensatz zu meiner besten Freundin glaubte ich nicht, dass überhaupt irgendein erfolgreicher, gedankenvoller Mann wild darauf war, mit mir auszugehen.

Tief in meinem Inneren mochte ich vielleicht davon überzeugt sein, dass ich nicht mehr verdiente als einen Mann, der mich benutzte. Ich arbeitete ständig an meinem Selbstbewusstsein. Ich bemühte mich angestrengt zu vermeiden, dass die Ablehnung, die ich in meiner Kindheit erfahren hatte, mir das Gefühl gab, nichts Besseres zu verdienen, doch gelegentlich machte es mir schwer zu schaffen.

»Wir werden sehen«, erwiderte sie hintergründig. »Bringst du einen Verehrer mit zu dem Abendessen?«

»Nein.«

»Dann solltest du wissen, dass du wahrscheinlich als Masons Tischpartnerin enden wirst, falls er ebenfalls allein kommt.«

Bei dem Gedanken, Mason könnte mit einer Frau erscheinen, verspürte ich einen irritierenden Schmerz in der Brust. »Überlegt er, jemanden mitzubringen?« Ich versuchte, nicht eifersüchtig zu klingen. Denn das war ich nicht. Ich war einfach nur … neugierig.

Brynn grinste. »Nicht dass ich wüsste. Gib es zu, du findest ihn attraktiv und du willst ihn nicht mit einer anderen Frau sehen.«

Ich verdrehte die Augen. »Ob er jemanden mitbringt, geht mich nichts an.«

Ich klang viel ruhiger als ich war. *Verdammt!* Warum sollte es mich kümmern, selbst wenn Mason ein Dutzend Frauen zu dem Abendessen anschleppen würde, falls es ihm gefiele?

»Es würde dich treffen«, meinte Brynn bestimmt.

Ich warf ihr den ungerührtesten Blick zu, den ich hinbekam. »Mason und ich haben absolut keine Chance, in Zukunft mehr zu werden als Bekannte.«

»Hey, du musst dich nicht verteidigen. Ich bin es, mit der du dich unterhältst«, sagte Brynn leicht verletzt.

Sofort bereute ich meinen barschen Tonfall. Normalerweise redete ich mit ihr wie mit einer Schwester, aber Mason war für mich ein brisantes Thema. »Also gut, die ehrliche Wahrheit«, sagte ich geschlagen. »Ich fühle mich von ihm angezogen. Doch das ist lediglich unerwiderte Lust. Wir brauchen also nicht darüber zu diskutieren.«

»Vielleicht ist da aber –«

»Stopp!«, warnte ich sie mit drohender Miene.

Brynn lachte und zwinkerte mir zu, wechselte jedoch das Thema.

Ich war ihr dankbar, als sie begann, über ihr Geschäft zu reden, anstatt mich mit Mason zu quälen.

Ich müsste mich schon sehr bemühen, um mir Masons glühende, graue Augen vorzustellen zu können, die mich mit auch nur annähernd verlangenden Blicken betrachteten.

Ich sollte nicht einmal in Betracht ziehen, mir vorzustellen, wie das aussehen würde.

Oder wie ich reagieren würde, falls das jemals geschähe.

Kapitel 3

Laura

Die Generalprobe der Hochzeit am Freitag verlief problemlos. Doch von dem Abendessen konnte man das nicht gerade behaupten.

Als ich in dem kleinen, am Wasser gelegenen Restaurant eintraf, das Jett für den Abend komplett gebucht hatte, musste ich überrascht feststellen, dass wir nicht alle an einem einzigen großen Tisch sitzen würden.

Das war bei der großen Anzahl an Gästen unmöglich.

Wie immer äußerst großzügig, hatten Jett und Ruby offensichtlich all ihre Freunde und die gesamte Familie eingeladen. Ich meine, warum auch nicht. Jett konnte sich das gewiss leisten. Im ganzen Restaurant gab es keinen einzigen gewöhnlichen Gast.

Definitiv kein kleines, privates Abendessen mit den an der Hochzeit unmittelbar Beteiligten und der engeren Familie.

Nicht dass mich eine große Gesellschaft gestört hätte. Ich war nicht gerade schüchtern, wenn ich mich mit vielen Menschen bekannt machen musste. Immerhin besuchte ich genügend Veranstaltungen, bei denen es nötig war, sich unter die Leute zu mischen.

Langsam schlenderte ich in die Mitte des Restaurants.

Der Raum war nicht gerade überfüllt, doch viele Gäste wanderten zur Bar, um sich ein Getränk zu holen, bevor sie sich einen Tisch suchten. Andere hatten sich bereits niedergelassen.

Während ich die Namensschildchen neben den Gedecken las, bewegte ich mich ebenfalls in Richtung Bar.

»Laura!«, hörte ich plötzlich Brynn rufen. Ich drehte mich herum und entdeckte sie auf der anderen Seite des Raumes. Sie winkte mir zu.

Meine beste Freundin sah umwerfend aus in ihrem dunkelblauen Cocktailkleid, als sie zu mir eilte. Brynn schien immer mühelos gut auszusehen, doch sie und ich, wir hatten beide die Tricks der Models gelernt, daher wusste ich, dass ein scheinbar mühelos gutes Aussehen sorgfältiger Vorbereitungen bedurfte.

Allerdings hätte Brynn auch ohne Make-up und in zerschlissener Jogginghose hübsch gewirkt. Und ich? Nein, das konnte man von mir wahrlich nicht behaupten.

»Du sitzt dort drüben«, informierte sie mich, während sie meine Hand nahm und mich zu einem kleinen Tisch führte.

Argwöhnisch beäugte ich den Tisch für zwei Personen. »Ich glaube, ich brauche nicht erst nachzusehen, wer mir gegenübersitzen wird, oder?«

Strahlend schnappte sie sich die Platzkarte von dem zweiten Gedeck.

Ich las das eine Wort, das auf das Papier gedruckt war: *Mason.*

»Brynn«, stöhnte ich. »Ist das ein abgekartetes Spiel?«

»Natürlich nicht«, erwiderte sie und bemühte sich, empört zu wirken. »Ihr seid eben beide allein gekommen.«

Ich starrte sie an, während ich überlegte, ob die ganze Sache wirklich so unschuldig war.

Sie war es eindeutig nicht.

Ich kannte Brynn beinahe besser als mich selbst. Sie wich meinem Blick aus. »Steckst du dahinter?«, beschuldigte ich sie.

»Ich habe möglicherweise Ruby gegenüber erwähnt, dass ihr beide ohne Begleitung erscheint.«

»Und dann hat sie uns zusammengesetzt«, stellte ich seufzend fest.

»Möchtest du nicht mit Mason an einem Tisch sitzen?«

Ich zuckte mit den Schultern. »Eigentlich ist es mir egal. Ich möchte nur nicht, dass Mason mich am Hals hat, weil ich allein bin. Er gehört zur Familie. Er ist der Bruder des Bräutigams. Er sollte nahe bei Jett und Carter sitzen.«

»Tatsächlich«, ertönte plötzlich ein tiefer Bariton hinter mir, »habe ich Jett gebeten, dafür zu sorgen, dass wir zusammensitzen. Es war nicht nur Rubys Idee.«

Mein Herz machte einen Freudensprung, als ich mich herumdrehte und feststellte, dass Mason direkt hinter mir stand.

Es war mir unmöglich, ihn nicht anzustarren. Der Mann sah in dem maßgeschneiderten, grauen Anzug mit einer Krawatte in Grau und Burgunderrot einfach zum Anbeißen aus.

Er sah aus, als wäre er es gewohnt, einen Anzug zu tragen, doch er wirkte definitiv nicht … behaglich darin. Ich hatte das Gefühl, er wäre die beengende Kleidung am liebsten losgeworden, wusste jedoch, dass das nicht möglich war, also hatte er sich widerstrebend gebeugt.

»Du wurdest mir also eigentlich nicht *aufgehalst*«, schloss er.

Ich warf einen Blick auf Brynn, die sich davonstahl.

Verräterin!

»Danke«, sagte ich zu Mason und blickte zu ihm auf. »Es ist einfach nur … peinlich.«

Wie befremdlich! Ich musste den Kopf tatsächlich etwas in den Nacken legen, um in sein Gesicht zu sehen, und das, obwohl ich fünf Zentimeter hohe Absätze trug. Das war neu für mich. Mason war groß. Wirklich groß, gebaut wie ein Bulldozer, mit Schultern so breit, dass er eine Menge Probleme auf diese Masse schultern konnte – und das tat er wahrscheinlich auch.

Der Mann war ein Riese, doch sein Körper war so durchtrainiert, dass kein Gramm Fett an ihm zu sein schien.

Er war purer Muskel.

Masons übergroße Erscheinung war erschreckend, weckte jedoch keine unbehaglichen Gefühle; nicht für eine Frau meiner Größe.

Als ich dort neben ihm stand, empfand ich mich beinahe als zierlich, und das hieß etwas.

Er trat einen Schritt vor und bot mir meinen Stuhl an. »Setz dich.«

Ich biss mir auf die Lippe, um ein Lächeln zu unterdrücken. Es schien nicht zusammenzupassen, dass er sich höflich zeigte und meinen Stuhl unter dem Tisch hervorzog, mir aber andererseits einen Befehl zubellte, als wäre ich eine seiner Angestellten.

Trotzdem setzte ich mich.

Die Freundlichkeit der Geste überwog die Barschheit seines Befehls.

Dann nahm er auf seinem eigenen Stuhl mir gegenüber Platz und warf etwas neben meinen Teller, wobei er brummte: »Meine Bewerbung. Ich bewerbe mich offiziell.«

Für einen Augenblick starrte ich verwirrt auf den Umschlag. »Ich verstehe nicht.«

Er nahm eine Speisekarte zur Hand und überflog sie, während er ruhig erklärte: »Ich erfülle deine Anforderungen. Ich habe einen sehr guten Job und offensichtlich atme ich, da ich ja gerade spreche. Es gibt keinen Grund, warum ich nicht der Vater deines Kindes sein sollte. Zugegeben, ich bin zwar kein Märchenprinz, doch ich bin mir ziemlich sicher, dass ich dich schwängern kann. Ich bin mehr als bereit, es zu versuchen, bis ich es geschafft habe.«

Mir stockte der Atem, als mir bewusst wurde, was er mir sagen wollte. »Das ist ein kranker Witz«, erwiderte ich steif. »Und er gefällt mir nicht.«

Es tat weh. Mason war einer der wenigen Menschen in meinem Leben, der von meinem Kinderwunsch wusste, und jetzt machte er sich einen Spaß daraus.

»Das ist kein Witz. Sehe ich aus, als würde ich lachen?« Er wandte den Blick von der Speisekarte und sah mich laserscharf an.

Als unsere Blicke sich trafen, wurde mein Körper von beinahe unerträglicher, flammender Hitze überwältigt. Er meinte es todernst und aufgrund der Art, wie er mich ansah, begann ich zu glauben, er hielte mich für ein verlockenderes Mahl als die Angebote auf der Speisekarte.

Lächerlich! Mason Lawson begehrt mich nicht auf diese Art. Das ist unmöglich.

Wie auch immer, ich wusste zumindest, dass er sich keinen Spaß mit mir erlaubte. Er meinte es ernst.

»Nein. Ich nehme an, es handelt sich nicht um einen Witz«, stieß ich atemlos hervor, während ich versuchte, meinen rasenden Herzschlag zu beruhigen. »Es ist aber dennoch … befremdlich.«

Er zuckte mit den Schultern. »Hast du nicht den Lebenslauf eines Mannes überprüft, seine Eigenschaften, körperliche Charakteristika, Ausbildung und all diese Dinge, um herauszufinden, ob er dir als Vater für dein Kind zusagt?«

»Doch, das habe ich«, gab ich zu. Ich griff nach dem Glas Eiswasser neben meinem Teller, denn ich brauchte etwas, um den dicken Kloß in meiner Kehle herunterzuspülen. Nachdem ich geschluckt hatte, fügte ich hinzu: »Ich hasste es.«

»Warum?«, fragte er heiser. »Das gehört doch dazu, oder nicht?«

Ich überlegte fieberhaft, wie ich einem Mann wie Mason erklären sollte, was für ein Gefühl es war, diesen Prozess durchlaufen zu müssen.

Er war sachlich. Geschäftsmäßig. Nicht emotional. Er ließ sein Leben von seinem Verstand kontrollieren.

Er würde wahrscheinlich nie verstehen, wie allein ich mich an jenem Tag in der Klinik gefühlt hatte.

Ich blickte auf meine Speisekarte hinunter, um ihn nicht ansehen zu müssen. »Ich fühlte mich, als kaufte ich ein Auto oder so. Oder bestellte etwas zu essen. Ich hatte einfach das Gefühl, dass es anders sein müsste. Ein Baby ist immerhin ein Mensch. Ein neu erschaffenes Leben.«

Ja, ich hatte gewusst, dass es unpersönlich wäre, ein Baby von einem unbekannten Samenspender zu empfangen. Und ich hatte mich damit abgefunden. Das hatte ich jedenfalls geglaubt – bevor ich die Klinik aufsuchte. Doch da ich als alleinstehende Frau dorthin gehen musste, entbehrte der ganze Vorgang einer gewissen Intimität oder Freude. Es hatte sich nicht … persönlich angefühlt. Okay, später hätte sich die ganze Mühe vielleicht gelohnt, denn dann hätte ich mein Kind gehabt. Ich hätte all die Liebe, die ich zu geben hatte, auf dieses Kind übertragen können. Trotzdem hatte ich mich bei dem Prozess, auf diesem Weg einen Spender zu finden, verdammt … einsam gefühlt. Daher hatte ich mich auch auf Jetts und Rubys Verlobungsparty aus Frustration betrunken.

»Dann entscheide dich für mich. Zumindest kennst du mich«, erwiderte er. »Ich bin mehr als bereit, dein Big Mac zu sein.«

Beinahe verschluckte ich mich an dem Wasser, als ich lachen musste, denn ich hatte sofort erkannt, dass er auf meine Vorliebe zu Fast Food anspielte.

Mason Lawson hatte tatsächlich einen Witz gerissen, obwohl er nicht einmal ein Lächeln zuwege gebracht hatte.

Ich beobachtete ihn, als er sich wieder seiner Speisekarte zuwandte. Mason wirkte recht gelassen, außer einem leichten Zucken um seinen Mund herum.

Er ist nervös. Und er ist vollkommen ernst. Dieser Mann bietet sich tatsächlich als Vater für das Kind an, das ich mir so sehnlichst wünsche.

Ein paar Sekunden lang erlaubte ich mir, mir vorzustellen, wie es wäre, mit Mason Lawson ein Kind zu haben.

Doch dann verbot ich mir diese Überlegungen ziemlich schnell.

Ich fühlte mich mehr zu Mason hingezogen als je zu einem Mann in meinem ganzen Leben. Abgesehen von den sonntäglichen Anrufen gefiel mir das, was ich über ihn wusste. Er war definitiv anmaßend, doch ich konnte spüren, dass er es nicht böse meinte. Mehr auf die Art: Ich bin es gewohnt, der Boss zu sein, und weiß nicht, wie ich mich anders verhalten soll.

Wir wurden von der Kellnerin unterbrochen, die unsere Getränkebestellung aufnahm. Eigentlich hatte ich im Hinblick auf meine Vorgeschichte mit Mason auf jeglichen Alkohol verzichten wollen, trotzdem bestellte ich ein Glas Weißwein, denn ich war mir sicher, ich konnte ihn gebrauchen.

Er bestellte einen Scotch auf Eis und dann waren wir wieder allein.

Ich holte tief Luft. »Mason, du bist Milliardär. Du führst einen der weltweit größten Konzerne. Warum um alles in der Welt möchtest du ein Kind mit einer Frau haben, die du kaum kennst?«

Er wollte sich alle möglichen Probleme aufladen. Ich hätte ihn natürlich niemals um etwas gebeten, trotzdem war ich ein wenig besorgt, dass er sich absichtlich so verletzlich machte.

Das macht keinen Sinn. Mason ist ein vollendeter Geschäftsmann. Warum nur macht er mir dieses Angebot?

»Ich will kein Kind mit einer Fremden haben. Ich möchte eins mit dir haben. Wir werden uns besser kennenlernen«, brummte er.

Ich starrte ihn an, bevor ich vorsichtig fragte: »Was? Willst du auch ein Kind haben? Mit mir? Das macht keinen Sinn.«

Er schüttelte den Kopf. »Das macht sehr wohl Sinn, Laura. Du bist beinahe fünfunddreißig und ich werde bald sechsunddreißig. Beide werden wir vollkommen von unserer Arbeit eingenommen. Für keinen von uns beiden ist eine Liebesbeziehung in Sicht. Daher schlage ich eine vernünftige Vereinbarung vor.«

Es war mir nicht entgangen, dass er meine Frage bezüglich eines eigenen Kinderwunsches nicht direkt beantwortet hatte, doch ich nahm an, dass er sich ebenso sehr wie ich ein Kind ersehnte. Warum sollte er sonst anbieten, ein Kind zu zeugen? Ich fragte mich jedoch, warum er nie etwas in der Richtung erwähnt hatte. »Du hast dich also entschlossen, mein Samenspender zu werden?«

Er schüttelte den Kopf. »Nicht in vitro. Nicht auf künstliche Art. Auf natürlichem Wege. Du willst doch, dass es persönlicher abläuft, und ich kann dir das ermöglichen.«

Ich schluckte heftig, als mir bewusst wurde, dass er bereit war, Sex mit mir zu haben. Viel Sex, wenn er vorhatte, mich zu schwängern.

Ich hasste mich dafür, dass ich diese Aussicht so verlockend fand.

Während ich noch versuchte, sein Angebot zu verarbeiten, fragte ich: »Aber was, wenn du einer anderen Frau begegnest? Oder ich einem anderen Mann?«

»Das ist bis jetzt noch nicht geschehen«, erklärte er. »Ich werde mich mit keiner anderen Frau verabreden. Und offensichtlich hegst du auch nicht die Absicht, dich auf jemand anderen einzulassen, da du vorhattest, das Baby eines Unbekannten auszutragen. Kein Märchenprinz in Sicht. Erinnerst du dich? Warum solltest du also nicht einfach mich stattdessen nehmen?«

Ich war sprachlos.

Zugegeben, ich hatte mich bereits auf ein Leben ohne einen Mann eingestellt. Ich suchte nicht einmal mehr einen und eine Mutterschaft würde meinen Entschluss, allein zu bleiben, auf sehr lange Zeit festigen. Das Kind wäre meine ganze Welt. Mich mit jemandem zu verabreden käme also nicht infrage.

Mason Lawson bietet mir das Kind an, das ich immer haben wollte.

Unglaublich.

Ich hätte angesichts dieser Möglichkeit vor Freude in die Luft springen sollen, doch ich konnte es nicht.

Die Unterhaltung wirkte auf mich so unwirklich, dass ich den Vorschlag noch nicht einmal richtig verarbeiten konnte. Auch verstand ich nicht, warum er mir dieses Angebot machte. Tat er es aus Mitleid?

Nein. Mit einem weichen Herzen wäre er kein so erfolgreicher Mann geworden. Er muss ein höheres Motiv haben.

Wieder erschien mir die einzige rationale Erklärung zu sein, dass er selbst sich auch ein Kind wünschte.

»Das kommt nicht infrage«, erklärte ich schließlich. »Mason, wir wissen nicht einmal, ob wir miteinander auskommen. Gerade unterhalten wir uns zum ersten Mal wirklich miteinander. Ein Kind zu haben ist schließlich kein Geschäftsabschluss. Wir könnten uns am Ende sogar hassen. Uns um ein unschuldiges Kind streiten. Du hast recht, der Märchenprinz taucht nicht auf. Ich suche nicht einmal mehr nach einem Mann. Doch ein Kind zu haben bringt eine sehr große Verantwortung mit sich. Du könntest jemanden kennenlernen –«

»Ich werde niemanden kennenlernen«, unterbrach er mich. »Das habe ich dir bereits erklärt.«

Mir drehte sich der Kopf, denn es erschien mir verrückt, dass ich überhaupt ein solches Gespräch mit Mason Lawson führte. »Es wäre eine Katastrophe.« Ich zögerte, bevor ich hinzufügte: »Und außerdem gab es da noch eine weitere Qualifikation, die ich erwähnt habe.«

Er legte die Speisekarte beiseite und blickte mich an, schenkte mir seine ganze Aufmerksamkeit.

Mein Herz setzte aus, als ich seinem stahlharten Blick begegnete.

Ich konnte nicht wegsehen.

Ich konnte nicht atmen.

Ich konnte nicht denken.

Ich fühlte mich wie gefangen. Ein Teil von mir wollte wie der Blitz davonlaufen, doch mein übriges Ich sehnte sich danach zu bleiben.

Mason zog eine Braue in die Höhe. »Du wolltest einen Mann, der dich begehrt«, stellte er heiser fest, während er mich mit Blicken verschlang. »Ich kann dir versprechen, dass kein Mann dich je mehr begehren wird als ich, Laura. Ich erfülle die Anforderung hundertprozentig.«

Du meine Güte!

Ich schluckte heftig. Ich war fassungslos angesichts der Tiefe des Verlangens, das ich in seinen Augen sehen konnte, in denen silbrige Strudel tobten.

Ich schüttelte den Kopf. Kaum konnte ich die Worte hervorpressen: »I-i-ich kann nicht.«

Mein Gott, diese drei kleinen Wörter auszusprechen erschien mir als das Schwerste, das ich jemals getan hatte.

»Weil du mich nicht anziehend findest?«, erkundigte er sich stirnrunzelnd.

Mein Magen schmerzte, denn ich hätte schwören können, einen Hauch von Enttäuschung in seinem Tonfall gehört zu haben. *Oder bildete ich mir das nur ein?*

»Nein, ich finde dich in der Tat anziehend«, beteuerte ich eilig, denn ich wollte vermeiden, dass er glaubte, ich würde ihn aus diesem Grund zurückweisen.

Ehrlich, am liebsten hätte ich mich nackt ausgezogen und wäre über den Tisch hinweg zu ihm geklettert, um ihm ebenfalls die Kleider vom Leib zu reißen.

Das Verlangen, jeden Zentimeter seiner heißen, nackten Haut zu berühren, verzehrte mich. Meine Hände begannen, ein wenig zu zittern.

Ich wollte wissen, wie es wäre, mit einem Mann zusammen zu sein, der tatsächlich … mich wollte. Was bei Mason der Fall war. Das konnte ich deutlich sehen. Sein Gesichtsausdruck zeigte Offenheit und Lust.

»Also liegt es nicht daran, dass du mich nicht begehrst?«, fragte er heiser. Angesichts seiner lusterfüllten Miene wurden mir die Beine schwach.

Ich schüttelte den Kopf und biss mir auf die Lippe. Feuchte Hitze flutete zwischen meine Schenkel und ich schlug die Beine übereinander, denn ich fühlte mich unbehaglich. »Nein. Ganz bestimmt nicht deshalb.«

Mason war der Traum einer jeden Frau. Verdammt, er war ganz sicher mein Lieblingstraum. Und sein Angebot, endlos Sex mit mir zu haben? Welche Frau hätte dem widerstehen können?

Ich ganz bestimmt nicht.

»Gut. Alles andere wird sich von selbst ergeben«, erwiderte er zufrieden.

Zum ersten Mal, seitdem ich ihn kennengelernt hatte, grinste Mason Lawson tatsächlich.

Seine für gewöhnlich männliche, ernste Miene verwandelte sich in eine, die weit von dem grimmigen Ausdruck entfernt war, den ich auf seinem hübschen Gesicht zu sehen gewohnt war.

Er wirkte … erleichtert.

Glücklicher.

Viel menschlicher, als ich ihn je erlebt hatte.

Und wieder gewann ich den Eindruck, dass Mason unter der Oberfläche so viel mehr war, dass es da etwas gab, das andere Menschen kaum wahrnahmen.

Und in jenem Moment, in dem er plötzlich Gefühle zeigte anstatt seines gewöhnlichen ich-weiß-alles Gesichts, wusste ich, dass ich verloren war.

Kapitel 4

Laura

Interessanterweise verlief die Mahlzeit am Ende doch noch angenehm.

Mason hatte die Vaterschaftsdiskussion fallen lassen und mich gebeten, später einen Blick auf seine Bewerbung zu werfen.

Widerstrebend hatte ich zugestimmt und dann hatten wir uns anderen Themen zugewendet.

Gott sei Dank!

Nicht dass ich etwa vorgehabt hätte, seinen verrückten Vorschlag anzunehmen, doch dieses Thema hatte ich auf jeden Fall beenden müssen. *Sofort.*

Auf keinen Fall hätte die Diskussion weitergehen dürfen.

Natürlich musste ich mit der Zeit Mason gegenüber einiges klarstellen, doch Jetts und Rubys Probeessen bot weder den richtigen Ort noch die richtige Zeit.

Als wir schließlich zu anderen Themen übergingen, die zum näheren Kennenlernen dienten, war ich erleichtert.

Mason und ich konnten uns beide als Globetrotter bezeichnen. Natürlich war ich als Model ausgiebig umhergereist und er hatte die Welt auf Geschäftsreisen umrundet. Daher unterhielten wir uns während des Aperitifs angeregt über unsere Reisen und die verschiedenen Kulturen auf der Welt.

Als wir uns den Vorspeisen widmeten, entdeckten wir, dass uns die Leidenschaft für die Wohltätigkeitsarbeit verband und dass wir uns über dieselben Missstände aufregten und für dieselben Zwecke Geld spendeten.

Als schließlich der Nachtisch angeboten wurde, hielt ich eine Hand in die Höhe, um die Kellnerin abzuwehren, die die Desserts auf einem Servierwagen herumfuhr. »Ich möchte nichts. Danke.«

»Machst du Witze?«, erkundigte Mason sich mit zusammengezogenen Brauen. Er blickte mich an. »Du betrachtest diesen Karottenkuchen, als wolltest du eine ernsthafte Beziehung mit ihm eingehen.«

Ich lächelte ihn an. »Oh, ich würde ihn gern essen. Doch das bedeutet nicht, dass ich das wirklich tun sollte.«

Er schnappte sich ein Stück Möhrenkuchen vom Wagen und stellte den Teller vor mich. Er selbst nahm sich eine Bananencremeschnitte. »Danke«, sagte er zu der Kellnerin, damit sie den nächsten Tisch bedienen konnte.

Angesichts der Süßigkeit auf diesem Teller lief mir das Wasser im Mund zusammen. Doch ich erklärte: »Ich kann das nicht essen, Mason. Ich habe bereits ein Glas Wein getrunken und viel zu viel gegessen.«

»Du kannst noch nicht satt sein. Du hast kaum etwas angerührt«, erwiderte er bestimmt.

Ich schnaufte. »Ich habe viel gegessen. Viel mehr als normal. Ich befolge eigentlich eine ziemlich strenge Diät. Heute Abend habe ich bereits gemogelt. Es war großartig.«

»Du siehst wunderschön aus. Iss deinen Kuchen!«, knurrte er.

Ich beobachtete, wie Mason ohne das geringste Anzeichen von Reue seinen Kuchen in Angriff nahm.

Der Mann genoss sein Essen und wahrscheinlich musste er sich auch eine Menge Kalorien zuführen, um einen so … großen Körper zu ernähren.

»Ich muss in die Kleider passen, die ich als Model trage«, erklärte ich ärgerlich. »Mit Süßigkeiten verschwende ich meine erlaubte Kalorienmenge. Dass ich ein Model für Übergrößen bin, bedeutet nicht, dass ich herumschludern darf. Zucker setzt direkt an meine Hüften an.«

»Deine Hüften wirken gut auf mich. Laura, willst du mir etwa weismachen, du hieltest dich für fett?« Sein Gesicht nahm einen unglücklichen Ausdruck an.

»Nein. Eigentlich nicht«, erwiderte ich vorsichtig. »Doch es hat natürlich einen Grund, warum ich kein Durchschnittsmodel bin. Die Kleider passen mir nicht.«

Er zuckte mit den Schultern. »Warum werden die Kleider nicht an die Models angepasst, anstatt den umgekehrten Weg zu wählen? Dann wäre es kein Problem für dich, dieses Stück Kuchen zu verzehren. Zur Hölle, das ist ohnehin kein Problem. Du bist gesund. Du hast einen wunderschönen Körper, wie eine Statue. Es gibt keinen Grund, warum du dir etwas vorenthalten solltest.«

Finster blickte ich auf das verlockende Kuchenstück, nahm jedoch meine Gabel zur Hand. *Was soll's*. Immerhin gab es heute einen besonderen Anlass. »So funktioniert das Geschäft eben nicht. Die Models müssen in die Kleider passen. Und ich zwinge mich nicht zum Hungern. Nicht mehr. Ich bin lediglich … vorsichtig.«

Sein Kopf schnellte in die Höhe. »Nicht mehr?«

Ich begann, meinen Nachtisch zu verzehren, und genoss jeden Bissen. »Früher habe ich gehungert, um so schlank zu werden, dass ich in eine reguläre Modelkleidergröße passte.« Ich hatte keine Ahnung, warum ich mich Mason mitteilte, doch es fühlte sich angenehm an. Immerhin hatte ich meine Geschichte als Warnung für andere Frauen bereits in den sozialen Medien veröffentlicht. »Ich war dünn. Gefährlich dünn. Trotzdem drängten mich meine Agentur und die Designer dazu, noch mehr Gewicht zu verlieren. Ich nahm Diätpillen und aß nicht genug, um am Leben zu bleiben. Um es kurz zu machen: Ich hungerte so lange, bis mir die Haare ausfielen, ich ohnmächtig wurde und mein Körper rebellierte. Ich wurde krank.«

»Warum zum Teufel hast du das getan?«, fragte er mit bebenden Nasenflügeln.

»In meiner Branche läuft das so: Wenn du nicht in die Kleider passt, arbeitest du nicht. Brynn und ich waren Freundinnen, teilten uns eine Wohnung und befanden uns in der gleichen Lage. Wir mussten hungern, um in unnatürlich kleine Größen zu passen. Eines Abends, in unserem New Yorker Apartment, mussten wir beide weinen, weil wir so hungrig waren. Und immer noch war ich motiviert, mehr Gewicht zu verlieren, obwohl ich nur noch aus Haut und Knochen bestand. Ich glaube, an jenem Abend erkannten Brynn und ich, dass wir uns langsam umbrachten, dass wir uns unbeschreiblich ungesund verhielten. Wir waren uns einig, dass es sich nicht lohnte zu sterben, nur um dünn zu sein. Brynn war bereits so berühmt, dass es ihr gestattet wurde, ein gesundheitsdienliches Gewicht zuzulegen. Ich nahm zu und wurde ein Model für Übergrößen.«

»Ihr habt euch buchstäblich beinahe zu Tode gehungert«, stellte er mit rasselnder Stimme fest.

Ich nickte. »Falls ich nicht mit dem Versuch aufgehört hätte, in Kleidergröße zweiunddreißig zu passen, wäre ich wahrscheinlich gestorben. Manche Frauen sind einfach von Natur aus so dünn und trotzdem gesund, doch für mich gilt das nicht.« Ich holte tief Luft, bevor ich fortfuhr. »Ich sah wie ein wandelndes Skelett aus und trotzdem wurde ich gedrängt, dünner zu werden.« Ich seufzte. »Es gibt eine dunkle Seite in der Welt der Models. Eine wirklich düstere Seite. Seit jenem Wendepunkt, an dem Brynn und ich uns entschieden hatten zu versuchen, die Modebranche dazu zu bringen, die Vielfältigkeit von Körpern zu akzeptieren, haben wir uns den Hintern aufgerissen. Junge Frauen, die in diese Branche einsteigen, sollten nicht diese Art von Hölle durchmachen. Außerdem ist es unrealistisch. Nur ein kleiner Teil der weiblichen Bevölkerung besitzt Kleidergröße dreißig oder zweiunddreißig. Die Modebranche gibt den jungen Mädchen, die eines Tages Models werden wollen, ein schlechtes Beispiel. Doch lassen wir das Modeln einmal beiseite, ich möchte nicht, dass Frauen überhaupt das Gefühl haben, dürr wie ein Model sein zu müssen, um auf Männer attraktiv zu wirken – außer es handelt sich um eine der wenigen Frauen, die bei dem geringen Gewicht vollkommen gesund sind.«

»Nicht alle Männer finden das anziehend«, murmelte Mason, der seinen Kuchen aufgegessen hatte.

Ich warf ihm einen zweifelnden Blick zu, während ich einen Bissen Torte hinunterschluckte. »Aber die meisten.«

»Ich nicht«, knurrte er und legte seine Gabel auf den leeren Teller.

»Warum nicht?« Die Frage platzte einfach so aus mir heraus. Ich war neugierig. Den meisten Milliardären gefiel es doch wohl, von sehr hübschen, sehr zierlichen Frauen umschwärmt zu werden.

Er legte seine Serviette auf die leeren Teller, die er vor sich gestapelt hatte. »Am College hatte ich beim Football die Position eines Linebackers inne, Laura. Falls du es noch nicht bemerkt hast, ich bin ein großer Mann. Ich fühle mich unbehaglich, mit einer Frau zusammen zu sein, bei der ich befürchten muss, sie zu verletzen, wenn ich mit ihr schlafe. Solche Frauen finde ich nicht attraktiv.«

Na gut. Merkwürdig. Ich kannte viele Männer von Masons Größe, die trotzdem eine zierliche Frau haben wollten, um sich unbesiegbar zu fühlen.

Ich war begierig, mehr zu erfahren. Doch ich fragte nicht nach. Wirklich, seine Vorlieben gingen mich nichts an, richtig?

Aber wenn er nun größere, kurvigere Frauen attraktiv fand? Natürlich würde ich nicht mit ihm schlafen.

Gleichgültig, wie verlockend der Gedanke auch sein mochte.

»Hungere nicht noch einmal«, meinte er plötzlich. »Das hast du nicht nötig. Kümmere dich nicht darum, was die Modeindustrie will. Solange du dich wohlfühlst, spielt es keine Rolle, welche Kleidergröße du trägst.«

Mein Herz schmolz dahin, sodass ich das Gefühl hatte, es würde auf dem Boden zu meinen Füßen eine Pfütze bilden.

Mein Gott, wie gut es tat, dass ein Mann so etwas zu mir sagte! Zugegeben, meist kam ich mit meinem jetzigen Ich gut zurecht, obwohl es niemals einen Mann gegeben hatte, der mir nicht das Gefühl vermittelt hätte, ich sollte mich bemühen abzunehmen. Vielleicht weil jeder Mann, mit dem ich jemals zusammen gewesen war, aus derselben Branche stammte und daher die gleiche Auffassung vertrat. »Ich glaube, du bist der erste Mann, der so etwas sagt«, scherzte ich.

»Dann warst du bisher mit den falschen Männern zusammen«, meinte er selbstbewusst.

»Vielleicht«, erwiderte ich und versuchte, die Unterhaltung locker zu halten, obwohl mein Herz wie wild klopfte.

Unser Gespräch fühlte sich so sinnlich an … auch wenn es das nicht sollte. Es war verführerisch, dass Mason mich wahnsinnig sexy zu finden schien, genauso, wie ich war.

Nicht ein Mal hatte er seine Aufmerksamkeit von mir abgewandt, obwohl sich viele umwerfende Frauen im Restaurant aufhielten.

Weder blickte er sich nach einer besseren um, noch suchte er nach dünneren, attraktiveren Frauen.

Nein, er behandelte mich, als wäre ich die einzige Frau im Raum.

Für mich war das unglaublich berauschend.

In meiner Branche war ich stets von Frauen umgeben, die weit mehr Aufmerksamkeit auf sich zogen als ich.

Aber nicht jetzt.

Nicht hier.

Nicht mit Mason.

»Ich muss dich etwas fragen«, begann ich, wobei meine Stimme atemlos klang.

Ich musste das Thema wechseln und konnte mir nichts Besseres vorstellen, als ihm einige Fragen zu stellen, die mir schon seit Langem auf der Seele brannten.

Er nickte knapp. »Dann los.«

»Was ist an jenem Abend in Jetts Penthouse geschehen?«, erkundigte ich mich zögernd. »Auf seiner Verlobungsparty. Ich weiß, dass mich jemand nach Hause gebracht hat, aber das Letzte, woran ich mich erinnere, ist unsere Unterhaltung auf der Dachterrasse. Hast du gesehen, wer mich nach Hause gefahren hat? Meine letzte Erinnerung besteht darin, dass ich dir von meinem Wunsch erzählt habe, mich künstlich befruchten lassen zu wollen. Alles, was danach passiert ist, verschwindet in einem schwarzen Loch.«

Überraschung zuckte über sein hübsches Gesicht. »Du erinnerst dich sonst an nichts mehr?«

Ich schüttelte den Kopf. »Ich glaube nicht, dass etwas Schlimmes geschehen ist, doch ich muss wissen, was genau passiert ist.«

Er runzelte die Stirn. »Was vermutest du denn?«

»Ich weiß es nicht«, gab ich zu. »Als ich am nächsten Morgen aufwachte, konnte ich mich nicht daran erinnern, wie ich nach Hause gekommen war. Ich trinke niemals so viel, wie ich es an jenem Abend getan habe. Ich denke, der viele Alkohol hatte mir zugesetzt. Ich hatte am selben Tag die Klinik aufgesucht und war durcheinander. Daher hatte ich es übertrieben und dafür bezahlt. Ich weiß nicht einmal, ob mich ein Mann oder eine Frau nach Hause gebracht hat. Und ich war –« *Oh, zur Hölle, wollte ich Mason das wirklich erzählen?* »Ich hatte mein Kleid nicht mehr an und wachte in Unterwäsche auf.« Ich zwang die Worte heraus. Wenn ich seine Hilfe wollte, musste ich zugeben, ziemlich hilflos gewesen zu sein.

»Du willst also wissen, ob irgendjemand an jenem Abend deine Schwäche ausgenutzt hat?«

»Ja. Ich fühle mich ziemlich dumm, weil –«

»Das musst du nicht«, meinte er unwirsch. »Es ist nichts geschehen. Ich habe dich nach Hause gebracht. Auf der Party war so viel los, dass es niemand bemerkt hat. Ich habe dich aus dem Hintereingang getragen und die meisten Leute hielten sich im vorderen Bereich des Penthouse auf.«

Ich starrte ihn an. »Es gibt einen Hinterausgang. Aus einer Dachterrassenwohnung?«

»Natürlich. Er wird zwar nicht oft benutzt, aber es gibt zwei Wege nach draußen. Ich habe mich bemüht, niemandem Grund zu dummem Gerede zu geben.«

»Woher wusstest du, wo ich wohne?« Ich war immer noch geschockt, dass ausgerechnet Mason mich nach Hause gebracht hatte.

Er zuckte mit seinen ausladenden Schultern. »Das ist einer der Vorteile, einer der reichsten Männer der Welt zu sein. Ich verfüge über eine hervorragende Sicherheitsmannschaft, die den Wohnort beinahe jedes Menschen herausfinden kann.«

Ich sackte in meinem Stuhl zusammen. »Oh Gott«, stöhnte ich. »Es tut mir so leid.«

»Das muss es nicht«, wehrte er scharf ab. »Das kann jedem passieren. Wir alle verhalten uns gelegentlich nicht gerade klug. Ich bin froh, dass ich zur Stelle war, um dich nach Hause zu bringen.«

Ich zog eine Braue in die Höhe. Ich bezweifelte, dass Mason jemals etwas Unüberlegtes tat. Es fiel mir schwer, ihn mir vollkommen daneben vorzustellen. Dafür gefiel es ihm viel zu sehr, stets die Kontrolle zu behalten. »Was ist danach geschehen?«

»Nichts. Ich habe dich nach Hause gefahren.«

Doch meiner Aufmerksamkeit entging nicht, dass Mason zum ersten Mal an diesem Abend zu vermeiden schien, mir gerade in die Augen zu blicken.

Dann fuhr er fort: »Ich habe dir dein Kleid ausgezogen, da ich annahm, dass du nicht voll bekleidet schlafen wolltest.«

Ich biss mir auf die Lippe, um nicht noch einmal laut aufzustöhnen. *Mist!* Eigentlich war es nicht so außergewöhnlich, dass Mason mich ausgezogen hatte, weil ich zu betrunken war, um es selbst zu tun, doch trotz alledem war es mir ziemlich peinlich.

Was zum Teufel habe ich mir nur gedacht?

Das Problem bestand darin, dass ich an jenem Abend überhaupt nicht nachgedacht hatte. Ich hatte mich einfach hemmungslos betrunken, bis ich ohnmächtig geworden war. So etwas hatte ich noch nie zuvor getan.

»Es tut mir leid«, murmelte ich leise. »Das hätte ich dir nicht zumuten dürfen. Aber ich bin dankbar, dass nichts Schlimmes geschehen ist.«

»Wenn mir in den Sinn gekommen wäre, dass du dir Sorgen machtest, es wäre etwas Schlimmes geschehen, hätte ich es früher angesprochen. Aber zwischendurch hast du mit mir geredet, nachdem ich dich nach Hause gebracht hatte. Ich dachte, du wärst dir bewusst gewesen, dass ich es war.«

»Was habe ich gesagt?«, erkundigte ich mich misstrauisch, nicht sicher, ob ich wirklich wissen wollte, was ich im Vollrausch noch alles vor Mason ausgeplappert hatte.

Er zögerte einen Augenblick, bevor er antwortete: »Nichts Wichtiges. Ich hatte jedoch den Eindruck, dass du dir sowohl meiner Person als auch der Tatsache bewusst warst, zu Hause zu sein. Wenn ich gewusst hätte, dass du dich an nichts erinnerst, hätte ich es schon längst erwähnt.«

»Ist mir schlecht geworden?«, fragte ich, beunruhigt, ich könnte mich vor Mason übergeben haben.

»Nein. Bevor ich gegangen bin, habe ich mich davon überzeugt, dass es dir gut ging und dass du eingeschlafen warst. Wenn dir übel gewesen wäre, wäre ich geblieben, um dir zu helfen.«

Er klang beleidigt angesichts meiner Unterstellung, er könnte mich in so einem Zustand mir selbst überlassen haben.

»Du hättest mir also die Haare aus dem Gesicht gehalten, während ich mich übergeben hätte?«, neckte ich ihn.

Er starrte mich an, als besäße ich plötzlich zwei Köpfe. »Hätte das nicht jeder getan?«

Nein. Zur Hölle, nein. Die meisten Männer hätten das nicht getan.

Offensichtlich hatte er noch nie von einer Frau zu hören bekommen, wie sehr sie sich einen Mann wünschte, der ihr die Haare aus dem Gesicht hielt, während sie krank vor Übelkeit die Toilette umarmte.

Ich persönlich hatte jedenfalls keine Ahnung, wie es sich anfühlte, einen Mann zu haben, der mich so sehr liebte. Nicht annähernd.

»Nein. Das hätte nicht jeder getan«, erwiderte ich schließlich.

Ich starrte ihn an, bis unsere Blicke sich endlich trafen. Mein Herz setzte aus, als ich die Ernsthaftigkeit in seiner aufgewühlten Miene sah, als er sagte: »Ich hätte es getan.«

Plötzlich überkam mich schmerzhaftes, heißes Verlangen und ich erschauderte. Und da ich damit vollkommen überfordert war, musste ich den Blick abwenden.

Das war reiner Überlebensinstinkt. Falls ich den restlichen Abend mit Mason überstehen wollte, musste ich meinen Schutzwall aufrechterhalten.

So barsch und geschäftsmäßig Mason sich normalerweise gab, hatte die offene Art, mit der er auf meine Fragen antwortete, etwas an sich, das mich zutiefst berührte.

Es war, als berührte er all meine Unsicherheiten und wäre entschlossen, sie wie durch Zauberhand verschwinden zu lassen.

Wusste er, dass ich mich tief in meinem Inneren nach jemandem wie ihm sehnte, der mir diese Art von Akzeptanz entgegenbrachte?

Woher sollte er das wissen?

Ehrlich. Ich wusste, Mason war einfach nur er selbst, ein Mann, den ich bis heute Abend nicht wirklich gekannt hatte.

Brynn hatte absolut recht mit ihrer Behauptung, Mason wäre kein Frauenheld.

Denn wenn er das gewesen wäre, hätte mich seine ungeteilte Aufmerksamkeit nicht so sehr beängstigt.

Ich sehnte mich verzweifelt nach Mason. Er hatte die Tür zu einem verzehrenden Verlangen geöffnet, die ich eigentlich vor langer Zeit verschlossen zu haben glaubte.

Und mein Hunger hatte absolut nichts mit meinem Wunsch nach einem Vater für ein Kind zu tun.

Er könnte mich verletzen. Tief!

Woher war dieser Gedanke plötzlich gekommen? Die unerwartete Erkenntnis brachte mich dazu, in Windeseile die verdammte Tür zu meinen finstersten Gefühlen wieder zuzuschlagen.

Kapitel 5

Mason

»Ich kann es nicht fassen; ich wurde aus meiner eigenen Wohnung geworfen«, bemerkte Jett unglücklich, als wir beide es uns später am Abend auf meiner Terrasse mit einem Drink gemütlich machten. »Danke, dass du mich heute Abend aufnimmst, Mason. Ruby sagt, es bringe Unglück, wenn ich sie sehe, bevor sie morgen zum Altar schreitet.«

Ich kippte den Rest meines Biers hinunter und fragte mich, warum zum Teufel es Jett und Ruby Unglück bringen sollte, wenn sie sich vor der Trauung morgen sähen.

Mein jüngster Bruder war so verliebt in Ruby, dass er für sie durch die Hölle gegangen wäre, immer und immer wieder, wenn er sie beim ersten Mal nicht glücklich gemacht hätte.

»Vielleicht hättest du einfach so schnell wie Carter und Brynn heiraten sollen«, entgegnete ich.

Jett schüttelte den Kopf. »Ruby war viel zu jung, als wir uns kennengelernt haben. Und du kennst doch ihre Vergangenheit. Ich glaube nicht, dass sie damals bereit war. Außerdem hat mich das Warten nicht gerade umgebracht. Immerhin hat sie mit mir zusammengelebt. Doch ich muss zugeben, dass ich mehr als bereit bin, sie endlich ganz zu der Meinen zu machen.«

Mein Gott! Die nackte Sehnsucht auf Jetts Gesicht zehrte an meinem Herzen. Es gefiel mir überhaupt nicht, wenn jemandem aus meiner Familie verwehrt wurde, was er sich wünschte. Und Jett brauchte Ruby. Schon lange. Es mochte Jett zwar nicht seine letzten Reserven gekostet haben, so lange darauf zu warten, Ruby zu heiraten, aber ein Spaziergang war es auch nicht gerade gewesen.

»Morgen hat all das Warten ein Ende. Ich nehme an, du hast keinerlei Vorbehalte?«, fragte ich, obwohl ich nur zu gut wusste, dass mein kleiner Bruder sich nichts sehnlicher wünschte als ein Ende der Folter, Ruby nicht seine Frau nennen zu können.

»Keine.« Er warf mir einen Blick zu, der so viel ausdrückte wie: *Machst du Witze?*, und stand auf, um sich von der Bar auf der Terrasse ein weiteres Bier zu holen. Er kehrte mit je einer Flasche für uns beide zurück und reichte mir die eine, bevor er sich wieder in den Sessel mir gegenüber fallen ließ.

»Das dachte ich mir«, erklärte ich. »Allerdings fühlte ich mich als der Älteste verpflichtet, danach zu fragen.«

Braucht Jett wirklich eine Art Vater/Sohn-Gespräch vor seiner Hochzeit?

Nein.

Aber immerhin war er mein kleiner Bruder.

Jett hatte die künstliche Feuerstelle zwischen uns eingeschaltet, die ich noch niemals benutzt hatte, da ich nie lange genug zu Hause war. Ich musste zugeben, es war gemütlich. Ich konnte hören, wie die Wellen in der Elliott Bay an den Strand schlugen, da er nur wenige Schritte vom Haus entfernt war.

Nur selten kam einer meiner Brüder bei mir vorbei, da ich außerhalb des Stadtzentrums wohnte. Zur Hölle, ich war doch selbst kaum einmal zu Hause.

Vor Jahren hatte ich statt einer Wohnung ein Haus direkt am Meer haben wollen.

Und jetzt hielt ich mich eigentlich nur zum Schlafen hier auf. Und manchmal schlief ich noch nicht einmal besonders lange.

Jett grinste mich an. »Du bist eigentlich nicht alt genug, um mein Vater zu sein. Außerdem weißt du bereits, dass ich unverschämt glücklich bin. Nachdem ich morgen den Bund der Ehe eingegangen bin, wirst du der letzte unverheiratete Lawson sein. Du bist an der Reihe, Mann.«

Kopfschüttelnd öffnete ich mit einer schnellen Bewegung aus dem Handgelenk meine Bierflasche. »Glaubst du wirklich, ich will mich auf irgendeine Frau einlassen, nachdem ich beobachten konnte, wie ihr beide, Carter und du, durch die Hölle gegangen seid? Nein danke.«

»Weißt du, es ist wirklich nicht so schlimm«, scherzte Jett. »Das Wissen, eine Frau zu haben, die dich stets bedingungslos lieben wird, ist tatsächlich ziemlich berauschend, sobald man einmal die Höhlenmenschinstinkte besiegt hat, die auftauchen, wenn man sich wirklich verliebt.«

Ich zuckte mit den Schultern. »Ich freue mich wirklich für dich und Carter, aber ich selbst habe keine Zeit für diese Art Drama. Das hatte ich niemals auf dem Schirm. Ich habe es mir nie gewünscht.«

»Ich halte beide Behauptungen für Schwachsinn«, erwiderte er. »Schließlich haben wir Mitglieder der oberen Führungsebene und einen Geschäftsführer eingestellt, damit wir alle mehr Zeit zur Verfügung haben, nachdem wir jahrelang jede Minute in unseren Büros verbracht haben. Lawson Technologies ist kein Küken mehr, Mason. Der Konzern ist ein globaler Gigant geworden. Du musst auf Abstand gehen und tief Luft holen. Carter und ich glauben sogar mittlerweile, dass du noch nicht einmal mehr mit einer Frau ins Bett steigst.«

»Da habt ihr sogar recht. Schon seit Langem hatte ich keinen Sex mehr«, erwiderte ich gereizt, bevor ich daran dachte, meinem kleinen Bruder besser nichts zu erzählen, mit dem er mir später die Hölle heißmachen könnte.

Jett hob eine Braue. »Wie lange?«

»Ich weiß nicht«, wich ich hastig aus. Tatsächlich waren es Jahre. Einige Jahre. Doch darüber wollte ich nicht mit meinem kleinen Bruder reden.

»Vor Ruby hat es auch für mich lange Zeit niemanden gegeben«, gab Jett leise zu.

»Du musstest dich von deinen Verletzungen erholen«, wandte ich ein.

Er zuckte mit den Schultern. »Das war eine gute Entschuldigung, nehme ich an. Aber ehrlich, da war einfach keine Frau mehr, mit der ich hätte zusammen sein wollen. Nicht, bis ich sie getroffen habe.«

»Da schien Carter aber aus anderem Holz geschnitzt zu sein, bevor er Brynn kennenlernte«, knurrte ich.

Jett schmunzelte. »Er war eine männliche Hure. Ich glaube allerdings, dass es ihm langweilig wurde, obwohl er es wahrscheinlich niemals zugeben würde. Betrachte einmal unsere Familie, Mason. Sogar Dani und Harper. Es kommt mir so vor, als gäbe es für jeden von uns nur eine einzige Person auf der ganzen Welt, der wir vollkommen verfallen, sobald wir sie kennengelernt haben. Und dann gibt es für uns niemand anderen mehr außer diesen einen Menschen.«

Ich brummte zustimmend. »Ich nehme an, das führt dazu, dass es jedem aus unserer Familie unmöglich ist, nicht monogam zu sein.«

»Ich würde Ruby niemals betrügen. Für mich ist das ganz und gar unmöglich. Ich denke nur an sie. Und falls ich einmal nicht direkt an sie denke, ist sie trotzdem da, tief in meinem Hinterkopf. Sie ist ein Teil von mir.«

»Das klingt unangenehm«, bemerkte ich trocken.

»Zuerst ist es das auch«, gab er zu. »Aber später ist es einfach fantastisch. Du solltest es versuchen.«

»Zur Hölle, nein«, wehrte ich ab.

Er warf mir einen wissenden Blick zu. »Willst du mir wirklich weismachen, dass du nicht ein kleines bisschen besessen von Laura bist? Ich weiß genau, dass du sie gelegentlich anrufst, doch ich sehe nicht, dass du eine Beziehung mit ihr beginnst. In dieser Familie bleibt nichts lange geheim.«

Ich hätte ihm widerlegen können, dass es keine Familiengeheimnisse gab, die nicht ans Tageslicht gekommen wären, doch ich war mehr an dem interessiert, was er über Laura wusste. »Offensichtlich ist sie nicht interessiert«, antwortete ich, wobei ich versuchte, unbeteiligt zu klingen.

Gegen Ende des Probeessens war Laura zwar höflich gewesen, doch ich hatte das Gefühl, sie hätte sich vor meinen Augen vor mir verschlossen. Sie war jeder weiteren persönlichen Frage ausgewichen und hatte die Unterhaltung locker gestaltet, als wären wir uns total fremd.

»Schwachsinn!«, rief er laut. »Du bist nicht bei Verstand, Bruder. Sie ist interessiert. Hast du sie gefragt? Hat sie *Nein* gesagt?«

»Nicht direkt«, erklärte ich widerstrebend. »Aber ich habe ihr angeboten, ihr als Samenspender zu dienen, und sie hat nicht *Ja* gesagt.«

Normalerweise redete ich mit meinen kleinen Brüdern nicht über mein Privatleben, denn eigentlich hatte ich keins. Doch mittlerweile quälte mich die Frage, warum Laura sich so dagegen sträubte, sich von einem ihr bekannten Mann schwängern zu lassen. Mein Vorschlag schien doch vernünftig zu sein, zumindest glaubte ich das.

Sie will ein Kind.

Ich kann ihr eins geben.

Problem gelöst.

»Was?« Jett starrte mich an, als hätte ich nicht alle Tassen im Schrank.

»Laura wünscht sich ein Kind. Sie dachte an künstliche Befruchtung. Ich habe ihr angeboten, sie zu schwängern. Allerdings schien sie nicht begeistert von der Idee zu sein«, knurrte ich und wünschte mir, ich hätte den Mund gehalten.

Jetzt musste ich mich und mein Verhalten rechtfertigen.

Ich nahm Jett das Versprechen ab, über die ganze Geschichte zu schweigen, bevor ich ihm erzählte, was auf seiner Verlobungsparty geschehen war und warum ich Laura jede Woche anrief.

»Verdammt«, murmelte er, nachdem er die ganze Geschichte gehört hatte. »Ich wusste bereits, dass sie in Betracht zieht, einen anonymen Samenspender zu benutzen, denn das hat sie Ruby gegenüber erwähnt. Aber woher sollte ich wissen, dass du so sehr auf Laura stehst? Ich weiß zwar von deinen Anrufen bei ihr, doch ich hatte keine Ahnung, dass sie tatsächlich jede Woche stattfinden.

Und warum wusste ich nicht, dass du sie so gernhast, dass du ihr sogar angeboten hast, ihr ein Kind zu machen?«

»Weil ich es nicht erzählt habe«, erwiderte ich sachlich. »Unsere Telefongespräche waren stets äußerst kurz. Laura und ich haben keine Beziehung.«

»Aber du hättest gern eine mit ihr«, drang er weiter in mich. »Um Gottes willen, Mason, du hast ihr deine Spermien angeboten. Welcher Mann verhält sich so, ohne nach der besagten Frau verrückt zu sein? Du erwartest viel mehr als Freundschaft von ihr.«

»Ich weiß nicht, was ich von ihr will«, erklärte ich gereizt. »Außer dass ich ihren entzückenden Hintern in mein Bett bekommen will.«

»Es muss ziemlich schlimm um dich bestellt sein, da du ihr angeboten hast, sie zu schwängern«, beharrte Jett. »Mason, vermassele diese Sache nicht. Sie ist die Eine. Die einzige Frau, die dich verrückt und unvernünftig machen kann.«

Jetts Ausdrucksweise legte nahe, dass er mir tatsächlich unterstellte, ich würde diesen Zustand ersehnen.

Ihm mochte es vielleicht gefallen, wegen einer Frau den Kopf zu verlieren, mir bestimmt nicht.

»Ich bin niemals unvernünftig«, widersprach ich. »Ich habe ihr schlicht und einfach meinen Lebenslauf und meine persönlichen Daten vorgelegt, falls sie sich entschließt, mein Angebot anzunehmen. Es lief ab wie ein Geschäft.«

Ich runzelte die Stirn, als Jett in brüllendes Gelächter ausbrach und nicht aufhörte, bis er hervorstieß: »Mein Gott, Mason! Ist das dein Ernst? Bitte sag mir, dass du ihr vorher zumindest deine Gefühle gestanden hast, bevor du ihr deine Bewerbung vorgelegt hast. Und ich hoffe, du hast sie zu einem netten Abendessen ausgeführt. Vielleicht ein Blumenstrauß? Ein Geschenk der Zuneigung? Irgendetwas?«

»Wir haben doch auf deinem Probeessen zusammen gespeist«, verteidigte ich mich.

Verdammt, vielleicht hatte er recht. *Hätte ich ihr Blumen oder ein Geschenk mitbringen sollen?*

Dann erinnerte ich mich daran, dass es um einen Geschäftsabschluss und nicht um eine Romanze ging.

Aber hatte Laura nicht gesagt, sie hätte es gern persönlicher? Vielleicht wäre ein bisschen Romantik doch angemessen gewesen.

»Ich habe ihr meine persönliche Bewerbung heute Abend während des Probeessens präsentiert«, informierte ich ihn mürrisch. »Ich hielt ein romantisches Drumherum für unnötig.«

Wieder begann Jett zu lachen, so heftig, dass ich ihm am liebsten über die Feuerstelle hinweg ins Gesicht geschlagen hätte, damit er endlich aufhörte.

Er schnaufte: »Lebst du auf dem Mond, Mason? Was hast du dein Leben lang gemacht?«

»Gearbeitet«, erwiderte ich steif.

»Wann hattest du zum letzten Mal eine Freundin?«

»Am College«, gab ich scharf zur Antwort. »Jetzt halt den Mund und hör auf, mich auszulachen.«

»Bruderherz, ich lache dich nicht aus. Aber um Gottes willen, du klingst, als hättest du in deinem ganzen Leben noch kein Interesse an Romantik gehabt und als hättest du keine Ahnung, wie du mit deinen Gefühlen für Laura umgehen sollst. Habe ich recht?«

Ich starrte ihn an. »Mag sein.«

Die Wahrheit lautete, ich war Laura Hastings total verfallen, und in diesem jämmerlichen Zustand befand ich mich seit über einem Jahr.

Doch das hätte ich nicht zugegeben.

Niemals.

Leider konnte ich es jetzt auch nicht mehr leugnen.

Die Frau beraubte mich meiner Fähigkeit, mich voll und ganz auf Lawson Technologies zu konzentrieren. Sie lenkte mich ab. Mächtig.

»Warum hast du dich nicht einfach mal mit ihr verabredet, um etwas Zeit mit ihr zu verbringen?«, fragte Jett erstaunt.

»Als wir uns kennengelernt haben, wollte sie lediglich einen Samenspender.«

»Weil sie den richtigen Mann nicht finden konnte«, fügte Jett hinzu. »Komm schon, Mason, sei ein bisschen offener. Ich weiß nicht, was mit dir los ist, aber du versuchst seit Jahren, dich von Carter und mir zu distanzieren. Ja, wir haben wegen Lawson Technologies viel Zeit miteinander verbracht. Aber das ist Geschäft. Außerdem bin ich aber auch dein Bruder.«

Ich bemühte mich, angesichts Jetts letzter Bemerkung das Gesicht nicht zu verziehen. Wahrscheinlich weil er die Wahrheit sagte und ich einen Hauch Verletztheit in seinem Tonfall bemerkte. Ja, ich hatte mich von Carter und Jett distanziert, aus gutem Grund und absichtlich, jedenfalls hatte ich das an einem gewissen Punkt geglaubt. Im Laufe der Jahre hatte ich jedoch erkannt, dass meine Gründe keine so große Rolle spielten wie noch vor mehr als zehn Jahren. Es war längst überfällig, ein paar der Wände einzureißen, die ich zwischen meinen Geschwistern und mir wegen etwas, das ich ohnehin nicht ändern konnte, errichtet hatte.

Immerhin waren sie meine Brüder. Und ich vermisste die Nähe zu den beiden und meinen Schwestern sehr.

Daher beschloss ich, jetzt gleich damit zu beginnen und Jett gegenüber offener zu sein.

»Ich begehre Laura, seitdem ich sie vor mehr als einem Jahr zum ersten Mal gesehen habe. Ich hoffte jedoch, dass die Art, wie ich ständig an sie denken musste, nur eine vorübergehende Verrücktheit wäre, die irgendwann verschwände, was nicht der Fall war. Ich weiß nicht, was mit mir nicht stimmt. Ich kann mich nicht annähernd so gut auf Lawson Technologies konzentrieren, wie ich es gewohnt bin. Und du weißt, dass ich nur für unser Unternehmen lebe. Und das seitdem Mom und Dad tot sind. Ich will mich nicht so verzweifelt nach einer Frau sehnen.« Ich holte tief Luft, dann fuhr ich fort: »Aber ich scheine nichts dagegen tun zu können. Jede Woche rufe ich sie an, nur um ihre Stimme zu hören. Ich kann den Gedanken nicht ertragen, sie könnte das Kind eines anderen Mannes austragen. Die Vorstellung macht mich wahnsinnig. Und daher habe ich ihr auch dieses Angebot unterbreitet. Ich dachte, es würde mir vielleicht helfen, wenn sie zumindest nicht das Kind eines anderen Mannes bekommen würde. Mein Gott, Jett. Das ist doch alles nicht normal. Ich hatte mir ein Jahr zugestanden, um darüber hinwegzukommen. Aber ich … kann es einfach nicht.«

»Du bist verrückt nach ihr«, stellte Jett bestimmt fest. »Und das Gefühl wird nicht verschwinden.«

Ich starrte ihn an. »Ich glaube, ich bin einfach durchgeknallt. Punkt. Ich lasse mich nicht unterkriegen. Ich habe das Gefühl, irgendein Verrückter hätte von meinem Gehirn Besitz ergriffen und der Hurensohn weigert sich jetzt, wieder herauszukommen. Ich verliere meinen Kopf doch nicht wegen einer Frau. Niemals.«

Jett grinste. »Willkommen bei den Verrückten, Bruderherz. Du wirst dich daran gewöhnen. Es wird nicht besser werden. Das sage ich aus Erfahrung. Das Einzige, das helfen wird, ist die Gewissheit, einander versprochen zu sein. Und was hat sie denn nun zu deinem Vorschlag gesagt, ihr ein Kind zu machen? Du meintest, sie hätte nicht *Ja* gesagt, daher nehme ich an, ein klares *Nein* war es auch nicht.«

»Ich glaube, sie hielt mich für verrückt«, erwiderte ich. »Und da könnte ich ihr nicht einmal widersprechen. Ich werfe ihr nicht vor, dass sie mein Angebot befremdend fand. Tatsächlich glaube ich inzwischen, dass es keine so gute Idee war. Sie nimmt wahrscheinlich an, ich täte es, weil ich so beschäftigt bin, aber gern selbst ein Kind haben würde.«

Jett nickte bedächtig. »Vielleicht. Du hast dich ja nicht sonderlich bemüht, sie näher kennenzulernen. Wie ich bereits sagte, es hätte mehr Sinn gemacht, sich zuerst mit ihr zu verabreden. Doch das ist typisch für uns Lawsons. Wir sind vollkommen unvernünftig, wenn es um unsere Frauen geht. Wir verlieben uns so heftig, dass man es beinahe als Besessenheit bezeichnen könnte.«

»Genau«, stimmte ich zu.

»Aber das erklärt trotzdem nicht, warum du sie nicht umworben hast.«

»Wenn sie mir einen Korb gäbe, könnte ich wahrscheinlich nie wieder mit ihr reden. Ich würde mich wie ein Stalker fühlen, wenn ich sie dann immer noch jede Woche anrufen würde.«

»Würde dir das etwas ausmachen?«, erkundigte sich Jett.

»Ja. Ich will sie nicht verängstigen. Verdammt, ich habe selbst genug Angst. Wahrscheinlich wäre ich ohnehin unfähig, sie nicht mehr anzurufen. Ich glaube, ich bin hoffnungslos verloren.«

»Möchtest du einen brüderlichen Rat hören?«, erkundigte er sich freundlich.

Ich zögerte einen Moment, dann nickte ich widerstrebend, denn es gefiel mir nicht besonders, von meinem kleinen Bruder einen Rat anzunehmen. Wie auch immer, ich musste einen neuen Plan entwerfen, denn mein bisheriges Verhalten hatte seit mehr als einem Jahr offensichtlich keinen Erfolg erzielt.

»Wenn du Laura für dich gewinnen willst, musst du aufhören, die ganze Sache aufzuziehen wie eine geschäftliche Transaktion. Du musst dich ihr gegenüber verletzlich zeigen.«

Ja, nun gut, das war eine Idee, die mir nicht allzu sehr zusagte. Hatte ich doch bereits vor Jahren diesen Teil meines Ichs verschlossen. Den verletzlichen Teil. Ich hatte keine Ahnung, ob ich diese Tür jemals wieder würde öffnen können.

Kapitel 6

Laura

Ich muss Mason die Wahrheit sagen.

Es war beinahe sechs Uhr abends.

Sonntag.

Und anstatt zu Hause auf Masons Anruf zu warten, hatte ich lieber persönlich das Bürogebäude von Lawson Technologies aufgesucht. Ich betrat den Aufzug, der mich zur Spitze des Wolkenkratzers bringen würde, wo Mason arbeitete, wie ich wusste.

Wie sollte ich es auch nicht wissen? Schließlich rief er mich seit einem Jahr jeden Sonntag um diese Uhrzeit von hier aus an.

Ich umklammerte den Umschlag, den er mir während des Probeessens überreicht hatte. Ich wollte ihn ihm persönlich zurückgeben. Das schuldete ich ihm, da er mir darin so viel über sich selbst preisgegeben hatte.

Einer der Sicherheitsbeamten hatte gerade einen Code eingegeben, der es mir erlaubte, zum obersten Stockwerk hinaufzufahren. Ich beobachtete, wie die Türen zuglitten.

Als ich mich auf den Weg zu Mason gemacht hatte, hatte ich nicht damit gerechnet, dass es so schwierig sein könnte, an einem Sonntag in Masons Gebäude zu gelangen. Es war so gesichert wie Fort Knox, daher hatte Mason bereits Kenntnis von meinem Eintreffen. Sein Team unten in der Empfangshalle hatte ihn angerufen, um für mich die Erlaubnis zu erhalten, die Büros der Manager zu betreten.

Ich lehnte mich gegen die Wand des Aufzugs. Mein Herz raste, als er sich in Bewegung setzte.

Vielleicht hätte ich es ihm einfach am Telefon sagen sollen. Warum zur Hölle bin ich hier? Ich hätte seine Bewerbung mit einem Kurier zurückschicken können. Dann wäre sie mit Sicherheit auch direkt in Masons Hände gewandert.

Ich schüttelte den Kopf. In meinem Herzen kannte ich den Grund. Mein schlechtes Gewissen fraß mich bei lebendigem Leib. Ich fühlte mich schuldig, dass ich nicht bereits früher die Wahrheit ausgespuckt hatte. Zugegeben, das Probeessen war nicht gerade der richtige Ort und der richtige Zeitpunkt gewesen, um ein tiefergehendes persönliches Gespräch zu führen. Doch immerhin hätte ich mich weigern können, die Papiere anzunehmen und durchzulesen.

Nachdem ich den Umschlag geöffnet hatte, der reichhaltige Informationen zu seiner Person enthielt, hatte ich erkannt, wie sehr er mir vertrauen musste. Ich hatte mich dafür verurteilt, dass ich diese ganze Geschichte nicht schon vor Monaten im Keim erstickt hatte.

Jetts und Rubys Hochzeit war wunderschön gewesen, doch Mason hatte ich gestern kaum zu Gesicht bekommen. Die Zeremonie und der Empfang waren wie im Flug vorübergegangen und als Mitwirkende bei der Trauung waren Mason und ich so beschäftigt gewesen, dass wir keine Zeit gefunden hatten, uns zu unterhalten.

Allerdings hätte ich ohnehin nicht versucht, mit ihm ein solches Gespräch während einer Hochzeitsfeier zu führen, doch ich hatte noch nicht einmal Zeit gefunden, ihn zu warnen, dass ich persönlich in seinem Büro vorbeischauen würde.

Ich hätte ihm einfach während des Probeessens die Wahrheit gestehen sollen, anstatt ihm zu versprechen, seine Bewerbung durchzulesen.

Ich hätte es ihm schon im Laufe des Jahres während einer seiner sonntäglichen Anrufe sagen sollen.

Doch ich hatte es nicht getan.

»Es wäre so viel einfacher gewesen«, murmelte ich laut vor mich hin.

Andererseits, wenn ich diese Telefonanrufe nicht mehr erhielt, hätte ich überhaupt keinen Kontakt mehr zu Mason. Nachdem ich gründlich meine Seele erforscht hatte, war ich zu dem Schluss gekommen, dass ich tief in meinem Inneren den Wunsch hegte, diese Kommunikationslinie offenzuhalten.

Okay. Ja. Der Mann mochte mich manchmal verrückt machen, doch auf seine eigene, verdrehte Art kümmerte er sich um mich.

Und aus irgendeinem seltsamen Grund hatte ich nicht darauf verzichten wollen.

Erst nachdem ich seine persönlichen Informationen studiert hatte, wie er mich gebeten hatte, hatte ich mein Verhalten als so abstoßend erkannt, dass ich bereit war, dem wahren Grund ins Gesicht zu sehen, warum ich ihm gegenüber nicht vollkommen ehrlich gewesen war.

Ich hätte Mason jederzeit zum Teufel schicken können.

Ich hätte seine Anrufe nicht entgegennehmen müssen.

Das Problem bestand jedoch darin, dass es mir gefiel, jede Woche von ihm zu hören, obwohl er so nervig sein konnte. Und ich hatte einfach nicht gewollt, dass dies ein Ende hatte. Auch wenn er stets glaubte, mir sagen zu müssen, was das Beste für mich war.

Ich hatte seine Aufmerksamkeit genossen, gleichgültig, wie abwegig seine Gründe auch sein mochten, mich anzurufen. Wahrscheinlich weil er seit dem ersten Tag eine unerklärliche Anziehungskraft auf mich ausübte.

Ich musste zugeben, dass ich irgendwo im Hinterkopf auf eine Einladung zu einem persönlichen Treffen gehofft hatte. Wir zwei allein. Vielleicht so etwas Ähnliches wie ein Rendezvous.

Doch daran schien er nicht im Geringsten gedacht zu haben.

Ja, während des Probeessens hatte er behauptet, sich von mir angezogen zu fühlen, und zu dem Zeitpunkt hatte ich es geglaubt. Es war durchaus möglich, dass er genügend Zuneigung mir gegenüber empfand, um mir ein Kind zu machen. Doch ich kannte mich selbst nur zu gut. Noch niemals hatte ich einem Mann solche Gefühle entgegengebracht und ich würde … mehr wollen. Sex nur zu dem Zweck, Leben zu zeugen, würde mich … leer zurücklassen.

Daher musste ich aufhören, mich an diese dummen wöchentlichen Anrufe zu klammern.

»Das hat jetzt ein Ende«, sagte ich leise und bestimmt, während ich meine Fingernägel nervös in den Umschlag grub, was feine Kratzer auf dem Papier zurückließ.

Brynn hatte recht, als sie behauptete, ich hätte eine Schwäche für Mason. Es war die Wahrheit. Doch ich musste dem ein Ende bereiten. Ein Festhalten an den wöchentlichen Telefongesprächen würde einen Mann wie Mason nicht auf wunderbare Weise plötzlich dazu bringen … mehr zu wollen.

In Wirklichkeit quälte ich mich selbst, auch wenn ich mich der Wahrheit erst vor Kurzem gestellt hatte.

Ich holte tief Luft, als der Aufzug anhielt und die Türen sich zischend öffneten.

Die Luft, die ich gerade erst eingeatmet hatte, entwich meiner Lunge, als ich Masons hochgewachsene, massige Gestalt vor den offenen Türen stehen sah.

Mein Gott, wie gut er aussah! Überrascht nahm ich zur Kenntnis, dass er Jeans und ein durchgeknöpftes, weißes Hemd trug.

Ich hatte also recht. Hatte ich doch geahnt, dass er es hasste, einen Anzug zu tragen! Denn sonst hätte er sich auch an einem Wochenende in formale Kleidung gezwängt.

Leider lächelte Mason nicht, weshalb ich mir ziemlich sicher war, dass es ihn nicht gerade glücklich machte, mich zu sehen.

Das spielt keine Rolle. Ich muss die Sache durchziehen.

»Ich muss mit dir reden«, stieß ich hervor, während ich versuchte, all meine Entschlossenheit aufzubieten.

Sein Stirnrunzeln vertiefte sich. »Ist alles in Ordnung mit dir?«

Nein. Überhaupt nicht. Aber ich werde dich dazu veranlassen, es zu glauben.

Ich nickte und trat aus dem Aufzug heraus. »Es geht mir gut. Aber heute muss ich einfach persönlich mit dir reden.«

Er wirkte erleichtert. »Lass uns in mein Büro gehen.«

Ich folgte ihm zu einem äußerst geräumigen, privaten Büro. Er setzte sich in einen großen Sessel hinter den Schreibtisch. Ich legte den dicken Umschlag vor ihn auf den Tisch, bevor ich mich auf einem der Stühle davor niederließ.

Jetzt oder nie. Dies ist meine Chance, reinen Tisch zu machen, und ich werde sie ergreifen.

Schluss mit den sonntäglichen Anrufen.

Schluss mit den Halbwahrheiten.

Schluss mit der Hoffnung, Mason könnte mich im Laufe der Zeit doch einmal zu einem Rendezvous einladen.

»Hast du die Papiere gelesen?«, erkundigte er sich barsch, bevor ich auch nur ein Wort herausbekam.

»Einige«, gab ich zu. »Doch dann wurde mir bewusst, dass ich nicht weiterlesen durfte. Ich hätte aus reiner Neugier meine Nase in deine Privatangelegenheiten gesteckt, ohne einen triftigen Grund, außer dass ich dir versprochen hatte, sie zu lesen. Ich habe dein Angebot nicht ernsthaft in Betracht gezogen, Mason. Es tut mir leid. Ich glaube, ich wollte während des Probeessens lediglich der Diskussion ein Ende bereiten, daher habe ich versprochen, das Paket an mich zu nehmen und den Inhalt zu lesen. Doch ich hatte wirklich nicht die Absicht, dich als Samenspender zu benutzen. Ich habe meine Entscheidung getroffen.«

Sein Kopf flog hoch und er musterte aufmerksam mein Gesicht. »Du hast einen anderen Mann gewählt?«

Ich konnte Schmerz in seiner Stimme erkennen und sofort fühlte ich mich noch schuldiger als zum Zeitpunkt meines Eintreffens.

Seine Miene war ernst und ich fragte mich, wie ein Mann gleichzeitig so wild und doch so verletzt aussehen konnte.

»Nein, das ist es nicht.« Ich holte tief Luft und stieß einen langen Seufzer aus. »Die Wahrheit ist, ich werde diesen Prozess überhaupt nicht durchlaufen. Ich glaube, mein Kinderwunsch hatte den falschen Grund. Ich denke, das erkannte ich bereits vor einem Jahr, direkt nachdem ich die Klinik verlassen hatte. Ich wollte kein Baby, ich wollte jemanden, der mir gehörte, ein Kind, das ich lieben konnte. Ich glaube, mir wurde bewusst, wie egoistisch so ein Vorgehen wäre. Du hattest recht. Eines Tages hätte das Kind wissen wollen, wo er oder sie hergekommen wäre und wer der Vater sein mochte. Samenspender bleiben anonym, das Kind hätte es also nie erfahren. Ich bin der Meinung, wenn ich einen starken Mutterinstinkt hätte, könnte ich es rechtfertigen, doch mein Grund war ein anderer. Ich meine, versteh mich nicht falsch. Ich wäre gern Mutter, aber ich glaube, ich wollte einfach nur nicht mehr allein sein.«

Ich spürte, wie mir Tränen in die Augen stiegen. Es war nicht einfach gewesen, mir selbst die Wahrheit einzugestehen, doch sobald ich die Klinik aufgesucht hatte, musste ich über meine Gründe nachdenken, warum ich eine künstliche Befruchtung wollte, und entscheiden, ob sie rechtfertigten, von den Spermien eines unbekannten Mannes schwanger zu werden. Am Ende waren meine Beweggründe nicht rational genug, um auf diese Art ein Baby zu bekommen, nur damit ich ein Kind gehabt hätte, dem ich meine Liebe schenken konnte.

Ich wusste, meine Motivation bestand mehr in meiner Einsamkeit als in einem überwältigenden Mutterinstinkt, den ich nicht hätte ignorieren können. Ich musste nicht unbedingt Mutter sein. Meiner Meinung nach hätte ich rein egoistisch gehandelt.

Bevor ich die Klinik besucht hatte, hatte ich nicht darüber nachgedacht, inwieweit meine unkonventionelle Vorgehensweise ein Kind beeinflusst hätte.

Ich war ohne liebende Eltern aufgewachsen. Zwar besaß ich einige alte Erinnerungen an jene Jahre, in denen sie noch lebten, doch zumeist hatte ich in meinem Leben nur Zurückweisung erfahren. Und obwohl ich einem Kind genügend Liebe schenken konnte, musste ich doch bedenken, dass es sich abgewiesen fühlen könnte, da es keinen Vater gehabt hätte. Ich war zu dem Entschluss gekommen, dass es absolut keinen Grund gab, so etwas zu riskieren.

Mason schwieg, daher fuhr ich fort: »Ich erkannte, dass meine Motivation vollkommen egoistisch war. Es gibt so viele Kinder auf der Welt, die ein gutes Zuhause brauchen. Jemanden, der sie liebt. Und dazu bin ich fähig. Irgendwann werde ich ein Kind von der Organisation adoptieren, aus der ich komme. Ich war ein Waisenkind. Ich weiß, was es bedeutet, wenn man sich nach Liebe sehnt. Ich kann meine Liebe einem oder zwei Kindern schenken, die sie wirklich nötig haben. Außerdem bin ich in der Lage, die Probleme zu verstehen, denen sie in einem zerstörten Umfeld ausgesetzt waren.«

»Du warst ein Waisenkind?«, vergewisserte er sich heiser.

Er blickte mich mitfühlend an und das zerbrach mich beinahe. »Die meiste Zeit meines Lebens«, erzählte ich ihm. »Meine Eltern starben bei einem Unfall, als ich noch klein war, genau wie deine. Und ich war nur ein Kind. Keiner meiner entfernteren Verwandten wollte mich haben. Ich war ungefähr sieben Jahre alt, als ich der Fürsorge der Stadt New York übergeben wurde, und wurde von einem Heim zum anderen geschoben, bis ich siebzehn war. Bereits als Teenager habe ich mich zu Tode gehungert, um in die Welt der Models zu passen. Doch niemand hat es je bemerkt, da ich niemals lange irgendwo blieb. Obwohl ich noch die Highschool besuchte, begann ich, Kontakte zu knüpfen und an Model-Veranstaltungen teilzunehmen. Ich bekam eine Chance, bevor ich alt genug war, um aus der Fürsorge entlassen zu werden. Ich war also eine der Glücklicheren. Zumindest verdiente ich genügend Geld, um mir zusammen mit einigen Mitbewohnerinnen ein Dach über dem Kopf leisten zu können, sobald ich achtzehn war.«

Im Büro herrschte angespannte Stille, bis Mason schließlich sagte: »Weine nicht.«

Ich hob eine Hand ans Gesicht und wischte die Tränen weg, die mir während meiner Erzählung übers Gesicht gelaufen waren. »Ich weine niemals«, behauptete ich unter Tränen mit einer Stimme, die mich schockierte.

Okay. Gelegentlich weinte auch ich. Doch diese sensiblen Augenblicke ließ ich kaum einmal jemanden miterleben. Schon vor langer Zeit hatte ich gelernt, meine Gefühle zu kontrollieren.

»Warum hast du mir das nicht erzählt?«, erkundigte er sich heiser.

Als mein Gesicht schließlich trocken war, legte ich die Hände in den Schoß. »Ich habe niemandem erzählt, dass ich meine Meinung bezüglich einer künstlichen Befruchtung geändert habe. Nicht einmal Brynn. Ich fühlte mich wie eine Idiotin.«

»Du bist keine Idiotin«, verteidigte mich Mason, worüber ich am liebsten erneut in Tränen ausgebrochen wäre.

»Aber ich habe zugelassen, dass du mich jede Woche anrufst und glaubst, ich könnte etwas Dummes tun, obwohl ich das überhaupt nicht im Sinn hatte. Bist du nicht sauer? Es war reine Zeitverschwendung.«

Langsam schüttelte er den Kopf. »Nein. Und dich anzurufen betrachte ich nicht als Zeitverschwendung. Ich wollte dich anrufen, Laura. Ich wollte wissen, wie es dir ging. Wenn ich das nicht gewollt hätte, hätte ich es nicht getan.«

Ich spürte Schmetterlinge im Bauch und blickte ihm endlich in die Augen. »Ich glaube, mir gefiel es, dass sich jemand Sorgen machte, ich könnte mein Leben zerstören. Nicht dass ein künstlich gezeugtes Kind das wirklich getan hätte, doch werde ich niemals wissen, was am Ende dabei herausgekommen wäre. Doch damit komme ich klar.« Ich holte tief Luft, denn ich wusste, dass ich um den heißen Brei herumredete. Ich schloss mit der Wahrheit. »Es gefiel mir, dass du mir jede Woche deine Besorgnis zeigtest.«

Ehrlich, mittlerweile war ich abhängig von den wöchentlichen Anrufen geworden, obwohl Mason mich manchmal nervte. Es war jämmerlich, aber als Frau, die keine echte Familie besaß und niemals einen Mann gehabt hatte, der auch nur einen Hauch von Beschützerinstinkt gezeigt hätte, war seine Fürsorge äußerst erfreulich.

Er brummte. »Wenn ich das gewusst hätte, hätte ich dich wahrscheinlich jeden Tag angerufen.«

Ich konnte nicht anders, auf meinen Lippen bildete sich ein kleines Lächeln. Woher kam es nur, dass Mason stets etwas Nettes sagte, sobald ich mich unbehaglich fühlte? »Du verzeihst mir also, dass ich dir nicht schon früher reinen Wein eingeschenkt habe?«

Mason zuckte mit den Schultern. »Es gibt nichts zu verzeihen. Ich habe genau das getan, was ich tun wollte. Und du hast mir keineswegs die Wahrheit geschuldet. Allerdings hast du mich ein verdammt langes Jahr gehörig schwitzen lassen, denn ich hatte Angst, du könntest plötzlich ein Baby von einem anderen Mann in dir tragen.«

Mein Herzschlag setzte aus und mir stockte der Atem. »Sicher warst du deshalb besorgt, weil eine gewisse familiäre Verbindung zwischen uns besteht. Denn immerhin ist Brynn meine beste Freundin und mit deinem Bruder verheiratet. Das war tatsächlich sehr nett von dir.« Ich mochte zwar immer gehofft haben, seine Anrufe hätten zu etwas mehr geführt, doch mittlerweile hatte ich die Hoffnung aufgegeben.

»Meine Gefühle dir gegenüber und meine Angst, du könntest von einem anderen Mann ein Baby bekommen, hatten niemals etwas mit Familienbanden zu tun, Laura. Oder mit Freundschaft. Ich wollte nicht, dass du von einem Samenspender schwanger wirst. Es ging mir lediglich um mich.«

Er hatte offen gesprochen und ich wusste nicht, was ich sagen sollte. Irgendwann murmelte ich schließlich: »Ich verstehe nicht.«

Ich wand mich unter seinem intensiven, nachdenklichen Blick. »Ist das nicht ziemlich offensichtlich? Ich habe dir angeboten, dich zu ficken, bis du mit meinem Kind schwanger bist. Ich fühle mich zu dir hingezogen, Laura. Immer schon. Das kommt unter dem Strich dabei heraus. Wenn du von jemandem schwanger werden wolltest, dann wollte ich selbst dieser Mann sein.«

Ich war mir beinahe sicher, dass mir die Augen aus dem Kopf traten. Ich starrte ihn an. »Du wolltest wirklich … mit mir zusammen sein? Und es hatte nichts mit Mitleid oder Pflichtgefühl zu tun?«

Brynns Versuch, mir zu erklären, dass Mason auf mich stand, machte nun einen Sinn.

Versuchte er etwa, mir zu erklären, dass er mich … ficken wollte? *Wirklich?*

»Ist das so schwer zu glauben, Laura?«, fragte er heiser. »Dass ich mit dir aus keinem anderen Grund schlafen will als meinem Verlangen nach dir?«

Ich musste meinen Mund mehrmals öffnen und wieder schließen, bevor ich ein Wort herausbekam. »Ja.«

»Warum?«

»Um Himmels willen, du bist Mason Lawson, Milliardär und genialer Kopf einer der weltweit größten Technologiekonzerne. Du bist nicht nur klug und reich, sondern wahrscheinlich auch der bestaussehendste Mann, der mir je begegnet ist. Du könntest fast jede alleinstehende Frau auf unserem Planeten bekommen. Warum zum Teufel solltest du ausgerechnet mich begehren?« Ich plapperte die ganze Wahrheit heraus, ohne nachzudenken. Ich war zu verblüfft, um anders zu reagieren.

Er schenkte mir ein kleines Lächeln. »Du hältst mich für gut aussehend?«

Ich verdrehte die Augen. »Ich und jede andere Frau, die dich zu Gesicht bekommt.«

Er verhielt sich, als hätte er keine Ahnung, wie attraktiv er war, was ich kaum verarbeiten konnte. Wahrscheinlich war das ebenso wenig zu schlucken wie sein verzweifelter Wunsch, mich in sein Bett zu bekommen, sodass er mich ein ganzes Jahr lang beharrlich jede Woche angerufen hatte.

Gewiss, er hatte mir gesagt, wie hübsch ich wäre und dass er mich attraktiv fände. Doch erst jetzt begann ich zu glauben, dass er das wirklich ernst gemeint hatte.

Ich hatte weit von mir gewiesen, was Brynn mir über ihre Meinung zu Masons Gefühlen für mich gesagt hatte.

Ich hatte weit von mir gewiesen, dass ich Freitagabend einen Ausdruck des Verlangens in seinen Augen zu sehen geglaubt hatte.

Ich hatte weit von mir gewiesen, dass er mir angeboten hatte, ein Kind mit ihm zu zeugen.

Ich hatte alles weit von mir gewiesen, was er gesagt oder getan hatte, das mich zu dem Glauben verleitet hätte, er könnte einfach nur … mit mir zusammen sein wollen.

Alles nur wegen meiner eigenen verborgenen Unsicherheiten.

Alles nur, weil ich mir nicht einmal vorstellen konnte, dass Mason mich attraktiv fand … in jeglicher Hinsicht.

Alles nur, weil er mir so unerreichbar erschien, und obwohl ich mich auch von ihm angezogen fühlte.

Während ich ihn weiterhin anstarrte, erkannte ich endlich die absolute Wahrheit.

Mason Lawson begehrte mich und ich brauchte keinen weiteren Beweis als seinen Blick, mit dem er mich angaffte.

»Warum hast du dich nicht mit mir verabredet, anstatt eine Entschuldigung zu benutzen, um mich wöchentlich anrufen zu können?«, wollte ich wissen.

»Ich war mir nicht sicher, ob du interessiert warst. Und ich wollte auf keinen Fall den Kontakt zu dir verlieren«, erwiderte er steif.

Oh mein Gott.

Mason hatte nicht die geringste Ahnung, weder wie attraktiv er war, noch dass er beinahe jede Frau zum Schmelzen bringen konnte.

Tatsächlich schien er nicht zu wissen, wie viele Frauen ihr Leben dafür geben würden, um mit ihm auszugehen.

Du hältst mich also für gut aussehend?

Hatte er mich das nicht gefragt?

In Wahrheit hatte er keine Schmeichelei für sein Ego gebraucht. Nein, er hatte die Bestätigung haben wollen, dass ich ihn auch begehrte.

Er verstand einfach nicht, dass die meisten Frauen in ihm den begehrenswertesten, aber unerreichbarsten Mann auf der Welt sahen.

Mein Herz zog sich zusammen, als ich in sein verwirrtes Gesicht blickte. Ich hasste mich dafür, dass meine Ängste mich blind gegenüber seinen Unsicherheiten gemacht hatten.

Mason Lawson war kein milliardenschwerer Frauenheld. Eigentlich war ich sogar davon überzeugt, dass er überhaupt nicht viel Erfahrung mit Frauen gesammelt hatte.

Das ergab in gewisser Hinsicht einen Sinn. Immerhin war er ein Workaholic. Hatte er überhaupt Zeit, sich zu verabreden?

In jenem Moment sah ich alles, was zwischen mir und Mason abgelaufen war, mit äußerst scharfer Klarheit.

Er war unsicher.

Ich war unsicher.

Und in unserer Unsicherheit waren wir umeinander herumgetanzt, da wir uns zueinander hingezogen fühlten, doch keiner von uns beiden hatte glauben können, dass der andere das Gleiche empfand.

Es schien ziemlich lächerlich, dass jemand wie Mason so unsicher war, doch offensichtlich hatte er das von mir auch gedacht.

Das Geschehen wurde mir nun immer klarer und meine Nervosität fiel von mir ab.

Beinahe hätte ich wegen meiner Ängste die Chance verpasst, Mason besser kennenzulernen.

Ich war nicht bereit, das noch einmal zu riskieren.

Ich durfte mir selbst nicht mehr im Weg stehen.

Er erhob sich. »Hast du schon etwas gegessen?«

Ich schüttelte den Kopf. »Nein.«

Zögernd fragte er auf seine barsche Art: »Möchtest du mit mir essen gehen? Ich bin am Verhungern.«

Ich musste mich aus meinen Gedanken aufrütteln, um zu erkennen, dies war meine zweite Chance. »Sicher. Ich habe Hunger.« Ich machte eine Pause, dann erkundigte ich mich: »War das eine Einladung zu einem Rendezvous? Ich will einfach nur klarstellen, was wir hier gerade tun.«

Ich war bereit, völlig offen zu sein, um mich zu vergewissern, dass wir auf derselben Wellenlinie waren.

»Würde dir das gefallen?«, fragte er barsch zurück.

»Ich weiß nicht«, erwiderte ich ehrlich. »Ich glaube ja, aber ich muss erst herausfinden, wie ich mit dir von vorn beginnen kann. Alles, was ich bis jetzt geglaubt habe, war … ein Irrtum.«

»Dann soll die Einladung genau das sein, was du dir vorstellst«, gab er zur Antwort. »Freundschaft, ein Rendezvous, einfach nur zwei hungrige Menschen, die zusammen essen. Mir ist das im Augenblick gleichgültig, solange du mich begleitest.«

Er reichte mir die Hand und ich ließ mich von ihm aus dem Stuhl ziehen.

Ich erzitterte, als unsere Körper sich streiften.

Plötzlich erschien mir Mason Lawson, einer der begehrtesten Junggesellen der Welt, überhaupt nicht mehr so unerreichbar.

Kapitel 7

Laura

»Hier ist es wunderschön«, sagte ich zu Mason, als ich das genüssliche Verspeisen meines Kung Pao Huhns unterbrach.

Wir hatten uns für chinesisches Essen entschieden, da wir es beide gern mochten. Er hatte vorgeschlagen, es bei ihm zu Hause zu verzehren, da in dem kleinen Restaurant nur wenige Sitzplätze vorhanden waren.

Sein Haus war eine neu gestaltete alte Villa direkt am Meer. Sie entsprach nicht im Geringsten meinen Erwartungen, doch ich lernte, keine vorschnellen Urteile zu fällen, wenn es um Mason ging.

Sogar von meinem Platz auf der Couch im Wohnzimmer, auf der ich mich mit gekreuzten Beinen niedergelassen hatte, konnte ich den überwältigenden Ausblick auf die Elliot Bay genießen. Ich bezweifelte, dass es auch nur einen einzigen Ort in dem großen Haus gab, von dem man das Meer nicht sehen konnte.

Er nahm sich eine Frühlingsrolle und verschlang sie mit zwei Bissen. Der große Kaffeetisch zwischen uns war beladen mit Speisen. Als wir die unglaubliche Menge chinesischer Gerichte ins Haus getragen hatten, war ich mir sicher, dass wir nur einen kleinen Teil davon verspeisen konnten.

Ich hatte unrecht.

Mason konnte ganze Berge hinunterschlingen und ich war so hungrig, dass ich ebenfalls meinen Anteil vertilgte.

»Ich halte mich nicht sehr oft hier auf«, überlegte er. »Es ist eine Weile her, dass ich das Haus bei Tageslicht gesehen habe.« Er lehnte sich in seinem Sessel zurück.

Im Sommer ging die Sonne erst ungefähr um neun Uhr unter, daher war es draußen immer noch hell. »Wirklich? Mein Gott, ich glaube, ich würde jeden freien Augenblick hier verbringen, wenn mir ein solches Haus gehören würde. Ich muss zugeben, ich hätte dich eher als den Typ Mann eingeschätzt, der ein Penthouse in der Innenstadt vorzieht, wie Carter und Jett.«

Das Haus war perfekt. Es war ruhig hier, doch man befand sich immer noch nahe genug an der Innenstadt.

»Ich wollte unbedingt ein Haus, obwohl es wahrscheinlich günstiger gewesen wäre, in der Nähe meines Büros zu wohnen«, erwiderte er.

Ich lächelte. Seitdem ich erkannt hatte, dass Mason kein Frauenheld war und unter gewissen Unsicherheiten litt, fand ich ihn viel zugänglicher.

Nicht dass der Mann mir gerade wie ein offenes Buch erschienen wäre, aber es fiel mir leichter, mich mit ihm zu unterhalten.

Und ich sehnte mich von ganzem Herzen danach, ihn selbst kennenzulernen, nicht nur seine gut aussehende, arrogante Milliardärsfassade.

Mason hatte mich gebeten, mit ihm in seinem Wagen zu fahren, und auf dem Weg zum Restaurant hatten wir uns wie Freunde unterhalten.

Er benahm sich zwar immer noch herrisch und arrogant, doch damit konnte ich leben. Schließlich war er nicht mein Boss, daher konnte ich ihn zurechtweisen, wenn er es übertrieb. Hatte ich mich doch schon früher anlässlich seiner wöchentlichen Anrufe mit ihm auseinandersetzen müssen, wenn er sich wie ein Arschloch verhalten hatte.

»Hier ist es doch viel schöner«, erwiderte ich schließlich. »Wer will denn nicht am Meer leben? Ich hätte gern am Strand gewohnt, doch dafür reichten meine finanziellen Mittel nicht aus. Daher entschied ich mich für eine Eigentumswohnung in der Stadt.«

Ein paar Minuten lang widmeten wir uns in kameradschaftlichem Schweigen unserer Mahlzeit. Dann forderte Mason mich leise auf: »Erzähl mir, wie es war, unter der städtischen Fürsorge aufzuwachsen.«

Schulterzuckend nahm ich mein Sodawasser vom Tisch. »Ich habe es überlebt. Viel mehr gibt es dazu nicht zu sagen. Ich wünschte, ich könnte behaupten, es hätte eine Pflegefamilie gegeben, an die ich mich enger angeschlossen hätte, doch das war leider nicht der Fall. Die meisten besaßen eigene Kinder, um die sie sich sorgten. Als kleines Kind wünschte ich mir, eine Familie würde mich adoptieren. Doch als Teenager wollte ich einfach nur noch dem System entfliehen.«

»Und du fandst einen Weg. Ich kann es zwar nicht gutheißen, dass du dich beinahe zu Tode gehungert hast, um Model zu werden, doch ich bewundere dich dafür, dass du eine Art Plan für deine Zukunft entworfen hattest.«

Ich lächelte ihn an, weil er es missbilligte, dass ich nicht genug gegessen hatte. »Ich wollte verzweifelt jemand sein, etwas darstellen. Beweisen, dass ich jemand war. Damals habe ich mich nicht darum gekümmert, was ich tun musste, um dahin zu gelangen. Als Brynn in der Branche auftauchte, war ich schon seit Jahren ein klapperdürres Model. Sie dabei zu beobachten, wie sie das Gleiche durchmachte, hat mich wachgerüttelt.«

»Inwiefern?«

Ich dachte einen Moment nach, bevor ich antwortete: »Sie war jünger. Gesünder. Ich hatte das Gefühl, den Verfall meiner Gesundheit noch einmal zu erleben. Ich wollte nicht lange dabei zusehen, wie sie das Gleiche tat. Hungern spielt dem Körper übel mit und erzeugt anhaltende Nebenwirkungen, die nicht mehr geheilt werden können. Brynn war für mich wie die Schwester, die ich niemals gehabt hatte. Ich hatte sie gern. Ich wusste, dass wir beide damit aufhören mussten, obwohl wir zu jener Zeit wirklich erfolgreich waren. Ich war in einer Sackgasse gelandet und wusste, ich musste aufhören zu hungern oder ich würde sterben. Brynn und ich trafen eine Absprache, entweder zu versuchen, die Modebranche zu beeinflussen, oder auszusteigen. Sie wuchs aus ihren Kleidern, als sie wie ein gesunder Mensch zu essen begann. Wir trugen den Sieg davon, als sie trotzdem weiterhin engagiert wurde. Mein gesünderes Gewicht führte dazu, dass ich ein Model für Übergrößen wurde, denn gerade zu dem Zeitpunkt begann die Nachfrage nach beleibteren Models zu steigen. Daher war ich in der Lage, mich umzustellen.«

Er machte ein finsteres Gesicht. »Für mich siehst du nicht aus wie eine Übergröße.«

Er klang so entrüstet, dass ich lachen musste. »In der Welt der Models bist du ab Größe zweiundvierzig eine Übergröße. Ich bekleide jetzt Größe sechsundvierzig und bin damit weit in die Kategorie des Übergrößen-Modelns hineingerutscht, auch wenn die Kleiderindustrie das nicht gerade als positiv betrachtet.«

»Du bist wunderschön. Du hast das Gesicht eines Engels. Es spielt keine Rolle, welche Größe du trägst«, knurrte Mason.

Ich schnaufte. »Erzähl das all den Leuten, die mich in den sozialen Medien wegen meiner Figur aufgezogen haben. Ich habe gelernt, es an mir abprallen zu lassen, denn ich predige, dass man mit jeder Größe gesund und hübsch sein kann. Und ich glaube an das, was ich predige. Allerdings habe ich jede Menge Kritiker, die es nicht gern sehen, wenn ich für Unterwäsche oder Badeanzüge Werbung mache.«

»Vergiss sie. Ich möchte es sehen«, brummte Mason.

Er klang so erpicht darauf, Fotos von mir zu sehen, auf denen ich halb nackt war, dass ich ein Lächeln unterdrücken musste.

»Ich habe vor einer Weile an einem Shooting für Badeanzüge teilgenommen. Und in ein paar Wochen habe ich einen Fototermin als Model für Unterwäsche für einen alten Kunden, der mit Models für Übergrößen arbeitet. Ich versuche, mich nicht zu sehr von meinen Spöttern in den sozialen Medien beeinflussen zu lassen. Ich halte es für zu wichtig, dass Frauen ein realistisches Model in den Kleidern sehen, die sie vielleicht erwerben wollen.«

»Ich habe mir die Bilder im Badeanzug angesehen«, gestand er, während er seine Gabel auf den leeren Teller legte.

»Wirklich?«, vergewisserte ich mich überrascht. »Wie kam es dazu?«

»Ich habe danach gesucht. Welcher heißblütige Mann würde dich nicht halb nackt sehen wollen?«

Die Fotos waren im Internet veröffentlicht worden, dennoch …

»Ich werde häufig deswegen angegriffen«, informierte ich ihn wahrheitsgetreu. »Meine Kritiker waren nicht gerade glücklich. Dieses Shooting hätte ein Model für Übergrößen normalerweise nicht gemacht.«

»Deine Kritiker können mir den Buckel runterrutschen«, meinte er unwirsch. »Du warst verdammt sexy. Die meisten Männer würden lügen, wenn sie behaupteten, bei diesem Anblick keinen Steifen zu bekommen.«

Ich lachte, aber Mason blieb weiterhin ernst. »Ich denke, du bist der einzige Mann, der so darüber denkt. Mason, ich bin ein Model für Übergrößen.«

»Du warst umwerfend im Badeanzug, Laura.«

Ich war verblüfft und lief rot an. »Ich bin dick.«

»Dann nehme ich an, dass dicke Frauen meinen Schwanz hart werden lassen«, spottete er. »Für mich siehst du verdammt heiß aus.«

Die Ernsthaftigkeit seines Tonfalls hatte etwas an sich, das mich beinahe zum Weinen gebracht hätte.

Oberflächlich betrachtet mochte ich recht selbstbewusst erscheinen, doch in meinem Inneren lebte immer noch eine Frau, die einfach so akzeptiert werden wollte, wie sie war. Ich wollte einen Mann, der mich betrachtete und mein Aussehen nicht verändern wollte.

Die Tatsache, dass Mason mich ansah und nichts außer Perfektion zu bemerken schien, war mir verdammt fremd.

Nachdem ich jahrelang gegen Modelagenturen und Designer gekämpft hatte, damit sie endlich realistisch mit Körpergrößen umgingen, und nach zahlreichen Liebhabern, die stets nur meinen Körper kritisiert hatten, wirkte es äußerst verführerisch auf mich, einen Mann zu haben, der mich betrachtete und dem gefiel, was er sah.

Ehrlich, ich war mir nicht ganz sicher, wie ich mit einem Mann wie Mason umgehen sollte. Angesichts seiner Haltung mochte ich mich zwar etwas unbehaglich fühlen, weil sie ungewohnt für mich war, doch es war sehr verlockend.

Besonders seine Bemerkung, dass ich seinen Schwanz hart werden lassen konnte.

Natürlich war ich keine Jungfrau mehr. Doch hatte ich mich beim Sex stets etwas unbehaglich gefühlt, da ich mich selbst niemals als besonders sexy empfunden hatte. Vielleicht weil die Männer, mit denen ich in der Vergangenheit zusammen gewesen war, mich niemals mit einem solchen Verlangen angesehen hatten wie Mason. Mir war stets bewusst gewesen, dass meine Liebhaber es vorgezogen hätten, wenn ich so dünn gewesen wäre wie ein durchschnittliches Model.

Wohingegen Mason mich ansah, als hätte er am liebsten jeden Zentimeter meines Körpers verschlungen.

Wie sollte ich da nicht das Verlangen spüren, an seinem riesigen Körper wie an einer Eiche hinaufzuklettern und ihn anzuflehen, mich zu ficken?

»Manchmal bin ich ziemlich unsicher«, gab ich zu. »Meist kann ich es verbergen. Ich glaube wirklich, was ich in meinem Blog veröffentliche. Menschen gibt es in allen Gestalten und Größen und ich bin davon überzeugt, dass jeder von ihnen auf seine Art schön ist. Ich halte die Model-Welt für unrealistisch. Jahrelang war Größe vierundvierzig die gebräuchlichste Frauenkleidergröße in den Vereinigten Staaten, doch mittlerweile behaupten einige Studien, dass Größe sechsundvierzig am meisten vertreten ist. Doch manchmal bin ich immer noch das Mädchen, das gehungert hat, um in eine Welt zu passen, in der es alles bedeutet, superdünn zu sein. Ich vergleiche mich immer noch mit regulären Models.«

»Tu das nicht«, redete Mason auf mich ein. »Du hast es nicht nötig, wie sie zu sein. Sei einfach nur du selbst.«

Es schien ihm tatsächlich zu missfallen, dass ich versucht hatte, jemand anderes zu sein als ich selbst. »Ich bin ich. Jedenfalls zumeist«, erklärte ich.

»Du scheinst keine Probleme damit zu haben, auf deinem Blog deine ehrliche Meinung zu äußern.«

Ich warf ihm einen überraschten Blick zu. »Du liest tatsächlich unseren Blog? Dort geht es doch größtenteils um Mode.«

»Ich meine nicht den Blog, den du mit Brynn zusammen unterhältst. Obwohl ich auch den verfolge, um mich über alles auf dem Laufenden zu halten, was ich wissen muss, um Perfect Harmony zu unterstützen. Ich verfolge deinen persönlichen Blog. Ich lese jeden neuen Post. Und es geht nicht nur um Mode. Es geht um deine Wahrnehmung der Welt. Ich mag es, wie brutal ehrlich du sowohl dir selbst als auch deinen Lesern gegenüber bist. Du gibst sogar zu, wenn du mit etwas unrecht hattest.«

Nun ja, ich war schockiert. Ehrlich, in meinem persönlichen Blog schrieb ich über meine Gefühle und über die Frauen, die ich auf meinen Reisen um die Welt kennengelernt hatte. Tatsächlich ging es nur sehr wenig um Mode. Größtenteils behandelte ich meinen persönlichen Lebensweg. Dennoch … »Es ist eher ein Blog für Frauen«, erklärte ich.

Ich war stets brutal ehrlich mir gegenüber, wenn ich einen Post schrieb, doch mir war nicht bewusst gewesen, dass ein Mann sich für die Gefühlswelt einer Frau interessieren könnte.

Er zuckte mit den Schultern. »Ich denke, dein Blog ist eine gute Quelle für jeden, der glaubt, manchmal nicht richtig in seine Welt zu passen. Ich verfolge ihn, um dich zu verstehen.«

Ich lachte, fühlte mich jedoch etwas unwohl, dass jemand wie Mason sich tatsächlich so sehr für meine Gefühle interessierte, dass er meine Blogeinträge las. Es war einerseits schmeichelhaft, doch andererseits etwas irritierend. »Ich bin nicht allzu kompliziert.«

Ich hätte ihm gern erzählt, dass ich nichts anderes wirklich wollte, als mich in einem Bereich sicher zu fühlen, in dem ich mich ständig mit Frauen verglich, die in der Welt der Models als perfekt galten.

Wenn ich als Model arbeitete, nahm ich meine Selbstsicherheit wie ein Schauspiel wahr. Ich konnte lächelnd ein selbstbewusstes Auftreten an den Tag legen, doch ich konnte es nicht dauerhaft verinnerlichen. Mein Blog spiegelte meinen persönlichen inneren Kampf wider, an den Punkt zu gelangen, an dem ich mich wahrhaftig ständig selbstsicher fühlte.

»Du bist kompliziert«, widersprach er. »Aber bist du nicht lieber kompliziert und nachdenklich als so oberflächlich, zu leugnen, wachsen zu müssen?«

Ich legte den Kopf schräg und musterte sein ernstes Gesicht. »Ich glaube, so habe ich es noch nie gesehen.«

»Denk darüber nach«, schlug er vor und erhob sich. »Ich glaube, jetzt bringe ich dich besser nach Hause.«

Ich stand ebenfalls auf und begann, die Speisereste und die Teller einzusammeln. »Mason?« Ich erinnerte mich plötzlich an eine der Fragen, die ich ihm stellen wollte. Etwas, das ich in seinen persönlichen Dokumenten gelesen hatte, bevor ich mich entschied, sie beiseitezulegen und auf den weiteren Einblick in sein persönliches Leben zu verzichten.

»Ja?« Er folgte mir mit dem Rest des Geschirrs vom Kaffeetisch in die Küche.

»Du bist ein Workaholic. Ich glaube, das weiß jeder«, begann ich zögernd.

Und wenn ich unrecht habe?

Wenn ich mit meinen Schlussfolgerungen total falschliege?

Bevor ich darüber nachdenken konnte, fragte ich unverblümt: »Versuchst du, etwas zu beweisen?«

»Ich arbeite gern«, murmelte er, während er die Speisen in den Kühlschrank stellte. »Was sollte ich zu beweisen haben?«

»Du hast mich gebeten, deine Bewerbung durchzulesen, was ich getan habe. Teilweise. Wahrscheinlich hätte ich noch nicht einmal einen Blick darauf werfen sollen, da ich mich bereits entschieden hatte, ein Pflegekind aufzunehmen oder zu adoptieren. Doch ich …«

»Was?«, hakte Mason nach und drehte sich herum, um mich anzusehen, nachdem er alles im Kühlschrank verstaut hatte.

»Ich habe deine Adoptionspapiere in den Unterlagen gefunden, Mason«, erklärte ich hastig, denn ich befürchtete, falsche Schlüsse gezogen zu haben. »Arbeitest du so hart, weil du nicht der leibliche Sohn deines Vaters bist?«

Kapitel 8

Laura

»Nun gut, ich habe es geschafft, etwas zu vermasseln, das ich genossen habe. Sehr genossen habe«, murmelte ich vor mich hin. Ich schleuderte meine Handtasche auf den Schreibtisch in meinem Heimbüro.

Hatte ich unbedingt meinen großen Mund aufreißen und Mason damit konfrontieren müssen, dass er einen anderen leiblichen Vater besaß als seine Geschwister?

Ein guter Weg, jegliche Kommunikation zu ersticken, Laura.

Seufzend ging ich in mein Schlafzimmer, um mir einen Schlafanzug anzuziehen.

Mason hatte mir mit einem dröhnenden »*Nein!*« auf meine Frage geantwortet, ob seinem Arbeitsdrang die Tatsache zugrunde läge, dass er nicht das leibliche Kind seines Vaters war, und mehr hatte er nicht zu meiner dummen Frage gesagt.

Danach war unsere Unterhaltung beinahe zum Stillstand gekommen.

Er hatte mich zum Parkplatz von Lawson Technologies zurückgebracht und gewartet, bis ich in mein Auto gestiegen und losgefahren war, wahrscheinlich um sich zu vergewissern, dass ich sicher war. Danach hatte ich beobachtet, wie er hinter mir den Parkplatz verließ und mir folgte, bis er die Richtung wechseln musste, um zu seinem Haus zu gelangen.

Den ganzen Abend hatten wir in friedlichem Gespräch verbracht, uns besser kennengelernt und Vertrauen aufgebaut, zumindest ein bisschen.

Ich hatte ihm Dinge anvertraut, die ich wahrscheinlich normalerwiese niemandem außer Brynn erzählt hätte.

Und dann hatte ich alles vermasselt, weil ich viel zu persönlich geworden war.

»Ich habe mir gestattet, mich viel zu behaglich mit ihm zu fühlen«, murmelte ich ärgerlich vor mich hin, nachdem ich mich umgezogen und meine schmutzige Kleidung in den Wäschekorb im Badezimmer geworfen hatte.

Bestand zwischen uns beiden nicht eine immense sexuelle Spannung? Verdammt, das war schon vor dem heutigen Abend so gewesen. Doch im Laufe des Abends hatte sich etwas verändert. Zumindest für mich.

Da Mason mich niemals verurteilte und mich sogar ermunterte, über alles zu reden, was mir gefiel, hatte ich wahrscheinlich geglaubt, das Gespräch auch auf ihn selbst lenken zu können.

Augenscheinlich konnte ich das jedoch nicht.

Ich meine, ich konnte das verstehen. Er war offensichtlich noch nicht bereit, seine Seele bezüglich etwas so Persönlichem zu öffnen.

Ehrlich, bevor ich die Adoptionspapiere zu Gesicht bekommen hatte, hatte ich niemals etwas davon gehört, dass er einen anderen Vater hatte als seine Geschwister.

Nicht einmal Brynn hatte es erwähnt.

Vielleicht weil er noch fast ein Baby gewesen war, als sein Vater ihn adoptiert hatte.

Ich kehrte in mein Büro zurück und öffnete meinen Laptop. Da ich den größten Teil des Tages und des Abends nicht hatte arbeiten können, gab es noch einige Dinge, die ich erledigen musste, bevor ich zu Bett gehen konnte.

Vergiss Mason.

Es ist ja nicht so, als wären wir wirklich … in irgendeiner Weise verbunden. Nicht einmal in Freundschaft.

Wir mochten uns zwar zueinander hingezogen fühlen, doch das war reine Chemie.

»Warum möchte ich dann am liebsten weinen?«, fragte ich mich laut, denn ich war frustriert.

Ein Rinnsal floss über meine Wangen und ich wischte es weg, sauer auf mich selbst, weil ich solch eine große Sache daraus machte, gesehen zu haben, wie Mason in seiner Küche vor meinen Augen sein Visier fallen ließ, um seine Gefühle vor mir zu verschließen.

Das Licht in seinen Augen war erloschen.

Sein Gesicht nahm einen wachsamen Ausdruck an.

Es war, als wäre die Tür zu unserer neu aufkeimenden Beziehung einfach … zugeschlagen worden.

Und verdammt, es tat weh.

Auch wenn es das wahrscheinlich nicht sollte.

Das Problem bestand darin, dass ich heute Abend begonnen hatte, Mason wirklich zu mögen. Den wahren Mason. Gerade hatte ich geglaubt, ihn zu verstehen. Und dann? *BUMM!* Der Mann, der mich unterstützt und mich herausgefordert hatte, mich mit anderen Augen zu sehen, war plötzlich verschwunden gewesen.

Und Mason Lawson, Milliardär und kaltblütiger Geschäftsmann, war zurückgekehrt.

Ehrlich, ich hatte keine Ahnung, warum er sich so plötzlich verschlossen hatte. Bedeutete es wirklich so viel für ihn, nicht die gleiche DNA wie der Vater zu haben, den er sein ganzes Leben lang geliebt hatte? War das wirklich so wichtig?

Als ehemaliges Waisenkind wusste ich, dass Blutsbande nicht so viel bedeuteten. Als meine Eltern starben, war kein einziger meiner Blutsverwandten bereit gewesen, mich als sein eigenes Kind aufzuziehen.

Später hatte ich dann Brynn gefunden und sie wurde die Schwester für mich, die ich niemals gehabt hatte, obwohl wir kein einziges Molekül DNA gemeinsam hatten.

Blutsbande garantierten nicht zwangsläufig Liebe und emotionale Unterstützung seitens Familienangehöriger. Ich wusste das aus eigener Erfahrung, was einer der Gründe war, warum ich mich entschieden hatte, ein Kind in Pflege zu nehmen oder zu adoptieren. Wenn ich nur einem Waisenkind helfen konnte zu erkennen, dass jemand es lieben konnte, auch wenn es keine leiblichen Eltern mehr besaß, hätte mir das sehr viel bedeutet. Ich wusste, es würde mich wahrscheinlich mehr erfüllen, als mithilfe eines unbekannten Samenspenders ein eigenes Kind zu bekommen.

Seufzend versuchte ich, mich auf meine E-Mails zu konzentrieren. Die meisten bezogen sich aufs Geschäft, daher musste ich nicht viel über die Antworten nachdenken. Es ging größtenteils um Routineangelegenheiten.

Bis ich auf eine E-Mail stieß, die mich innehalten ließ.

Sie stammte von Hudson Montgomery.

Dem Hudson Montgomery, Milliardär und Kopf von Montgomery Mining.

Nicht dass ich die begehrtesten Milliardäre der Welt besonders verfolgte, doch ich hätte auf dem Mond leben müssen, um nicht zu wissen, wer Hudson, Jax und Cooper Montgomery waren. In jeder Frauenzeitschrift tauchten sie als Männer auf, die man einfangen konnte, denn sie waren reich, jung und unglaublich attraktiv.

»Was zum Teufel will er von mir?«, flüsterte ich.

Neugierig überflog ich das kurze Anschreiben. Es schien, dass Hudson, der älteste der Montgomery-Brüder, mit mir ein geschäftliches Treffen vereinbaren wollte, um über Perfect Harmony zu reden.

Ich brauchte keinen weiteren Investor und hatte keine Ahnung, warum jemand wie er überhaupt von meiner Firma gehört hatte.

Ich schickte ihm eine Liste mit möglichen Terminen für ein Geschäftsessen, so wie er es erbeten hatte. Ich wollte auf keinen Fall jemandem eine Abfuhr erteilen, der sich für mein Geschäft interessierte, und Hudson Montgomery war viel zu einflussreich, um ihn abzuweisen.

Gerade war ich dabei, meine Korrespondenz abzuschließen, als mein Handy sich mit Taylor Swifts »*Shake it off*« zu Wort meldete, meinem derzeitigen Klingelton.

Nachdem ich in meiner Handtasche nach meinem Telefon gesucht hatte, setzte mein Herz einen Schlag aus, als ich die Identität des Anrufers sah.

Mason.

»Hallo«, meldete ich mich vorsichtig.

»Mein Anruf kommt heute etwas zu spät«, sagte er heiser. »Ich wurde von einer wunderschönen Blonden abgelenkt und habe den richtigen Zeitpunkt verpasst.«

Mein Herz pochte so heftig, dass ich jeden Schlag spüren konnte. »Warum rufst du an? Ich denke, du hast ganz klar zum Ausdruck gebracht, dass du tiefgehende persönliche Erfahrungen nicht mit mir teilen willst.«

»Ich bin ausgeflippt«, erwiderte er. »Ich hätte dich nicht auf diese Art abfertigen sollen. Du hattest meinen wunden Punkt getroffen.«

»Die Adoptionspapiere sind versehentlich in die Mappe gelangt«, riet ich.

»Nein. Falls du mich als Samenspender in Betracht gezogen hättest, solltest du wissen, dass ich nicht wirklich ein Lawson bin.«

Er war voll und ganz ein Lawson, doch offensichtlich sah Mason das nicht.

»Ich habe nicht viel von deinen persönlichen Informationen durchgelesen«, erklärte ich. »Ich fühlte mich sogar schon schlecht, das Siegel überhaupt zu brechen und irgendetwas zu lesen, da ich nicht mehr nach einem Samenspender suchte. Doch das Dokument lag zusammen mit deiner Geburtsurkunde obenauf.«

»Mein Vater adoptierte mich, als ich acht Monate alt war«, erzählte er mit krächzender Stimme, die offenbarte, dass es ihm immer noch schwerfiel, über das Thema zu reden. »Doch meine Eltern haben mir die Wahrheit vorenthalten, bis ich beinahe das College beendet hatte. Sie erklärten mir, dass sie vermeiden wollten, mir das Gefühl zu geben, nicht eins ihrer Kinder zu sein. Sie wollten nicht, dass ich mich … anders fühlte. Obwohl ich ihre Logik verstand, wünschte ich mir, ich hätte es früher erfahren.«

Ich konnte den Schmerz am eigenen Körper spüren, den er erlitten haben musste, sobald er die Wahrheit erfahren hatte. War er doch in dem Bewusstsein aufgewachsen, der leibliche Sohn seines Vaters zu sein. Ich konnte schwer glauben, dass er sich nicht ein bisschen … betrogen gefühlt hatte. »Hast du dich anders gefühlt, als du es wusstest?«

Er schwieg einen Augenblick, bevor er antwortete: »Ja.«

»Warum?«

»Weil ich außerdem herausfand, dass mein leiblicher Vater ein Arschloch war. Ich war das Ergebnis eines sexuellen Übergriffs, der niemals geahndet wurde. Meine Mutter war sehr jung. Kaum achtzehn. Sie und mein leiblicher Vater lernten sich zufällig auf einer Party kennen, als sie in San Diego lebte. Meine Mutter wurde von ihm mit Drogen vollgepumpt und auf der Party von ihm vergewaltigt. Als sie dann schwanger war, glaubte ihr kein einziger ihrer Verwandten und Freunde, dass sie vergewaltigt worden war. Die Familie meines echten Vaters war zu reich und mächtig, um sie anzuklagen, daher erhielt sie keinerlei Unterstützung. Glücklicherweise wurde ihr ein anständiger Job in Colorado angeboten. Sie zog also dorthin und fing neu an. Dort traf sie meinen Vater. Mein Vater war zwar älter als sie, doch sie verliebten sich ineinander. Der Rest ist Geschichte. Mein Vater beantragte direkt nach meiner Geburt die Adoption. Zu jenem Zeitpunkt waren die beiden bereits verheiratet.«

Ich stieß zitternd die Luft aus. »Ich bin mir sicher, dass dein Vater dich geliebt hat, Mason. Genauso als wärst du sein leiblicher Sohn. Und ich bezweifle, dass es die Beziehung zwischen dir und deinen Brüdern und Schwestern geändert hat, richtig?«

Es entstand eine lange Pause, bevor er gestand: »Sie kennen die Wahrheit nicht. Du bist der einzige Mensch, der sie weiß. Ich würde es zu schätzen wissen, wenn du sie nicht weitergeben würdest.«

Oh mein Gott. »Du hast es deinen Geschwistern nicht erzählt?«

»Meine Eltern und ich hatten uns vorgenommen, es ihnen während der Feiertage im Jahre ihres Todes zusammen mitzuteilen.

Doch sie haben Weihnachten nicht mehr erlebt. Und nachdem meine Eltern getötet worden waren, wollte ich meinen Geschwistern nicht noch mehr aufbürden.«

Ich verstand. Der Zeitpunkt war ungünstig gewesen, hatten sie doch alle den plötzlichen Tod ihrer Eltern verkraften müssen.

»Und danach?« Seine Eltern waren bereits vor vielen Jahren gestorben. Gewiss hatte es Möglichkeiten für ihn gegeben, seinen Geschwistern reinen Wein einzuschenken.

»Ein paar Jahre lang hielt ich es nicht für angebracht, weil sie immer noch den Tod unserer Eltern betrauerten. Und dann lebten wir uns auseinander. Wir verarbeiteten den Verlust auf verschiedene Weise. Nachdem so viele Jahre vergangen waren, schien es nicht mehr so wichtig zu sein. Meine Brüder und Schwestern hatten genug durchgemacht. Niemals schien der rechte Zeitpunkt zu sein, ihnen eine solche Last aufzubürden.«

Oh, *es war sehr wichtig*, wenn auch wahrscheinlich nicht für Carter, Jett, Harper oder Dani.

Es war wichtig für *Mason*.

Sehr wichtig.

Jetzt, da ich die Wahrheit wusste, erkannte ich, dass ich mit meiner Vermutung, mit der ich ihn in seinem Haus konfrontiert hatte, beinahe ins Schwarze getroffen und in einer offenen Wunde gebohrt hatte, woraufhin er sich verschlossen hatte. Mason arbeitete so hart, um zu beweisen, dass er es verdiente, ein Lawson zu sein, weil er es genetisch nur zur Hälfte war. Gewiss, die Geschwister waren über ihre gemeinsame Mutter mit ihm blutsverwandt und somit seine Halbgeschwister. Trotz alledem schien Mason motiviert zu sein zu zeigen, dass er bereit war, härter als alle anderen zu arbeiten, um das Recht zu haben, den Namen *Lawson* zu tragen.

Erkannte er nicht, dass er rein gar nichts zu beweisen hatte? Er war der Sohn seines Vaters. Punkt. Und ich kannte Jett und Carter gut genug, um mit Sicherheit sagen zu können, dass es ihnen vollkommen gleichgültig war, ob Mason zu einhundert Prozent das gleiche Blut in sich trug. Sie würden ihn trotzdem als Bruder betrachten. Nichts konnte das Band zwischen ihnen zerstören.

Mein Herz schmerzte aus Mitgefühl für den jungen Mann, der plötzlich hatte erfahren müssen, dass durch seine Adern nicht das Blut seines Vaters floss. In seinem damaligen Alter und ohne Vorwarnung muss er am Boden zerstört gewesen sein.

Zieht man außerdem noch in Betracht, dass sein leiblicher Vater ein Vergewaltiger war, fiel es nicht mehr schwer zu verstehen, warum er so hart arbeitete, um seinen Wert zu beweisen.

»Glaubst du, dein Vater hat dich weniger geliebt, weil er nicht dein Erzeuger war?«, wagte ich vorsichtig zu fragen.

»Nein«, erwiderte er mit heiserer Stimme. »Ich weiß, dass er mich liebte. Er betrachtete mich stets als seinen Erstgeborenen. Er war bei Mom, als ich geboren wurde.«

»Warum versuchst du dann immer noch zu beweisen, dass du es wert bist, ein Lawson zu sein, Mason? Du hast alles andere in deinem Leben geopfert, um Lawson Technologies zum weltweiten Marktführer zu machen. Das war dein Werk.«

»Meine Brüder haben ebenfalls hart gearbeitet«, widersprach er.

»Das bezweifle ich nicht«, erklärte ich. »Doch sie haben alle ein Leben außerhalb eures Unternehmens gefunden, jetzt, da es so erfolgreich läuft. Carter und Jett haben erwähnt, dass ihr vor ein paar Jahren einige Manager und einen Geschäftsführer eingestellt habt, sodass ihr es nicht mehr nötig habt, euch den Hintern aufzureißen und praktisch im Büro zu leben.«

»Das ist richtig«, erwiderte er in schneidendem Tonfall. »Aber das musst du gerade sagen. Du bist selbst ein Workaholic.«

Ich konnte aus seinem Tonfall heraushören, dass er sich angegriffen fühlte, doch ich machte keinen Rückzieher. Dies war zu wichtig, um Mason ein Ausweichmanöver zu gestatten.

»Ja, das stimmt«, gab ich zu. »Aber nur bis zu einem gewissen Punkt. Ich opfere keineswegs die Beziehungen zu meinen Freunden zugunsten meiner Arbeit. Meine Tendenzen, zu viel zu arbeiten, haben ihren Grund in meinem Verlangen nach finanzieller Sicherheit. Du kennst meine Vergangenheit. Außerdem liebe ich meine Arbeit. Manchmal bin ich wirklich vollkommen besessen von meinen Designs, denn ihnen gilt meine Leidenschaft.«

Masons Beweggründe unterschieden sich grundlegend von meinen. Er hatte immer noch das Gefühl, jede Minute des Tages arbeiten zu müssen. Daher war seit dem Tod seiner Eltern Lawson Technologies sein Leben, seine Nahrung und seine Luft zum Atmen.

Der Mann wurde von seinen eigenen Dämonen verfolgt und er würde nicht innehalten, bis … »Du solltest es ihnen sagen, Mason.«

»Warum sollte ich sie jetzt beunruhigen«, ächzte er. »Denkst du, sie verdienen es zu erfahren, dass ich nicht wirklich ein Lawson bin?«

»Das ist Schwachsinn und das weißt du«, meinte ich bestimmt. »Du bist ein Lawson. Immer schon gewesen. Du schuldest nicht ihnen die Wahrheit. Du schuldest dir selbst die Freiheit, ihnen die Wahrheit zu sagen. Du musst erfahren, dass es ihnen vollkommen gleichgültig ist, wie deine DNA aussieht.«

Ich hielt den Atem an, bis er schließlich brummte: »Ich werde darüber nachdenken.«

Damit musste ich mich zufriedengeben, denn ich hatte das Gefühl, dass er noch nicht bereit war, seinen Geschwistern die Wahrheit mitzuteilen. »Hast du Geschwister seitens deines leiblichen Vaters?«

»Nein. Der Hurensohn starb ein Jahr nach meiner Geburt. Überdosis. Andernfalls hätte ich ihn umgebracht für das, was er meiner Mutter angetan hat.«

Ich spürte, wie meine Augen sich mit Tränen füllten. Es war so offensichtlich, dass Mason seine Eltern angebetet hatte. In solchem Maße, dass er noch so lange nach ihrem Tod versuchte, ihnen zu gefallen.

»Sie wären so stolz auf dich und das, was du mit Lawson Technologies geleistet hast«, erklärte ich ehrlich. »Aber sie hätten auch gewollt, dass du glücklich bist. Ich werde es niemals irgendjemandem erzählen, Mason. Es ist dein Geheimnis und nur du entscheidest, wem du es verrätst. Nicht ich. Du tust es, wenn du bereit dazu bist.«

»Ich vertraue dir«, erwiderte er. Erst nach einem Moment fügte er hinzu: »Verzeihst du mir, dass ich mich dir gegenüber heute Abend wie ein Arschloch verhalten habe?«

Ich seufzte. Augenscheinlich war es nicht leicht für Mason, auf einer persönlichen Ebene zu kommunizieren. Wahrscheinlich weil er verdammt gute Arbeit geleistet hatte, sich selbst bereits seit Langem von allen Menschen zu isolieren, die er liebte, indem er zum einsamen Workaholic wurde.

Ehrlich, ich hatte ihm bereits verziehen, doch so leicht ließ ich ihn nicht davonkommen. »Seltsam«, meinte ich nachdenklich. »Ich muss deine Entschuldigung überhört haben.«

»Du willst, dass ich es sage?«, fragte er mürrisch.

»Ja. Du hast mich verletzt.«

»Es tut mir leid«, erklärte er, ohne zu zögern, als wollte er alle Verletzungen, die er mir zugefügt haben mochte, so schnell wie möglich zurücknehmen. »Ich wollte dir nicht wehtun, Laura.«

Er klang so ernst, dass sich in meiner Kehle ein Kloß bildete.

Erschrocken stellte ich fest, dass eine Träne auf meine Wange tropfte und weiter nach unten kullerte. Ich wischte sie weg, als mir bewusst wurde, dass ich tatsächlich weinte. *Schon wieder. Was zum Teufel war los mit mir?* »Schon vergeben«, erklärte ich und versuchte, die Tatsache zu verbergen, dass Mason mich auf einer Ebene berührt hatte, die ich nicht vollkommen verstand.

Ich spürte ihn so deutlich, ich hätte schwören können, dass er in mich hineingreifen und meine Seele hätte herausreißen können, wenn ihn etwas schmerzte.

Ich konnte zwar nicht sehen oder hören, dass er verwundet war. Er war ein Meister im Verbergen seiner Gefühle. Doch aus irgendeinem Grund konnte ich sie spüren. Ich war Mason auf eine Art verbunden, die ich nicht verstand.

»Iss morgen Abend mit mir.« Seine Feststellung war zwar beinahe eine Frage, doch nicht ganz. Sie glich eher einem Befehl.

Ich lächelte. »Sollte das eine Einladung zu einem Rendezvous sein? Denn in diesem Fall müsstest du noch an deiner Technik arbeiten.«

»Ich habe keine bestimmte Technik«, erklärte er mit einer Stimme, die tief aus seiner Kehle aufstieg. »Und ja, das sollte eine Einladung sein, doch ein *Nein* akzeptiere ich nicht. Soll ich dich um sieben Uhr abholen?«

»Was die Zeit anbelangt bist du also flexibel? Aber nicht in Hinsicht auf ein *Ja* oder *Nein*?«

»So ist es«, gab er grimmig zu. »Erlöse mich einfach aus meinem Elend und sag Ja.«

Er war wieder einmal recht anmaßend, doch den feinen verzweifelten Unterton hatte ich nicht überhört. So sagte ich, ohne zu zögern: »Ja. Sieben Uhr passt mir gut.«

Kapitel 9

Mason

Laura Hastings' Blogeintrag, heute, 9 Uhr

Haben Sie jemals jemandem eine Frage gestellt, weil Sie es gut meinten, sich danach jedoch verzweifelt gewünscht, sie zurücknehmen zu können?

Mir ist es so ergangen. Gestern. Obwohl am Ende alles gut ausgegangen ist, muss ich lernen, dass ein Mensch nicht unbedingt bereit ist, eine Frage zu beantworten, obwohl ich sie mit den besten Absichten gestellt habe. Nicht weil er lügt oder versucht, etwas zu verbergen, sondern weil er die Antwort selbst noch nicht gefunden hat.

Ich war verletzt, weil die bestimmte Person sich umgehend verschlossen hat, als ich sie etwas Persönliches fragte, nur weil ich versuchen wollte zu helfen. Ich zog mich in mich zurück, um meine Wunden zu lecken, und erkannte nicht, dass die Person mich nicht absichtlich verletzt hatte.

In Wahrheit hatte ich sie verletzt, weil ich zu schnell zu viel erwartet hatte.

Ich hätte den Menschen erst ein bisschen besser kennenlernen sollen, bevor ich ihn etwas wirklich Persönliches fragte. Und nein, ich werde Ihnen nicht verraten, wofür ich mich interessiert habe. :) Ich hoffe nur, Sie lernen aus meinem dummen Fehler.

Haben Sie Spaß. Lachen Sie. Schaffen Sie ein paar nette Erinnerungen, bevor Sie ein allzu tiefgehendes Gespräch mit dem neuen Mann in Ihrem Leben beginnen. Sorgen Sie dafür, dass dieser Mensch die Chance bekommt, Ihnen zu vertrauen, bevor Sie ihn auf Abstand bringen, indem Sie zu schnell zu tief in ihn dringen.

Ich habe meine Lektion gelernt.

Lächeln Sie mindestens einmal am Tag Ihrem Spiegelbild zu. Sie sind schön, ob Sie sich dessen bewusst sind oder nicht.

xoxoxo ~ Laura

Man musste nicht besonders hellsichtig sein, um zu erkennen, dass Laura sich in ihrem Blogeintrag auf das bezogen hatte, was am Abend zuvor zwischen uns geschehen war.

Ich schlug mit der Hand auf den Schreibtisch, nachdem ich ihren Post ein zweites Mal am heutigen Tag gelesen hatte. Als ich heute Morgen meine E-Mails durchgesehen hatte, hatte ich mich zum ersten Mal damit beschäftigt.

Gerade hatte ich also den Blog zum zweiten Mal aufgerufen und versuchte herauszufinden, wie ich die Tatsache wiedergutmachen könnte, dass ich mich so abrupt vor ihr verschlossen hatte, ohne daran zu denken, welche Gefühle das in ihr auslösen würde.

Nicht dass ich ihr kein Vertrauen entgegenbrachte. Ich hatte einfach nur nicht über dieses Thema reden wollen.

»Mist!«, fluchte ich, während ich mich in meinem Bürosessel zurücklehnte.

Ich wollte nicht, dass Laura das Gefühl hatte, nicht sagen zu können, was sie wollte. Ich wollte nicht, dass sie dachte, ich vertraute ihr nicht.

Es lag nicht an ihr.

Es lag an mir.

Ich vertraute niemandem allzu sehr. Wenn man in der Geschäftswelt, ohne etwas Schriftliches in der Hand zu halten, jemandem so einfach vertraute, so war man ein vollkommener Trottel.

Bei Laura geht es nicht ums Geschäft. Meine Beziehung zu ihr war persönlicher Natur, worin der Kern des Problems lag.

Ungeachtet des Rats, den ich von Jett bekommen hatte, wusste ich immer noch rein gar nichts darüber, wie man eine Frau umwarb.

Ich war ein rücksichtsloser Hurensohn im Geschäft.

Ohne Zögern tat ich alles, was ich zum Wohle von Lawson Technologies tun musste.

Mein ganzes Leben bestand nur aus dem Geschäft.

Ich hatte sogar noch niemals an eine bestimmte Frau gedacht. Bis ich sie kennenlernte …

Wenn ich die Wahl gehabt hätte, hätte ich mich immer noch jede Minute des Tages in der Firma vergraben. Doch seitdem ich Laura kannte und begonnen hatte, ihren Blog zu lesen, war ich von ihr fasziniert. Diese Merkwürdigkeit hatte inzwischen den Punkt erreicht, da sie zur Besessenheit wurde, und ich hatte keine Ahnung, wie ich damit umgehen sollte. Wie ich mit ihr umgehen sollte.

Hatte ich nicht ein ganzes Jahr lang versucht, über meine Faszination für Laura Hastings hinwegzukommen? Jetzt wusste ich, das würde niemals geschehen.

Jetts Rat war ziemlich einfach gewesen: *Denk nicht immer nur an Lawson und konzentriere dich auf Laura. Interessiere dich für ihre Gefühle und ihre Wünsche. Und dann zeige ihr, wer du bist.*

Mit finsterem Gesicht schielte ich auf ihren Blog und mir wurde bewusst, dass ich einen immensen Fehler begangen hatte, als ich gestern Abend ihre Anteilnahme so schroff abgeblockt hatte.

Sie dachte, sie wäre mir zu schnell zu nahe gekommen, obwohl ich mir doch in Wirklichkeit wünschte, sie möge mir so nahe wie möglich kommen.

Gewiss, meine Sehnsüchte schlossen die Begierde ein, sie nackt, heiß und schwitzend in den Armen zu halten.

Doch gleichzeitig verspürte ich das Verlangen, sie glücklich zu machen, sie lächeln zu sehen.

Was musste ich also dafür tun?

Und gegen den nagenden Schmerz in meinem Unterleib, sie in Besitz nehmen zu wollen?

Ich war mir ziemlich sicher, dass ich verloren war.

So intensiv ich auch ihren Blog verfolgte und gewisse Einsichten gesammelt hatte, was für eine Frau Laura war, hatte ich immer noch keine Ahnung, was sie in einem Mann suchte.

Deshalb hatte ich sie geradeheraus danach gefragt.

Er muss atmen. Er muss einen guten Job haben. Und er muss … mich begehren.

Zur Hölle, von Anfang an hatte ich diese Bedingungen erfüllt.

Es musste noch mehr Anforderungen geben.

Sicher, ich war sehr erleichtert gewesen, als sie zugab, dass die Anziehungskraft wechselseitig wirkte, aber ich fühlte mich nicht nur einfach von Laura angezogen.

Ich war besessen von ihr.

Vielleicht wenn ich ihren wunderschönen Hintern in mein Bett bekommen und sie ficken könnte, bis wir beide befriedigt wären, könnte mein Leben wieder in denselben Bahnen verlaufen wie vor unserem Kennenlernen.

Ich hegte immer noch die Hoffnung, ich könnte wieder einen klaren Kopf bekommen, sobald mein Bedürfnis, sie zu besitzen, besänftigt wäre.

Ehrlich, seit mehr als einem Jahr wusste ich nicht, was geschehen würde, wenn ich tatsächlich bekommen würde, was ich begehrte.

Die Gegensprechanlage auf meinem Schreibtisch unterbrach mit ihrem Summen meine Gedanken. »Mr. Lawson, Ihre Schwester ist in der Leitung«, informierte mich meine Sekretärin in ihrem üblichen professionellen Tonfall.

»Danke. Ich sehe es«, erwiderte ich und nahm den Anruf entgegen.

»Mason, ich weiß, du bist wahrscheinlich beschäftigt«, meldete sich meine Schwester Dani zögernd. »Aber Harper und ich reisen morgen ab und ich hatte gehofft, dass wir uns mit dir und Carter zum Mittagessen treffen könnten.«

Jetzt, da Jetts und Rubys Hochzeit vorüber war und die Frischvermählten nach Europa in die Flitterwochen aufgebrochen waren, wollten Dani und Harper zu ihrem Leben in Colorado zurückkehren.

Ich merkte am Tonfall ihrer Stimme, dass meine Schwester erwartete, von mir eine Absage zu bekommen. So reagierte ich immer. Warum sollte sie also annehmen, dass sie heute eine andere Antwort erhalten würde?

Zögernd dachte ich an Lauras Worte gestern Abend.

Sie entsprachen der Wahrheit. Ich hatte mich so weit wie möglich von den Mitgliedern meiner Familie distanziert, weil ich befürchtete, sie würden mich mit anderen Augen betrachten, wenn sie wüssten, dass ich nur ihr Halbbruder war. Ganz zu schweigen von der Tatsache, dass mein leiblicher Vater ein Vergewaltiger war.

Das Problem bestand darin, dass ich so beschäftigt gewesen war, einer Zurückweisung aus dem Weg zu gehen, dass ich nicht ein einziges Mal daran gedacht hatte, welch emotionalen Schmerz ich meinen Geschwistern bereitete.

Wie dem auch sei, jetzt nahm ich wahr, wie meine Zurückgezogenheit sie verletzt hatte. Harper und Dani waren die stärksten Frauen, die ich kannte, und das hätte ich auch behauptet, wenn sie nicht meine Schwester gewesen wären.

Jetzt, da ich wirklich genau hinhörte, konnte ich die Traurigkeit in Danis Tonfall erkennen.

Ich hatte sie verursacht.

Und ich hasste mich dafür.

»Hast du Carter schon angerufen?«, erkundigte ich mich. Ich wollte mich meinen eigenen Schwestern gegenüber nicht mehr wie ein Arschloch verhalten.

»Noch nicht«, erwiderte sie. »Aber du kennst doch Carter. Er ist im Moment zu allem bereit, was uns zusammenbringt.«

Ja, das war er. Nachdem er sich jahrelang für den Tod unserer Eltern verantwortlich gefühlt hatte, weil sie für ihn Besorgungen machten, als der Unfall geschah, schaute Carter nun nach vorn und versuchte, uns alle wieder zusammenzubringen. In gewisser Hinsicht hatte sich jeder von uns aus verschiedenen Gründen isoliert. Doch Carter wollte seiner Familie wieder nahe sein. Er schien das als seine persönliche Mission zu betrachten.

Schließlich sagte ich zu Dani: »Ich werde ihn aus seinem Büro zerren und ihn mitbringen. Wo treffen wir uns? Ich habe mächtigen Hunger. Also keine bescheidene Damenmahlzeit bitte.«

»Du kommst wirklich? Zusammen mit Carter?«, fragte Dani erstaunt.

Ich fühlte mich wie ein Arschloch, als ich wahrnahm, wie überrascht und glücklich meine Schwester zu sein schien. Beinahe, als hätte sie mir keinen Glauben geschenkt.

»Ich habe heute nicht gefrühstückt. Außerdem möchte ich dich und Harper gern noch einmal sehen, bevor ihr abreist.« Seltsam, wie wahr diese Feststellung tatsächlich war. Da Dani und Harper mit ihren Familien in Colorado lebten, bekam ich sie nicht allzu oft zu Gesicht.

»Du willst uns wirklich noch einmal sehen?«, hakte Dani zögernd nach.

Gütiger Himmel! So kann man einen Mann wirklich dazu bringen, sich wie ein verdammtes Arschloch zu fühlen.

Aber andererseits hatte ich es nicht besser verdient.

»Carter und ich werden da sein. Wann und wo?« Ich warf einen kurzen Blick auf die Uhr.

»Offensichtlich irgendwo, wo große Portionen serviert werden, wenn du und Carter hungrig seid«, neckte sie mich.

»Mit Sicherheit«, stimmte ich zu. Ich war nicht gerade ein Salatesser.

Wir verabredeten uns für dreizehn Uhr in einem Imbiss, der bekannt war für seine riesigen Sandwiches.

Sobald ich das Gespräch mit Dani beendet hatte, wählte ich Carters Nummer.

»Mittagessen«, sagte ich ohne Einleitung.

»Was?«, fragte Carter.

»Mittagessen«, wiederholte ich. »Ich warte in fünf Minuten in der Eingangshalle auf dich. Wir treffen uns mit Harper und Dani. Sie müssen morgen abreisen. Willst du sie nicht vorher noch einmal sehen?«

Dumme Frage. Natürlich wollte Carter unsere jüngeren Schwestern noch einmal sehen, bevor sie nach Colorado aufbrachen.

»Du verlässt tatsächlich wegen eines Familienessens dein Büro?«

Es ärgerte mich, dass er so überrascht klang. »Ja.«

»Seit wann?«, fragte er trocken.

»Seit heute«, knurrte ich. »Beweg einfach deinen Hintern in die Eingangshalle.«

Ich hätte schwören können, meinen Bruder lachen zu hören, als er den Hörer auflegte.

Kapitel 10

Mason

»Verdammt, heute warst du aber gesprächig«, stellte Carter fest, während er sich auf den Stuhl gegenüber meinem Schreibtisch fallen ließ. Gerade waren wir vom Mittagessen zurückgekehrt. »Ich glaube, in den letzten zehn Jahren hast du Dani und Harper nicht so viele Fragen gestellt wie heute.«

Ich setzte mich hinter meinen Schreibtisch. »Ich interessiere mich für ihr Leben in Colorado. Was ist so falsch daran?«

Carter zuckte mit den Schultern. »Nichts. Aber für dich ist das ungewöhnlich. Ich weiß, du behältst sie im Auge … aus der Ferne. Doch heute hast du ihnen direkte Fragen gestellt. Das sieht dir einfach nicht ähnlich.«

»Du hast gesagt, es wäre dein Ziel, uns einander wieder so nahe zu bringen, wie wir es früher waren«, erinnerte ich ihn.

Er grinste. »Ich habe nicht geglaubt, dass du wirklich zugehört hast.«

Mein Gott! Carter stellte mich wie ein Arschloch hin. *Bin ich wirklich so schlimm?* »Ich habe zugehört«, widersprach ich und fühlte mich in die Ecke gedrängt. »Ich war lediglich … beschäftigt.«

»Du bist immer zu beschäftigt«, erwiderte Carter trocken. »Wann um alles in der Welt wirst du langsamer machen, Mason? Wir haben eine Vereinbarung getroffen, als wir die neuen Manager und einen Geschäftsführer eingestellt haben. Jeder von uns dreien sollte anfangen zu leben. Nun gut, ich nehme an, Jett hat seins gefunden, aber du und ich werden es zusammen angehen. Und bis jetzt sehe ich nicht, dass du dein Leben genießt. Um Himmels willen, wenn ich es nicht besser wüsste, würde ich denken, du hättest in diesem Gebäude eine Wohnung. Siehst du eigentlich jemals dein Haus?«

Ich holte tief Luft, bevor ich antwortete: »Tatsächlich, ja. Gestern. Ich habe mein Büro vor dem Dunkelwerden verlassen.«

»Gestern war Sonntag«, gab Carter zurück. »Du hättest überhaupt nicht hier sein sollen. Ich will dich nicht angreifen, aber du bringst dich um und es ist an der Zeit, dich zurückzulehnen und die Früchte deiner Arbeit zu genießen. Wir alle arbeiten immer noch hart. Aber das müssen wir nicht.«

»Ich bemühe mich«, brummte ich. Carter hatte recht, das war mir bewusst.

Ich hatte tatsächlich *zugestimmt*, die alltäglichen Dinge den fähigen Köpfen in unserer Firma und dem Geschäftsführer zu überlassen. Doch eigentlich hatte ich mich dazu nur bereit erklärt, damit meine Brüder es etwas lockerer angehen konnten.

Ehrlich, ich hatte eigentlich nicht vorgehabt, es selbst auch zu tun.

»Glaubst du etwa, du wärst unersetzlich?«, fragte Carter überheblich.

Ich starrte ihn an, gab jedoch keine Antwort. Glaubte ich, Lawson Technologies würde scheitern, wenn ich öfter mein Büro verließ? Nicht wirklich. Wahrscheinlich fühlte ich mich aus anderen Gründen verpflichtet, immer hier zu sein.

Offensichtlich brauchte das Unternehmen mich, Carter und Jett immer noch, um das Ruder in der Hand zu halten, aber …

»Du warst doch derjenige, der mir gesagt hat, die Firma falle nicht auseinander, wenn ich mir eine Auszeit genehmige«, meinte Carter in ruhigerem Ton. »Wann immer ich mit Brynn weggehen wollte, weil sie mich brauchte, hast du mich dazu ermutigt, es zu tun, ohne mich schuldig zu fühlen.«

»Und worum geht es dir genau?«, fragte ich.

»Es geht mir darum, dass ich deinen Dickkopf mindestens eine Woche nicht im Büro sehen will. Länger, falls du damit klarkommst. Ich nehme an, dass du am Ende vielleicht Entzugserscheinungen bekommen wirst. Aber wir haben eine Vereinbarung getroffen.«

»Ich habe lediglich … zugestimmt. Es gab keine direkte Vereinbarung. Ich wollte, dass du und Jett eine Auszeit hattet. Ihr habt bereits genügend Zeit eures Lebens als Erwachsene in euren Büros verbracht.«

Carter verschränkte als Ausdruck seiner Sturheit die Arme vor der Brust, was kein gutes Zeichen war, wie ich wusste.

Mit Carter verband mich eine andere Beziehung als mit Jett. Man hätte sagen können, mit Carter war sie mehr … konfrontativ. Vielleicht weil wir uns altersmäßig näher waren.

»Ja. Also. Das ist Schwachsinn. Wir brauchten alle drei eine Auszeit«, erwiderte Carter scharf. »Nur du hast deine nicht genommen … bis jetzt.«

»Ich brauche keine«, schnappte ich.

»Es ist mir vollkommen gleichgültig, ob du glaubst, sie zu brauchen oder nicht. Falls du morgen früh hier auftauchen solltest, wird dein Büro verschlossen sein. Nimm dir also eine Woche frei und hol nach, was du dir in den letzten zehn Jahren versagt hast«, schlug Carter vor.

Jetzt war ich sauer. »Du wirst mein Büro nicht verschließen.«

»Versuche hineinzugelangen und du wirst feststellen, dass ich es getan habe. Ich habe heute mit Jett telefoniert. Wir halten die Zweidrittelmehrheit in unserer Partnerschaft und stimmen überein, dass es Zeit wird, das auszuspielen.«

Ich starrte ihn perplex an. »Das würdet ihr mir antun?«

»Mist! Sieh mich nicht so an, Mason. Wir tun dies, weil wir dich gernhaben. Wir sind nicht nur Geschäftspartner. Wir sind deine Brüder. Wenn du dein Leben weiterhin so führst wie jetzt, wirst du dich umbringen.« Er machte eine Pause, bevor er hinzufügte: »Du könntest Zeit mit Laura verbringen. Für mich ist es ziemlich offensichtlich, dass du sie gern besser kennenlernen würdest. Ich bin nicht blind, Bruder.«

»Ich hätte sie gern in meinem Bett«, verbesserte ich ihn.

Carter schenkte mir ein zweideutiges Grinsen. »Dann sorge dafür, dass es eine Woche dauert. Du wirst mit einem Lächeln ins Büro zurückkehren.«

»Heute Abend werden wir zusammen essen«, gestand ich widerwillig. »Ein Abendessen dauert keine Woche. Was zum Teufel soll ich tun, wenn ich nicht arbeite?«

»Ja, das habe ich mich auch gefragt«, gab Carter zu. »Aber mit der Zeit wirst du herausfinden, dass das Leben mehr zu bieten hat als Arbeit.«

»Das bezweifle ich«, entgegnete ich. »Doch ich habe scheinbar keine Wahl, da du und Carter entschieden habt, euch gegen mich zu verbünden.«

Verdammt, es tat weh, dass meine Brüder sich insgeheim zusammengetan hatten, um mich aus dem Büro zu werfen.

»Es geht hier nicht um eine Übernahme, Mason«, erklärte Carter heiser. »Wir sind zwei Brüder, die sich Sorgen machen, ob du deinen vierzigsten Geburtstag erlebst. Erzähl mir nicht, du würdest nicht das Gleiche tun, wenn du dich um mein oder Jetts Wohlergehen sorgen würdest.«

Carter hatte recht. Ich hätte ebenso gehandelt.

Vielleicht war ich nicht gerade ein aufmerksamer Bruder, da ich mich so bemühte zu beweisen, den Namen Lawson zu verdienen. Dennoch wäre ich sogar bereit gewesen zu sterben, wenn dies für die Sicherheit eines meiner Geschwister nötig gewesen wäre.

Verstand ich, dass der Plan meiner Brüder reiner Besorgnis entsprang? *Ja.*

Musste er mir gefallen? *Nein.*

»Ich nehme an, ich würde ähnlich empfinden«, antwortete ich schließlich ausweichend. »Aber du musst auch verstehen, dass ich gern arbeite.«

Carter zog eine Braue in die Höhe. »Nein, das tust du nicht. Ich habe immer schon vermutet, dass dich irgendetwas drängt, so hart zu arbeiten. Ich habe nur niemals den Grund herausfinden können.«

»Verdammt! Ich will Lawson zu einem bekannten Namen verhelfen«, stieß ich frustriert hervor.

»Schon geschehen«, gab Carter zurück. »Lawson ist bereits eine weltweit bekannte Marke. Wir haben es geschafft, Mason, nur falls du das nicht mitbekommen haben solltest. Zeit für einen Urlaub. Nimm Laura mit. Dann wirst du keinen von uns vermissen.«

»Dich werde ich ohnehin nicht vermissen«, knurrte ich, verärgert, dass ich eine ganze Woche zur Untätigkeit verdammt war.

Carter grinste mich an, vollkommen ungerührt. »Ich glaube, du musst wirklich mal flachgelegt werden.«

»Warum hackst du immer wieder darauf herum?«

»Weil es die Wahrheit ist, oder?« Jetzt wurde Carter etwas ernster.

Ich schäumte einen Moment vor Wut, bevor ich antwortete: »Nein!« Doch dann sagte ich: »Also gut. Wahrscheinlich. Aber ich bin nicht wie du, Carter. Ich kann nicht einfach eine Frau mit Schmeicheleien für eine Nacht in mein Bett holen.«

Er schmunzelte. »Die Tage meiner Hurerei sind vorüber. Die einzige Frau, die ich nahe bei mir haben will, ist Brynn.«

»Aber du hast früher jede Frau ficken können, die du haben wolltest«, erinnerte ich ihn.

»Ja. Bevor ich Brynn kennengelernt habe. Sobald ich sie gesehen hatte, wollte ich keine andere mehr, und so wird es immer bleiben.«

»So ähnlich empfinde ich für Laura«, gestand ich. »Ich kann nicht einfach so losziehen und eine Frau suchen, um mit ihr Sex zu haben, selbst wenn ich es könnte. Es muss sie sein.«

»Fühlst du dich ein bisschen besessen?«, fragte Carter lässig.

»Wahnsinnig«, verriet ich ihm widerstrebend.

»Dann hol dir, was du wirklich willst«, ermutigte er mich. »Um Gottes willen, du bist doch sonst so unglaublich stur, wenn es um alles andere geht. Und eine bessere Frau wirst du nicht finden. Worin liegt das Problem?«

»Ich habe keine Ahnung, wie man den Märchenprinzen spielt«, murmelte ich kleinlaut.

Carter schnaufte. »Ich bezweifle, dass sie den perfekten Mann sucht.«

Den einen Mann.

Laura hatte gesagt, das wäre alles, was sie wollte.

»Ich bin nicht einmal annähernd perfekt«, stellte ich verdrießlich fest. »Zur Hölle, ich weiß nicht einmal mehr, wie man ein Rendezvous gestaltet. Es ist zu lange her.«

»Wohin wirst du sie zum Abendessen ausführen?«

Ich erzählte es ihm und sah, wie er sein Gesicht missbilligend verzog.

»Was?«, fragte ich. »Dort gibt es großartige Gerichte.«

»Vielleicht. Aber das ist ein Restaurant, in das man Geschäftsleute zum Essen einlädt. Es ist nicht besonders ausgefallen«, erklärte Carter.

»Was würdest du vorschlagen?«, erkundigte ich mich mit zusammengebissenen Zähnen.

Er schwieg eine Minute nachdenklich, bevor er antwortete: »Wie wäre es mit der Bainbridge Fähre? Auf der Insel gibt es einige gute Restaurants.«

»Ich fahre nicht mit der Fähre«, informierte ich ihn.

»Das solltest du aber«, entgegnete Carter. »Ich denke, Laura würde das gefallen.«

»Glaubst du wirklich?« Jetzt hatte er mein Interesse geweckt. Falls Laura das wirklich gefiel, würde ich mit der verdammten Fähre fahren.

Er nickte. »Definitiv. Obwohl Laura und Brynn wegen ihrer Modelverträge auf ihr Gewicht achten, sind sie doch keine Kostverächter. Und Laura liebt Abenteuer.«

»Manchmal sogar zu sehr«, stimmte ich zu. »Sie ist allein um die ganze Welt gereist.«

Aus irgendeinem Grund störte es mich, mir Laura ganz allein in einem fremden Land vorzustellen. Allein zu reisen barg gewisse Unsicherheiten, besonders für eine Frau. Sie machte sich damit zu verwundbar.

»Denk nicht zu lange darüber nach«, riet Carter mir. »Es macht dich verrückt.«

Das tat es bereits, doch das würde ich Carter gegenüber nicht zugeben.

»Angenommen, ich befolge deinen Rat. Wo sollte ich einen Tisch reservieren?«, erkundigte ich mich.

Er zuckte mit den Schultern. »Das hängt davon ab, welche Art von Küche du bevorzugst.«

Ich fuhr meinen Computer hoch und zählte verschiedene Restaurants auf. Carter half mir, das beste auszusuchen, und dann reservierte ich persönlich einen Tisch.

»Versuch zur Abwechslung einmal, dich zu amüsieren«, schlug Carter vor, während er in Richtung Tür schlenderte, um in sein eigenes Büro zurückzukehren.

»Ich bin mir nicht sicher, ob ich überhaupt weiß, wie man das macht«, murmelte ich.

»Du wirst es lernen. Ich habe Vertrauen in dich«, scherzte Carter.

»Mach, dass du aus meinem Büro verschwindest«, verlangte ich gereizt. »Es gehört immer noch mir, bis ich es heute verlasse.«

»Sei nicht sauer, Mason. Bitte.« Carters Stimme klang ernst. »Es wird immer dein Büro bleiben. Du wirst nur einfach für kurze Zeit nicht zur Verfügung stehen. Du wirst dich später bei mir dafür bedanken.«

Im Augenblick empfand ich nicht allzu viel Dankbarkeit. »Raus!«

»Ruf mich morgen an und erzähl mir, wie das Rendezvous verlaufen ist«, bat er.

»Vielleicht«, erwiderte ich unverbindlich.

Ohne ein weiters Wort verließ Carter mein Büro und schloss die Tür hinter sich.

Kapitel 11

Laura

»Das war fantastisch«, sagte ich aufgeregt zu Mason, als wir uns in einem einheimischen Lokal auf Bainbridge Island gegenübersaßen. »Wie kann es sein, dass ich seit mehr als zwei Jahren hier lebe und niemals zuvor mit der Fähre gefahren bin?«

Bis jetzt hatte meine Verabredung zum Abendessen mit Mason viele Überraschungen bereitgehalten.

Er war ein bisschen zu früh bei mir aufgetaucht, mit einem wunderschönen Rosenstrauß, und sah in dem dunkelgrauen Polohemd und der schwarzen Jeans zum Anbeißen aus.

Da ich nicht genau gewusst hatte, wohin wir gehen würden, hatte ich mich für ein hübsches Sommerkleid entschieden. Nicht zu vornehm, aber gut genug, sollten wir in einem eleganten Restaurant landen.

Zu behaupten, ich wäre überrascht gewesen, als wir an Bord der Fähre gingen, wäre untertrieben, da Mason mir nicht als besonders abenteuerfreudig erschienen war.

Wie auch immer, er schien die Überfahrt genossen zu haben.

Er zuckte mit den Schultern. »Ich lebe bereits viel länger als zwei Jahre in Seattle und war ebenfalls noch niemals auf einer Fähre.«

Das erstaunte mich nicht besonders. Ich legte mein Besteck auf meinen Teller. Der Fisch war wirklich frisch und köstlich, doch mein Magen war gefüllt. »Was unternimmst du eigentlich, um dich zu amüsieren?«, erkundigte ich mich. Abgesehen von seiner Arbeit musste es etwas geben, dem seine Leidenschaft galt.

»Nichts«, erwiderte er verdrießlich. »Mein Terminkalender ist stets gefüllt. Ich stehe auf, trainiere in meinem eigenen Fitnessstudio, gehe zur Arbeit und kümmere mich um alles, was anliegt. Spät abends fahre ich nach Hause und schlafe. Am nächsten Morgen beginnt die gleiche Prozedur.«

»Triffst du dich nicht mit Freunden, um etwas zu unternehmen?«

»Ich habe Geschäftsverbindungen, Freunde jedoch nicht. Ich halte noch Kontakt zu einigen wenigen aus der Collegezeit, doch die leben an der Ostküste.«

Mein Herz zog sich zusammen, der Druck war so stark, dass ich glaubte, es müsste platzen. *Mein Gott, wie konnte jemand so leben?* Ja, auch ich arbeitete viel, weil meine Kreativität gefordert war, und es gefiel mir sehr. Doch für niemanden war es gesund, jede Minute des Tages zu arbeiten. »Das ist nicht gut für dich«, erklärte ich bestimmt. »Du musst dir etwas Freizeit nehmen, um deine Energiereserven wieder aufzutanken.«

»Um was zu tun?«, fragte er.

Ich schwieg, denn die Kellnerin kehrte mit Masons Kreditkarte zurück und bedankte sich für unseren Besuch.

Wir hatten beide den Nachtisch abgelehnt, da das Hauptgericht und die Vorspeisen so reichhaltig gewesen waren.

»Mason«, seufzte ich. »Du wohnst in Seattle. Ein wunderbarer Ort zum Leben. Es gibt das Meer, Berge, ein Nachtleben, unglaubliche Museen und Ausstellungen, Theater … es gibt beinahe nichts, das du hier nicht tun könntest.«

»Ja, nun gut, wahrscheinlich werde ich etwas davon in Anspruch nehmen, da meine Brüder entschieden haben, mich für eine Woche aus dem Büro zu werfen«, meinte er mürrisch.

Ich blickte ihn überrascht an. »Sie haben was getan?«

»Offensichtlich sind sie derselben Meinung wie du und sie halten die Mehrheit. Die Hurensöhne«, knurrte er. »Sie schließen mich für eine Woche aus meinem Büro aus.«

Oh. Mein. Gott. »Das haben sie nicht getan«, entgegnete ich. »Oder doch?«

»Doch«, presste er zwischen zusammengebissenen Zähnen hervor. »Aber ich glaube, sie sind sich nicht bewusst, dass ich auch von Zuhause aus arbeiten kann. Ich verfüge dort über alles, was ich brauche.«

Da ich wusste, dass Jett und Carter die harten Mittel nur einsetzten, um Mason zu einem Urlaub zu zwingen, musste ich ein Lächeln unterdrücken. »Bitte nimm es mir nicht übel«, erwiderte ich, »aber glaubst du wirklich, diese Möglichkeit haben sie nicht auch ausgeschaltet? Jett ist einer der talentiertesten Techniker der Welt. Ich weiß zwar nicht so viel über Computer, doch für ihn kann es nicht allzu schwer sein, dein Passwort zu ändern oder etwas Ähnliches.«

»Ich bringe sie beide um, falls sie das getan haben«, antwortete er streitsüchtig.

»Mason, warum sperrst du dich so heftig dagegen? Falls es dir hilft, ich besitze Lawson Aktien und als Aktionärin stimme ich vollkommen mit deinen Brüdern überein.«

Er wirkte überrascht und fragte nach einer Sekunde: »Du hast in Lawson investiert?«

Ich nickte. »Brynn hat mir den Tipp gegeben, als wir noch Vollzeit gemodelt haben. Wir haben beide Aktien gekauft, als ihr an die Börse gegangen seid. Ich habe einen unglaublichen Gewinn mit meiner Investition gemacht«, antwortete ich. »Ich würde auf keinen Fall einen Eigner mit Burn-out-Syndrom an der Spitze sehen wollen.«

»Ich habe kein Burn-out-Syndrom. Um Gottes willen, ich werde erst sechsunddreißig, nicht achtzig.«

Da ich unbedingt wollte, dass Mason sich diese Auszeit nahm, hatte ich vor, mich dafür einzusetzen. »Und wenn ich mit dir gemeinsam freinehmen würde? Wir könnten zusammen etwas in der Stadt unternehmen. Ich meine, ich würde natürlich nicht all deine freie Zeit belegen, doch auch ich könnte eine Pause gebrauchen. Und im Unterschied zu dir glaube ich daran, dass mein Management-Team meine Firma am Laufen hält, jetzt, da ich eines eingestellt habe. Meine Arbeit ist jetzt eher kreativer Art.«

Ich hatte keine Ahnung, ob er sich überhaupt noch einmal mit mir verabreden wollte, doch mein Angebot hatte eher freundschaftliche Gründe als das Verlangen einer Frau, die ihn begehrte. Mason mochte zwar noch jung sein, doch ich konnte unter seinen Augen dunkle Ringe entdecken, wenn ich seine ernste Miene musterte, und auf seinem gut aussehenden Gesicht erkannte ich Spuren von Stress.

Er wirkte angespannt.

Immer.

»Du kannst all meine freie Zeit in Anspruch nehmen«, meinte er eifrig. »Jett ist weg und Carter wird sich jeden Tag im Büro aufhalten, da auch ich mit Abwesenheit glänze.«

»Bist du bereit, alles mitzumachen, was ich vorschlage?«, erkundigte ich mich herausfordernd und verschränkte die Arme vor der Brust. Ich würde ihm nicht durchgehen lassen, nicht auszugehen und nicht zu erkunden, was genau ihm gefallen würde. »Ich werde mich bemühen, dich dazu zu bringen, dir in Zukunft ein Leben außerhalb des Büros aufzubauen.« *Faire Warnung.*

»Ja«, erwiderte er vorsichtig. »Aber bitte nicht die Space Needle und andere touristische Sehenswürdigkeiten.«

»Doch, unbedingt die Space Needle, falls du noch niemals ganz oben warst«, widersprach ich.

»Ich kann die Spitze von Jetts Wohnung aus sehen, um Himmels willen. Das ist eine Touristenfalle.«

»Aber du hast noch niemals die Aussicht *von* der Spitze gesehen«, erwiderte ich hartnäckig. »Das macht Spaß.«

»Vielleicht«, meinte er, nun etwas unsicher.

»Morgen«, informierte ich ihn. »Zieh dir etwas Leichtes an. Wir müssen vielleicht eine Weile Schlange stehen.«

Es war einer der heißesten Monate des Jahres und in Seattle herrschte eine unglaublich hohe Luftfeuchtigkeit.

»Ich hasse die Hitze«, wandte er ein.

»Du wirst dich daran gewöhnen«, neckte ich ihn.

»Ich bin mir sicher, dass ich jemanden kontaktieren kann –«

»Nein!« Ich drohte ihm mit dem Finger. »Es ist dir absolut nicht gestattet, deine Beziehungen zu nutzen, um uns auf die Spitze zu bringen, ohne Touristen zu spielen. Wir werden uns wie Leute benehmen, die Sehenswürdigkeiten besichtigen. Normale Leute.«

Obwohl es auch mir verlockend erschien, das Schlangestehen zu vermeiden, war die Mühe Teil der Erfahrung. Ich wollte, dass er in das Leben eines normalen Menschen eintauchte, statt sich stets wie ein Milliardär zu benehmen.

»Wenn wir uns in die Menge mischen, werden die Leute dich erkennen«, warnte er mich. »Von mir sind kaum Fotos veröffentlicht, aber dein Gesicht taucht überall auf.«

»Ich werde in der Öffentlichkeit nur selten belästigt«, erklärte ich ihm. »Die Leute sind mit ihren eigenen Angelegenheiten beschäftigt. Außerdem sehe ich auf der Straße anders aus als mit vollem Make-up.«

»Das bezweifle ich. Für den Fall, dass ich es noch nicht erwähnt habe, du siehst heute Abend besonders hübsch aus.«

Ich spürte, wie mir die Hitze ins Gesicht stieg.

Er hatte bereits erwähnt, wie gut ich aussah.

An meiner Wohnungstür.

Auf der Fähre.

Auf dem Weg ins Restaurant.

Zugegeben, ich hätte nicht behaupten können, Mason wäre besonders galant, aber vielleicht ließen seine Komplimente gerade deshalb mein Herz erzittern. Er meinte es ehrlich.

»Danke«, murmelte ich, während ich ihn anblickte.

Und dann wurde nicht nur mein Gesicht heiß, als ich sah, wie er den Blick begierig über mich schweifen ließ.

Ich erschauderte. Ich schlug die Beine übereinander, denn es war mir unangenehm, dass feuchte Hitze zwischen meine Schenkel flutete.

Dieser Mann brauchte nichts weiter zu tun, als mich anzusehen, und schon war es um mich geschehen. Er konnte das Verlangen in seinem Blick nicht verbergen und als dieser auf meinem beachtlichen

Dekolleté landete, schaute er nicht sofort weg. Als wäre es ihm gleichgültig, dabei erwischt zu werden, auf meine üppigen Brüste zu starren.

»Ähm … Mason?«, fragte ich atemlos. »Gilt die Abmachung?«

Wenn er nicht aufhören würde, meinen Körper zu betrachten, als gehörte er ihm und als sehnte er sich nach jedem Zentimeter von mir, würde ich den Kopf verlieren.

»Abgemacht.« Er erhob sich und streckte mir die Hand entgegen. »Lass uns gehen.«

Ich ergriff sie, als wäre sie eine Rettungsleine, und ließ mich von ihm aus dem Restaurant führen.

Auf dem Rückweg zum Anleger der Fähre sprachen wir kaum ein Wort, doch Mason ließ meine Hand nicht los. Gelegentlich lockerte er den Griff und strich mit dem Daumen über meine Haut.

Seine Berührungen waren subtil, aber sehr angenehm, und ich hasste mich dafür, dass mir sein beschützender Griff so gut gefiel, dass ich mich am liebsten hin und her gewunden hätte.

Mein Verlangen raubte mir beinahe den Atem. Wie gern hätte ich mich in seine Arme geworfen und ihn angefleht, mich zu ficken, nachdem wir schließlich an Bord gegangen waren und für die halbstündige Überfahrt nach Seattle einen Platz an der Reling gefunden hatten.

»Wir bekommen das Beste beider Welten mit«, seufzte ich, als die Fähre sich in Bewegung setzte. »Wir sind bei Tageslicht aufgebrochen und jetzt auf dem Rückweg werden wir all die Lichter von Seattle sehen.«

Mason presste seinen Brustkorb gegen meinen Rücken und schlang von hinten die Arme um mich. Ich konnte seinen warmen Atem in meinem Nacken spüren, als er heiser bemerkte: »Ich werde die Lichter nicht sehen. Ich scheine nur Augen für dich zu haben.«

Ich drehte mich herum, sodass ich ihm ins Gesicht blicken konnte. »Mason«, stöhnte ich, die Stimme so voller Verlangen, dass ich mich etwas schämte.

Unsere Blicke verloren sich ineinander und die Chemie zwischen uns war so intensiv, dass sich mein ganzer Körper anspannte.

Küss mich. Um Gottes willen, küss mich.

Es war windig auf der Fähre, doch in diesem Augenblick konnte nichts mich zum Frieren bringen.

Ich war mit Mason zusammen.

Er presste sich an mich.

Und ich brannte.

Instinktiv schlang ich ihm die Arme um den Hals, denn ich musste ihn unbedingt berühren.

Kaum hatte ich ihm die Haare im Nacken gestreichelt, als er knurrend gestand: »Darauf habe ich den ganzen Abend gewartet.«

Dann stieß er mit seinem Mund auf meinen hinab. Sein Kuss war alles andere als behutsam. Er verschlang meinen Mund, als müsste er seinen Besitz abstecken.

Der Kuss war heiß, feucht und unglaublich wollüstig. Ich öffnete die Lippen und ließ ihn ein, ebenso hungrig auf ihn wie er auf mich. Vielleicht sogar mehr.

Seit dem ersten Augenblick unseres Kennenlernens hatte ich mir dies ersehnt und seitdem hatte das Begehren bei jeder unserer Unterhaltungen in mir gebrodelt und sich immer mehr aufgebaut. Endlich konnte ich loslassen und es war bereits eine Erleichterung, einfach nur meine Zunge mit seiner zu umschlingen und zumindest einen kleinen Teil dieses großen, dreisten, wunderschönen Mannes zu erkunden.

Auf dem Deck wanderten Leute herum, doch für mich gab es in diesem Moment nichts außer Mason.

Es kümmerte mich nicht, wer uns beobachtete.

Er forderte meine vollständige Aufmerksamkeit und ich schenkte sie ihm.

Ich fuhr mit den Händen durch sein dichtes Haar und genoss die berauschende Erfahrung, endlich zu wissen, wie er schmeckte.

Sein männlicher Duft hüllte mich ein und ich ließ mich in die Umarmung fallen, als existierte nichts anderes mehr außer seiner Nähe.

Er war so groß, dass ich mich zierlich, angebetet und beschützt fühlte.

Ich stöhnte protestierend auf, als er seine Lippen von meinen löste, um die empfindliche Haut meines Halses zu erforschen. »Mein Gott, Laura. Ich kann mich kaum zurückhalten, so gern würde ich dich gleich hier ficken. Jetzt sofort«, ächzte er an meiner Haut. Dann umfasste er meine Pobacken und presste mich an seinen muskulösen Körper.

Ich schloss die Augen, als ich den Beweis seines Verlangens spürte. Sein harter Schwanz drängte sich gegen seine Jeans und in die Spalte zwischen meinen Schenkeln. »Mason«, flüsterte ich ihm ins Ohr, während ich mich an ihm rieb und so viel mehr wollte.

Abrupt trat er einen Schritt zurück. Ich war versucht, ihm zu folgen und mich weiter an ihn zu klammern, doch ich beherrschte mich.

Er atmete schwer und raufte sich frustriert sein dunkles Haar. »Eines Tages wirst du mich noch umbringen«, meinte er mit grimmiger Stimme.

Seine Augen jedoch … in ihnen glühte ein Feuer, das seine negative Bemerkung Lügen strafte.

Er begehrte mich so sehr wie ich ihn; die nackte Wahrheit stand ihm ins Gesicht geschrieben. Und verbarg sich in seiner Jeans. Ich hatte es gefühlt. Ich hatte mich daran gerieben. Jetzt hätte ich seinen riesigen Schwanz am liebsten befreit und in mir gespürt.

Ich holte zitternd Luft. »Ich hatte noch nie eine Vorliebe für öffentlichen Sex«, sagte ich, um die Stimmung etwas aufzuheitern.

Dann drehte ich mich herum und umklammerte die Reling, während mein Herz immer noch unkontrolliert pochte.

Mason schlang mir die Arme um die Taille, doch diesmal war seine Umarmung lockerer. »Du kannst mich alles andere um mich herum vergessen lassen«, flüsterte er mir heiser ins Ohr.

Mein Herz schlug vor Freude Purzelbäume. »Ich glaube, keiner von uns beiden ist schon bereit, weiter zu gehen.«

Lügnerin. Ich bin eine solche Lügnerin. Ich bin beinahe bereit, darum zu betteln.

»Das gilt vielleicht für dich«, knurrte er. »Ich bin schon seit langer Zeit bereit.«

Er klang so enttäuscht, dass ich mich gegen ihn zurücklehnte. Und ich lachte, als wir die Lichter von Seattle beobachteten, denen wir uns ständig näherten, bis die Fähre anlegte.

Kapitel 12

Laura

Laura Hastings' Blogeintrag, heute, 9 Uhr.

Einige von Ihnen haben mich gefragt, wie es möglich ist, dass ich unsicher bin, daher möchte ich diese Frage heute an dieser Stelle beantworten.

Ich weiß, ich habe eine erfolgreiche Karriere als Model hinter mir, aber glauben Sie mir, es ist ziemlich leicht, sich als die hässlichste, korpulenteste Frau am Set zu fühlen. Die Welt der Models ist mit hinreißenden Frauen bevölkert. Ich bin lediglich ein relativ hübsches Gesicht in der Masse wunderschöner Frauen, die viel schlanker und kleiner sind als ich, was in der Modebranche als akzeptabel gilt. Wie Sie alle wissen, möchte ich das ändern. Doch über Nacht wird das nicht geschehen.

Die Sache ist die: Die Welt der Models ist nicht die reale Welt und das darf ich nicht vergessen. Ich nähere mich meinem fünfunddreißigsten Geburtstag und kann mich glücklich schätzen, eine für ein Model lange Karriere zu haben. Doch ich bin fast so weit, mich vollkommen aus diesem Beruf zurückzuziehen. Trotzdem habe ich noch einen großen Teil meines Lebens vor mir.

Ich will damit sagen, wenn Sie Modeln zu Ihrem Beruf machen, denken Sie daran, dass dies eine kurzlebige Angelegenheit ist. Benutzen Sie sie als Sprungbrett für eine lange, erfolgreiche Karriere in einem anderen Bereich, sobald Sie als Model zurücktreten. Aber nehmen Sie Ihre Arbeit als Model nicht zu ernst und verzichten Sie darauf, sich selbst zu opfern, um ein perfektes Model darzustellen, denn dies wird nicht allzu lange Ihr Beruf sein.

Ich bin gesund. Ich bin glücklich. Ich liebe meinen Beruf und es gefällt mir, Mode zu schaffen, die Frauen jeder Gestalt und Größe passen.

Und trotz alledem, ja, habe ich Unsicherheiten. Ich denke, das geht den meisten Frauen so. Das Geheimnis besteht darin, sich von dem Gefühl »ich bin weniger wert« nicht Ihr ganzes Leben beherrschen zu lassen.

Ein Mensch hat so viel mehr zu bieten als lediglich seinen Körper oder sein Gesicht. Ich denke, die Vielfältigkeit des menschlichen Körpers ist etwas, das man schätzen und auf das man nicht hinabblicken sollte, wie man es in meiner Branche tut. Außerdem bin ich der Meinung, Models sollten realistischer und wahrheitsgetreuer aussehen, so wie sich die Welt der Frauen eben tatsächlich darstellt.

Jede von uns ist ein einzigartiges Individuum und darüber sollten wir glücklich sein. Wie langweilig wäre die Welt, wenn wir alle Roboter wären, die Kleidergröße zweiunddreißig trügen und alle gleich aussähen?

Lächeln Sie Ihrem Spiegelbild mindestens einmal täglich zu. Sie sind schön, ob es Ihnen bewusst ist oder nicht.

xoxoxo ~ Laura

»Ich weiß ehrlich nicht, warum du unsicher bist«, bemerkte Mason, als er von seinem Laptop aufblickte.

Nachdem ich Mason vier Tage lang herumgeschleppt hatte, um Tourist zu spielen, gönnte ich ihm einen Tag Ruhe an seinem Schwimmbecken auf seinem Grundstück – das Becken war stets funktionsfähig, doch er hatte es noch nie benutzt.

Wir waren beide geschwommen und badeten nun auf nebeneinanderstehenden Liegestühlen in der Sonne.

»Lass mich raten. Du liest gerade meinen Blogpost?« Ich war beinahe eingeschlummert, daher hatte ich nicht mitbekommen, dass er seinen Computer geholt hatte.

»Natürlich. Das tue ich immer.«

Ich konnte nicht gerade behaupten, meine Beziehung zu Mason wäre entspannt, doch ich verbrachte gern Zeit mit ihm.

Jeden Tag hatte er sich darüber beschwert, die Sehenswürdigkeiten besuchen zu müssen, die er als Touristenattraktionen betrachtete, doch meist neckte er mich nur damit. Ehrlich, ich war mir ziemlich sicher, dass er es genossen hatte, die Space Needle, den Pike Place Markt und den größten Teil der Museen und Parks zu erkunden, durch die ich ihn während der letzten vier Tage gezerrt hatte. Er hatte sogar zugelassen, dass ich ihn auf das Riesenrad von Seattle zerrte, denn er hatte sich noch nie von dem gigantischen Rad in die Höhe tragen lassen.

Ich sorgte dafür, dass wir tagsüber überaus beschäftigt waren, und gewöhnlich kehrte ich vor dem Abendessen in meine Wohnung zurück.

Nach jenem unglaublich intimen Kuss auf der Bainbridge Fähre fiel es mir schwer, mich in seiner Nähe tatsächlich zu entspannen. Ich konnte nur an eins denken: wie sehr ich mich danach sehnte, dass er mehr tat, als mich lediglich zu küssen.

Heute hatte ich mir zum ersten Mal erlaubt, etwas zurückzuschrauben und unseren Tag nicht mit Aktivitäten vollzustopfen, und es hatte sich als unglaublich schwierig herausgestellt, da wir halb nackt an seinem Schwimmbecken herumlagen.

Er trug zwar ziemlich konservative Schwimmshorts, doch ich musste mich beherrschen, nicht die Hand auszustrecken, um die feuchte Haut auf seinem muskulösen, breiten Oberkörper zu berühren oder mit dem Finger über seine ausgeprägten Bauchmuskeln zu fahren.

Er sah unglaublich gut aus mit seinem unordentlichen Haar und noch nass vom Schwimmen.

Ich seufzte leise und versuchte, mich nicht an die Gelegenheiten der vergangenen Tage zu erinnern, bei denen er meine Hand gehalten oder mir einen glühend heißen Kuss gegeben hatte. Es gelang mir nicht. Er hatte die Stimmung locker gehalten, als befürchtete er, mich zu verschrecken. Aber ich hatte nicht die geringste Angst im Zusammenhang mit Mason, außer dass er am Montag seine Arbeit wieder aufnehmen musste und unsere gestohlene, gemeinsame Zeit vorüber wäre.

Ich rüttelte mich aus meinen wollüstigen Träumen auf, blickte schließlich weg von ihm und sagte: »Eine Menge Frauen haben mich gefragt, wie ich unter Unsicherheiten leiden und trotzdem als Model arbeiten könnte, das sich scheinbar wohl in seiner Haut fühlt. Ich wollte klarstellen, dass zwischen einem selbstbewussten Auftreten und dem Verinnerlichen dieser Haltung ein Unterscheid besteht.«

»Dein Post klingt eher wie eine Warnung für Frauen, die als Model in die Modebranche einsteigen wollen«, stellte er fest.

»So war er auch gemeint«, bestätigte ich. »Es ist eine wirklich kurze Karriere und nicht wert, die eigene Gesundheit zu ruinieren. Ich selbst hatte mich darin verloren, mich in eine Form zu pressen, ob es nun gut für mich war oder nicht.«

»Wann glaubst du, wirst du dich endgültig aus der Branche zurückziehen?«, erkundigte er sich neugierig.

»Schon seit Jahren nehme ich immer weniger Verträge an. Mein Fototermin für die Unterwäsche wird wahrscheinlich mein letzter Auftrag sein. Ich habe eine lange Karriere hinter mir. Manche Models müssen bereits mit dreißig oder noch früher aussteigen.«

»Bist du traurig, dass dieser Abschnitt deines Lebens zu Ende geht?«, fragte er.

»Nein. Nicht wirklich. Ich werde es genießen, ein Stück Torte essen zu können, ohne mich so schuldig zu fühlen, dass ich bereue, es zu mir genommen zu haben«, scherzte ich. »Ich finde es wirklich aufregend, nach vorn zu schauen und mich voll und ganz meinen Entwürfen zu widmen. Ich reise zwar gern, doch ich finde es schöner, wenn es dem Zweck dient, wirklich irgendwo sein zu wollen. Ich denke, auf die eine oder andere Art werde ich immer in der

Modebranche engagiert bleiben und meinen ganzen Einfluss und meine Stimme nutzen, um die Modeindustrie zu ändern, sodass keine Frau sich mehr selbst umbringt, weil sie so ungesund dürr sein muss.«

»Du hast bereits einige Veränderungen bewirkt«, stellte Mason fest.

»Nicht genügend«, erklärte ich knapp. »Ja, es gibt jetzt einen Markt für kräftiger gebaute Models, der bis dato nicht existiert hat, aber zumeist nur bei Agenturen, die für ihre Übergrößen-Models bekannt sind. Es braucht Zeit, bis eine Industrie sich ändert, wenn sie über Jahrzehnte denselben Grundsätzen gefolgt ist.«

»Fall jemand das schafft, bist du es«, meinte Mason mit schmeichelhafter Bestimmtheit.

»Danke«, entgegnete ich ernst.

»Wann musst du zu deinem Unterwäsche-Fototermin aufbrechen?«

»Montag in einer Woche muss ich in San Diego sein.«

»Mein Privatflugzeug steht dir zur Verfügung.«

Ich brauchte einen Moment, um zu verstehen, wovon er redete. »Mason, ich werde dein Flugzeug nicht benutzen. Es handelt sich um einen Langzeitkunden, der meine Ausgaben deckt. Ich habe bereits einen Flug gebucht.«

»Storniere ihn. Es ist sicherer für dich, mein Flugzeug zu nehmen. Mein Fahrer kann dich direkt am Flieger absetzen und in San Diego wird dich einer meiner Leute einsammeln. Wo wirst du unterkommen?«

Ich wusste, dass Mason gern alles unter Kontrolle hatte, doch ich sträubte mich dagegen, dass er meine Termine plante. »Das geht dich nichts an«, erwiderte ich kühl. »Und ich werde meine Pläne nicht ändern. Ich meistere mein Leben beinahe seit zwanzig Jahren selbstständig. Ich bin um die ganze Welt gereist und lebe immer noch.«

»Da hast du dich auch noch nicht mit einem Mann verabredet, der sich während seines Aufstiegs an die Spitze eine Menge Feinde gemacht hat«, gab er in scharfem Ton zurück. »Jetzt verabreden wir uns ständig miteinander. Daher brauchst du einen gewissen Schutz.«

Ich drehte den Kopf, um ihn anzublicken, und erkannte, dass er vollkommen ernst war. Der harsche Ausdruck auf seinem Gesicht war die Bestätigung.

»Noch niemals habe ich Schutz gebraucht«, widersprach ich. »Und kein einziger Mensch hat mich erkannt, während ich mit dir zusammen war. Und haben wir tatsächlich eine dauerhafte Beziehung? Wirklich? Ich dachte, dies wäre lediglich ein Experiment für eine Woche. Eine Art Probezeit.«

Um ehrlich zu sein, war ich mir unsicher, was Mason und ich füreinander waren. Ich war diejenige, die ihn herausgefordert hatte, Zeit mit mir zu verbringen und herauszufinden, ob er Erfahrungen außerhalb seiner Arbeit genießen konnte.

Offensichtlich konnte er das.

Ungeachtet seiner Klagen schien er sich diese Woche amüsiert zu haben.

Ich hatte keine Ahnung, ob er mich ein weiteres Mal ausgeführt hätte, wenn ich ihm nicht angeboten hätte, sich Seattle wie ein normaler Mensch zu erschließen.

Er setzte sich aufrecht hin und warf das Handtuch über die Rückenlehne seiner Liege. »Für mich war es stets mehr als ein Experiment«, erwiderte er mit eiskalter Stimme. »Doch ich nehme an, ich sollte endlich erkennen, dass es für dich nur ein Spiel war, da du jeden Abend vor mir geflüchtet bist, als stände dein Hinterteil in Flammen. Ich hätte einsehen sollen, dass du wirklich nicht weiter gehen willst. Ich habe nicht versucht, dich zu kontrollieren, Laura. Ich war um deine Sicherheit besorgt. Ich nehme an, ich habe zu viel erwartet.« Er erhob sich. »Ich muss duschen. Da es spät geworden ist, wirst du sicher gehen wollen und allein hinausfinden.«

Er wartete nicht auf meine Antwort. Mason wandte sich ab und ging ins Haus. Ich hatte jedoch einen Funken Enttäuschung in seinen Augen sehen können.

Sein Gesichtsausdruck hatte kühl gewirkt, doch inzwischen kannte ich ihn gut genug, um zu wissen, dass er sich in höfliche Distanz flüchtete, wenn er glaubte, sich verteidigen zu müssen.

Ich starrte immer noch auf die Schiebetür, durch die er entschwunden war, unfähig zu glauben, dass er einfach so … gegangen war.

Ohne mir eine Chance zu geben, eine Antwort oder eine Erklärung abzugeben.

Ich starrte weiterhin auf die Tür und dachte über das Wenige nach, das er gesagt hatte.

Er sorgt sich um meine Sicherheit.

Okay. Trotzdem hätte er einen besseren Weg finden können, mir das zu erklären, anstatt einfach zu fordern, ich solle tun, was er verlangt, ohne es zu begründen.

Er hat in unserer gemeinsamen Zeit stets mehr als nur ein Experiment gesehen.

Aber mal ehrlich, war es nicht genau das, was man mit Verabredungen bezweckte? Man versuchte herauszufinden, ob man zusammenpasste.

Ich flüchte vor ihm, als stände mein Hintern in Flammen.

Endlich schloss ich den Mund und schluckte heftig. In diesem Punkt hatte Mason ins Schwarze getroffen. Ich war wirklich vor ihm geflüchtet, sobald wir unsere Expeditionen beendet hatten.

Die Chemie zwischen uns war einfach zu intensiv.

Und diese Art verrückter Anziehungskraft, zutiefst fleischlich und elementar, war so neu für mich, dass ich nicht wusste, wie ich damit umgehen sollte.

Ich begehrte Mason so verzweifelt, dass es Momente gab, in denen mein ganzer Körper vor Verlangen zu beben begann. Ein Verlangen, so intensiv, dass es mir den Atem raubte.

Ich hatte flüchten müssen.

Entweder das oder ich hätte ihm meine Gefühle gestehen und auf meine Chance bauen müssen.

Das Problem bestand aber darin, dass ich nicht wusste, ob Mason nur an eine Nacht dachte oder mehr wollte.

Spielt das eine Rolle?

Weiß man überhaupt jemals, wie lange eine Beziehung andauert?

Ich war nicht prüde. Ich war jung. Ich hatte sexuelle Bedürfnisse und bis heute, bis zu diesem Augenblick hatte ich versucht, sie selbst zu befriedigen, da keiner der Männer, mit denen ich mich je verabredet hatte, mich jemals zu einem Orgasmus gebracht hatte. Nicht annähernd.

Ich hatte null Orgasmen mit einem Partner.

Mason könnte mich dazu bringen.

Und genau davor fürchtete ich mich wahrscheinlich.

Wenn ich Mason zu nahe an mich heranließe, könnte er mich zerbrechen. Davor fürchtete ich mich zu Tode.

Andererseits, wenn ich die Gelegenheit nicht beim Schopfe packte, würde ich niemals wissen, was geschehen wäre.

Normalerweise schlief ich nicht mit einem Mann, wenn wir uns erst ein paarmal getroffen hatten. Aber mit Mason war es etwas anderes. Immerhin stellten die sonntäglichen Telefongespräche und Treffen auf verschiedenen Familienveranstaltungen während eines ganzen Jahres ein gewisses Vorspiel dar.

Er war nicht nur irgendein Mann, den ich zufällig beruflich kennengelernt hatte.

An einem gewissen Punkt im Laufe des letzten Jahres war er … wichtig für mich geworden. So wichtig, dass ich ihm die Wahrheit über meine Entscheidung, ob ich ein Kind von ihm haben wollte, vorenthalten hatte. Nicht weil es ihn nichts anginge, sondern weil ich die Verbindung zu ihm nicht verlieren wollte.

Also, was ist, wenn es nur für eine Nacht ist? Zumindest hätte ich die Erfahrung gemacht. Ich würde wissen, wie es wäre, mit einem Mann zusammen zu sein, der mich begehrte und sich offensichtlich um mich sorgte.

Und danach sehnte ich mich. Verzweifelt.

Diesmal kann ich nicht davonlaufen. Ich werde nicht flüchten, nur weil ich befürchte, Mason könnte der Mann sein, der mir das Herz bricht.

Verdammt. Ich war doch nicht der Typ Frau, der einen Rückzieher machte und aufgab.

Ich erhob mich von der Liege und ging zum Haus. Nachdem ich die Schiebetür hinter mir verschlossen hatte, stieg ich die Treppe hinauf, wohl wissend, dass ich all meine Nerven brauchen würde, denn ich war entschlossen, Mason Lawson zu verführen.

Kapitel 13

Laura

Noch bevor ich Masons Schlafzimmer betrat, konnte ich hören, dass die Dusche lief.

Ich schnappte mir meine Tasche vom Bett, in der sich die Kleidungsstücke befanden, die ich ausgezogen hatte, als ich mich früher am Tag umgezogen hatte.

Gut. Ich kann also für das bevorstehende Gespräch mein Kleid anziehen.

Ich fühlte mich zwar in dem schlichten, einteiligen Badeanzug recht wohl, doch für die Konfrontation mit Mason sollte ich mir lieber das Sommerkleid wieder überziehen.

Wir sollten bekleidet miteinander reden, um Ablenkungen zu vermeiden, doch danach werden die Kleider wieder ausgezogen.

Zugegeben, tatsächlich hatte ich noch niemals einen Mann verführt, doch ich hatte vor, den Versuch zu wagen und mein Bestes zu geben.

Ich war ganz krank vor Verlangen nach Mason, erlaubte mir jedoch aus Angst vor Zurückweisung nicht, ihn wirklich zu berühren. Es war längst überfällig, die Gelegenheit beim Schopf zu packen, und ich hatte nicht vor, die Chance, die ich vielleicht nur einmal im Leben bekam, mit einem Mann zusammen zu sein, der mich wahrhaftig begehrte, einfach so an mir vorbeiziehen zu lassen.

Schnell entledigte ich mich meines Badeanzugs und schnappte mir mein Unterhöschen.

Ich brauchte unbedingt eine Dusche, um die Chemikalien im Wasser aus dem Haar und von meiner Haut zu entfernen.

Später. Ich kann später duschen. Zuerst muss ich mit Mason reden.

Gerade als ich mich entschieden hatte, nicht nach einer zweiten Dusche im Haus zu suchen, hörte das Geräusch des laufenden Wassers plötzlich auf.

Ich war so nervös, dass ich zu Eis erstarrte und hoffte, er würde noch eine Minute länger im Badezimmer bleiben.

Doch leider verließ er es ungefähr fünf Sekunden später, nur ein Handtuch um seine Taille geschlungen.

Oh. Mist.

Wie gebannt blieb ich stehen und konnte keinen einzigen Muskel bewegen, selbst wenn das Haus niedergebrannt wäre.

Masons kurzes Haar war verwuschelt und nass, als hätte er sich bereits mit dem Handtuch darüber gerieben. Ich ließ den Blick tiefer wandern und beobachtete fasziniert die Wassertropfen, die auf der nackten Haut seines breiten Brustkorbs klebten.

Das Handtuch hing tief auf seinen Hüften, daher konnte ich die schmale Spur dunkler Härchen nicht ignorieren, die verführerisch unter dem Handtuch verschwand. Mein Körper schrie vor Verlangen, ihm das Handtuch wegzuziehen und herauszufinden, was darunter verborgen war.

Ich wollte ihn berühren. Wirklich berühren. Und ich bemühte mich verzweifelt, nicht auf meine Instinkte zu reagieren.

»Was zum Teufel machst du hier? Ich dachte, du wärst gegangen«, meinte er barsch.

»Ich konnte nicht. Nicht so«, flüsterte ich heiser. Mein Gott, selbst meine Stimme verriet, wie sehr ich ihn begehrte. »Wir müssen uns unterhalten.«

Unsere Blicke trafen sich. Meiner war wahrscheinlich ein einziges Flehen, doch seiner wirkte immer noch eiskalt.

»Du erwartest von mir, fähig zu sein, mich mit dir zu unterhalten, während du nackt vor mir stehst?«, erkundigte er sich heiser.

Mist! Ich war so in Trance, dass ich vergessen hatte, dass ich nur mit meinem Höschen in der Hand vor ihm stand. »E-es tut mir leid«, stammelte ich. »Ich bin hochgekommen, um mich anzuziehen, und dann dachte ich, ich bräuchte vielleicht eine Dusche wegen des Chlors, doch dann hielt ich es für besser, darauf zu verzichten und mich anzuziehen, um mit dir zu reden«, plapperte ich drauflos, doch ich konnte nicht anders.

Im Zimmer herrschte eine solche Spannung, dass sie beinahe spürbar war.

Er starrte mich an und blickte mir unbeweglich in die Augen, sagte jedoch kein Wort, daher fuhr ich fort: »Ich bin nicht davongelaufen, Mason. Ich schwöre es. Die Gefühle, die du in mir erweckst, machen mir manchmal … Angst. Ich wollte nicht über den jetzigen Stand unserer Beziehung hinausgehen, weil ich befürchte, dass es mir wehtun wird, dich nicht mehr zu sehen, sobald dieses Zwischenspiel vorbei ist. Ich will dich nicht zu lieb gewinnen.«

Ich beobachtete fasziniert, wie das Eis in seinen Augen Stück für Stück dahinschmolz.

Plötzlich stand er direkt vor mir, was bei einem Mann von seiner Größe ziemlich beeindruckend war. Sein Blick war intensiv und warm.

Er umfasste meine Schultern. »Gewinne mich lieb, Laura. Das will ich, denn ich habe dich ganz bestimmt lieb. Für mich ist das kein Spiel. Ich bin jeden Tag mit dir zusammen, weil ich mir nicht vorstellen kann, Urlaub zu haben und ihn mit irgendjemand anderem zu verbringen. Ich. Will. Mit. Dir. Zusammen. Sein. Und ich habe nicht vor, dies nach einer Woche aufzugeben. Ich begehre dich schon viel zu lange, um dich jetzt gehen zu lassen.«

»Warum bist du dann weggegangen?«, fragte ich leise.

»Weil auch ich Angst habe, dich zu lieb zu gewinnen, falls du meine Gefühle nicht erwiderst«, erklärte er heiser. »Ich habe bemerkt, dass du uns auf Distanz gehalten hast. Ich will keine Distanz zwischen uns, Laura. Das brauche ich nicht. Ich weiß bereits, was ich will.«

»Und was willst du?«, hakte ich nach, während mein Herz heftig pochte.

Seine Augen verdunkelten sich und ein Sturm begann, in ihnen zu toben. »Dich.«

»Mason, ich –«

Ich will, dass du mich berührst. Wirklich berührst.

»Ich bin nackt«, sagte ich mit schwacher Stimme.

»Glaub mir, das habe ich bemerkt«, erwiderte er heiser.

»Ich sollte besser duschen.« Falls ich nicht bald von ihm wegkam, würde ich ihm das Handtuch wegreißen und mich an seinen hinreißenden, massigen Körper pressen. Und dann würde ich ihn anflehen, mich zu ficken.

Er ließ meine Schultern los. »Du kannst meine Dusche benutzen«, bot er an. »Falls du jemanden brauchst, der dir den Rücken wäscht, stehe ich zur Verfügung.«

Der Moment der Wahrheit, Laura. Du weißt auch, was du willst. Dein Ziel war, ihn zu verführen. Tu es!

Ich schnappte mir mein Kleid vom Bett und machte mich auf den Weg ins Badezimmer. »Ich könnte deine Hilfe wahrscheinlich gebrauchen.«

Ich erhaschte einen kurzen Blick auf sein Gesicht, als ich ins Badezimmer trat.

»Laura«, knurrte er drohend. »Ich bin nicht zu Scherzen aufgelegt.«

»Das war kein Scherz«, erwiderte ich mit fester Stimme, während ich die Tür einen Spalt offen stehen ließ.

Ich drehte den Duschhahn auf und trat in die Duschkabine. Ich zitterte am ganzen Körper vor sexueller Spannung, die mich beinahe umbrachte.

Ich stand mit dem Rücken zum Wasserstrahl und wusch mir die Haare. Je mehr Zeit verging, desto sicherer war ich mir, dass Mason sich mir nicht anschließen würde, obwohl ich ihn eingeladen hatte.

Und wenn er nicht weiß, dass ich es ernst meine?

Er schien immer noch zu glauben, dass ich scherzte.

Langsam ließ die Spannung nach. Das heiße Wasser prasselte auf meinen Rücken und ich spülte mir die Haare aus.

Vielleicht ist es besser so. Vielleicht ist es zu früh. Zumindest weiß ich, dass er nicht einfach nur mit mir spielt.

Ich hatte nicht vor, vor ihm zu flüchten. Nicht seitdem ich mich entschieden hatte, ein Risiko einzugehen, um herauszufinden, wie es wäre, mit einem Mann wie ihm zusammen zu sein.

Nichtsdestotrotz würden wir über seine herrische Art reden müssen. Es war zwar nett von ihm, dass er sich um meine Sicherheit sorgte, doch hatte er mir keinen Raum für eine Diskussion gelassen.

Ich schrie schrill auf, als die Glastür der Duschkabine sich plötzlich öffnete und ein großer, nackter Mann in die geräumige Dusche trat. »Mason«, stieß ich atemlos und mit klopfendem Herzen hervor, »du hast mich erschreckt.«

»Ich hoffe, du hast deine Einladung ernst gemeint. Ich habe ungefähr fünf Minuten vor der Tür gestanden und mir eingeredet, warten zu können, bis du dich wohler mit mir fühlst, aber ich glaube, ich kann nicht warten«, erklärte er mit rasselnder Stimme.

»Ich habe es ernst gemeint«, erwiderte ich und blickte in seine stürmische Miene auf, ein Gesichtsausdruck, der mir einen Stich ins Herz versetzte. Mason war ein komplizierter Mann und ich wusste, es fiel ihm nicht leicht, seine Gefühle auszudrücken.

Doch ich konnte sie erkennen.

Ich konnte sie spüren.

Und seine Unsicherheit stärkte meine Entschlossenheit.

Ich beobachtete, wie er Duschgel in seine Hand spritzte. »Dreh dich herum.«

Oh Gott. Er wollte mir wirklich den Rücken waschen.

Ich drehte mich herum, jedoch nicht ohne vorher einen Blick auf seinen riesigen, erigierten Schwanz zu werfen.

Mason war wirklich überall groß und obwohl sein Schwanz ein wenig Furcht einflößend wirkte, wurden mir vor Verlangen, ihn in mir zu spüren, die Beine schwach.

Im selben Moment, in dem ich ihm den Rücken zuwandte, spürte ich, wie seine seidigen, großen Hände, glitschig von der Seife, über meine Haut glitten. Ich erschauerte.

Er berührte mich nicht einfach nur, er massierte mich mit festen, aber zärtlichen Bewegungen. Obwohl all meine Sinne aufs Höchste erregt waren, entspannte es mich. »Oh Gott, das fühlt sich gut an, Mason«, sagte ich halb stöhnend, als er mit dem Daumen einen angespannten Muskel in meinem Nacken bearbeitete.

Er zog mich an seine nasse, nackte Brust und flüsterte mir heiser ins Ohr: »Du bist wunderschön, Laura. Hast du überhaupt eine Ahnung, wie viele Fantasien ich über dich hatte?«

»Nein«, keuchte ich, als er mit den Händen meine Brüste umfasste.

Während er mit den Daumen über meine empfindlichen Brustwarzen fuhr, sagte er: »Ich habe so oft von dir geträumt, dass ich aufgehört habe zu zählen. In meinen Fantasien habe ich dich in dieser Dusche in allen möglichen Stellungen gefickt, außerdem auf jeder erdenklichen Oberfläche in diesem Haus. Es gibt keinen einzigen Platz bei mir zu Hause, an dem ich dich nicht in Besitz genommen hätte.«

Ich legte den Kopf in den Nacken und schloss die Augen. »Aber dies hier ist die Wirklichkeit.«

»Da hast du verdammt recht«, knurrte er. »Und ich werde sie so lange andauern lassen, wie ich kann.«

Er drehte mich in seinen Armen herum, umklammerte meine Haare und bog mir den Kopf nach hinten.

Seltsam, wenn er die Kontrolle übernahm, schmolz ich dahin.

Ich stöhnte gegen seine Lippen, als er seinen Mund auf meinen presste. Der Kuss war wild und wahnsinnig, gewaltvoll und köstlich. Ich schlang ihm die Arme um den Hals und erwiderte seinen Kuss mit der gleichen Leidenschaft, als ginge es ums Überleben. Ich öffnete den Mund und verschlang meine Zunge mit seiner, um ihn ohne Worte wissen zu lassen, wie groß mein Bedürfnis war, ihm nahe zu sein.

Ich wimmerte, als ich spürte, wie er seine Männlichkeit gegen meinen Bauch presste, und versuchte, zwischen uns zu greifen, weil ich meine Finger um seine Härte schlingen wollte.

Er hob den Kopf. »Tu das nicht, Laura. Noch nicht. Ich habe im Augenblick keinerlei Kontrolle über mich.«

»Ich muss dich einfach berühren, Mason. Ich sehne mich …«

»Ich weiß. Und ich muss dich zum Kommen bringen, weil ich deine Frustration spüren kann«, erwiderte er und ging in die Knie.

»Mason, was machst du …« Es verschlug mir die Sprache, als er sein Gesicht in meine Muschi grub und mir bewusst wurde, was er vorhatte.

Oh. Mein. Gott.

Er stieß mit der Zunge zwischen meine Falten und drang in das rosafarbene, feuchte, zitternde Fleisch meiner Muschi ein. Ich stöhnte vor Lust. »Ja!« Ich klammerte mich an seine Haare und versuchte, seinen Kopf näher an die Stelle zu bringen, wo ich ihn so dringend ersehnte.

Doch er erfüllte meinen Wunsch noch nicht. Er fuhr mit den Händen meine Oberschenkel hinauf und umfasste meine Pobacken, während er mit dem Mund jeden Zentimeter erreichbaren, rosafarbenen Fleisches zwischen meinen Schenkeln erkundete – außer meiner Klitoris.

Ich zerrte an seinen Haaren. »Mason. Bitte.«

Seine Berührung war süße Folter und ich war mir nicht sicher, wie lange ich sie noch aushalten konnte.

Ich zuckte nicht zurück, als er seine Finger in meinen Pobacken grub und mich zu sich heranzog.

Ich geriet in Ekstase, als er mit der Zunge endlich über das geschwollene Nervenknötchen fuhr, das so sehr um seine Aufmerksamkeit bettelte.

Plötzlich war dieser teuflische Mund überall und als ich meinen Blick nach unten schweifen ließ, um ihm dabei zuzusehen, wie er meine Muschi verschlang, kam ich beinahe zum Höhepunkt, nur von der Wildheit und Konzentration, mit der er agierte.

Mich zum Kommen zu bringen schien sein einziger Gedanke zu sein, seine einzige Mission, und ich würde ihm definitiv geben, was er wollte.

»Mason!«, stieß ich mit schriller Stimme hervor, die ich nicht als meine eigene wiedererkannte.

Ihn zu beobachten, wie er mit seinem Kopf zwischen meinen Schenkeln vor mir kniete, war einfach zu viel.

Die Stimulation seiner glitschigen Zunge war zu viel.

Sein wollüstiges Verlangen, mich beim Orgasmus zu beobachten, war zu viel.

Ich klammerte mich an seine Haare, denn ich brauchte etwas, das mich erdete.

In diesem Moment war Mason Lawson in einem elementaren Zustand und in meinem ganzen Leben hatte ich noch niemals so etwas Lustvolles gesehen oder gefühlt.

Der dicht zusammengepresste Knoten in meinem Magen begann, sich zu entfalten, und schickte glühende Blitze direkt in meinen Unterleib.

Der Orgasmus überrollte mich mit einer Wildheit, die mich ächzen und stöhnen ließ, als ich hilflos in Lust ertrank.

Mason saugte und leckte gierig meine Säfte auf, als wären sie der Nektar der Götter, was meinen Orgasmus weiter ausdehnte, als es normalerweise der Fall wäre.

Ich bebte am ganzen Körper, als er sich erhob und einen muskulösen Arm um meine Taille schlang, was mich davon abhielt zusammenzusacken, denn meine Beine gaben unter mir nach.

»Mason«, seufzte ich, als ich mich gegen seinen breiten Brustkorb fallen ließ.

Er drehte das Wasser ab und hielt meine Hand, als ich aus der Duschkabine trat.

Hastig trocknete Mason mich ab, warf das Handtuch auf den Boden, nahm mich auf den Arm und verließ mit mir das Badezimmer.

»Oh Gott. Du wirst dich umbringen, wenn du mich trägst«, warnte ich ihn atemlos.

»Dann würde ich als glücklicher Mann aus diesem Leben scheiden«, erwiderte er heiser, bevor er mich auf dem Bett ablegte.

Kapitel 14

Laura

Ich fühlte mich immer noch taumelig von meinem Orgasmus unter der Dusche, trotzdem war ich nicht vollkommen befriedigt, bis Mason sich auf mich legte und ich all seine aufgeheizte, weiche, prächtige Haut auf meiner spüren konnte.

Ich schlang ihm meine langen Beine um die Taille, damit er mir nicht mehr entwischen konnte.

Wie hatte ich auf das hier gewartet!

Wie lange hatte ich mir dies gewünscht!

Ich legte ihm meine Arme fest um den Hals und drängte ihn: »Fick mich, Mason. Bitte.«

»Mein Gott!«, ächzte er mir ins Ohr. »Weißt du, wie lange ich darauf gewartet habe, das von dir zu hören?«

»Fick mich«, wiederholte ich.

»Mach langsam, Baby«, meinte er heiser. »Ich bin nicht gerade zierlich gebaut. Ohne Ausnahme. Ich will dir nicht wehtun.«

Für einen kurzen Moment blitzte ein vernünftiger Gedanke durch mein vor Lust verrücktes Gehirn und mir wurde bewusst, dass Mason befürchtete, seine Größe könnte ein Problem darstellen.

Für mich? »Du wirst mir nicht wehtun«, stöhnte ich. »Auch ich bin nicht gerade zierlich gebaut.« Zugegeben, ich hatte einen Blick auf seine Ausstattung erhascht. Sein Schwanz war riesig, dick und schwer, doch mein Körper schrie danach, ihn in sich aufzunehmen. »Bitte«, flehte ich noch einmal und wölbte ihm die Hüfte entgegen.

»Mist! Ich kann nicht mehr länger durchhalten«, stieß er verzweifelt hervor und begann, langsam in mich einzudringen.

Er ist vorsichtig. Er hat … Angst.

»Halt dich nicht zurück. Tu es«, ermunterte ich ihn und knabberte an seiner Schulter.

Der kleine Liebesbiss schien ihn anzustacheln. Stöhnend drängte er vorwärts und vergrub sich bis zur Wurzel in mir.

»Oh!«, keuchte ich, geschockt über den Umfang und die Länge von Masons Männlichkeit.

»Gütiger Himmel!«, ächzte er. »Du bist verdammt eng. Habe ich dir wehgetan?«

Ich konnte die Anspannung aus seiner Stimme heraushören. Mein Herz schmolz dahin. Sein ganzer Körper schien unter Spannung zu stehen. Jeder Muskel blähte sich auf, als wäre er bereit, sich gehen zu lassen. Doch er erlaubte es sich nicht. Weil er befürchtete, mir Schmerzen zu verursachen.

»Nein«, flüsterte ich wahrheitsgemäß. Ja, er war groß und meine inneren Muskeln dehnten sich, um ihn aufzunehmen. Noch niemals war ich mit einem Mann zusammen gewesen, der auch nur annähernd so groß war wie er, doch das leichte Unbehagen, das er mir verursachte, war nichts im Vergleich zu der Befriedigung, Mason in mir zu haben. »Du fühlst dich so gut an.«

Er strich mir die feuchten Haare aus dem Gesicht und blickte mit seinen wunderschönen, unergründlichen Augen in meine. »Laura …«, murmelte er heiser, bevor er meinen Mund mit seinem bedeckte.

Ich klammerte mich an seine Haare, auch der letzte Hauch Geduld verschwand.

Ich brauchte ihn.

Er brauchte mich.

Und die sexuelle Spannung, die rot glühend zwischen uns brodelte, kochte über, als ich seinen Kuss erwiderte. Unsere Umarmung war wild und wollüstig, als versuchte jeder von uns, den anderen mit dem Mund in Besitz zu nehmen.

Ich klammerte mich fester an sein Haar, um zu versuchen, die Verzweiflung zu lindern, die mich beinahe in Stücke riss.

Als er meinen Mund freigab, schnappten wir beide nach Luft und mein Herz hämmerte so schnell, dass ich bei jedem Herzschlag von Neuem zu explodieren glaubte.

»Nimm dir, was immer du willst, wie immer du es haben willst«, ermunterte ich ihn.

Ehrlich, ich wollte sehen, wie Mason vollkommen die Beherrschung verlor.

Ich war begierig darauf.

»Es wird dir noch verdammt leidtun, dass du das gesagt hast«, warnte er mich. Dann schob er eine Hand unter meinen Hintern, um meine Hüften anzuheben. »Ich werde dich so hart ficken, dass du tagelang nicht mehr laufen kannst.«

»Das ist es wert«, keuchte ich, als er sich zurückzog, bis er beinahe ganz draußen war, und sich dann wieder in mir vergrub. Und dann wiederholte er das Gleiche noch einmal.

»Ja!«, ächzte ich. »Mehr.«

Im Gegensatz zu Masons Befürchtungen würde er mich nicht zerbrechen. Ich war doch keine fragile Barbie-Puppe!

Ich blickte zu ihm auf, zu seinem wie gemeißelt wirkenden, angespannten Kiefer und zu seinen Augen, die vor Leidenschaft dunkel schimmerten, einer Leidenschaft, die er sich endlich gestattete, freien Lauf zu lassen. Seine Haare waren feucht und standen unordentlich vom Kopf ab.

Er wirkte wie ein Wahnsinniger und das erregte mich so sehr, dass ich stöhnte.

Ich hielt meine Beine weiterhin um seine Taille geschlungen, als er begann, in mich hinein zu hämmern; jeder Stoß stachelte meine Begierde weiter an.

»Mason«, stöhnte ich, unfähig, irgendetwas anderes über die Lippen zu bringen.

Er war das Einzige, das in diesem Augenblick eine Rolle spielte.

Er war das Einzige, das ich spüren konnte.

Er hüllte mich ein.

Überwältigte mich.

Trug mich an Orte, an denen ich niemals zuvor mit einem Mann gewesen war.

Jetzt veränderte er unsere Positionen ein wenig, sodass er sich bei jedem Stoß mit seinem dicken Schwanz an meiner Klitoris reiben konnte. »Komm für mich, mein Herz. Du bist so verdammt eng, heiß und feucht, dass ich es nicht länger aushalten werde. Nicht beim ersten Mal.«

Sein Rhythmus wurde immer wahnsinniger und ich wollte nicht, dass er sich zurückhielt. Doch ich wusste nur zu gut, dass Mason es sich nicht gestatten würde, die Beherrschung zu verlieren, bis ich selbst so weit war.

Ich stöhnte aufgrund der schnellen, wilden Stimulierung meiner Klitoris und genoss es, wie unsere feuchte Haut aneinander entlangglitt.

Ich war dem Orgasmus nahe.

So. Verdammt. Nahe …

»Das ändert alles für uns, Laura. Jetzt gehörst du mir«, knurrte er und ich konnte spüren, wie seine Worte mein ganzes Sein zum Vibrieren brachten.

Seine besitzergreifenden Höhlenmenschenworte schienen mich zum Höhepunkt zu katapultieren.

»Oh Gott. Mason«, schrie ich auf, als ich zu kommen begann, wie ich es noch nie zuvor erlebt hatte. Die Lust war so intensiv, dass es beinahe wehtat. Ich grub meine Fingernägel in seine harten Rückenmuskeln, denn ich brauchte einen Halt, um nicht von ihm wegzufliegen.

Ich konnte spüren, wie sich meine inneren Muskeln um seinen Schwanz herum zusammenzogen, als wollten sie ihn nicht mehr loslassen.

Ich schaute auf und beobachtete Mason, der den Kopf nach hinten geworfen hatte. Die Muskeln an seiner Kehle arbeiteten, als wollte er etwas sagen, es aber nicht konnte.

»Laura, du bist so wunderschön«, stöhnte er, als mein Orgasmus ihn bis zu seiner eigenen heißen Erlösung molk.

In diesem Augenblick, als das Crescendo sich zu Wellen der Lust hinab wand, wusste ich, dass ich niemals vergessen würde, wie er aussah, als er meinen Namen sagte und mir schwor, ich sei die Frau, die er begehrte, während sein Höhepunkt ihn durchschüttelte.

Es war das Beste, das ich jemals erlebt hatte.

Kein Mann hatte sich mir jemals so … hingegeben.

Dann rollte er sich auf den Rücken und zog mich auf sich, bis ich auf ihm ausgebreitet lag, unsere Gliedmaßen ineinander verschlungen. Mühsam rangen wir nach Atem.

Besorgt versuchte ich, mich zu bewegen, denn ich war nicht gerade ein Leichtgewicht.

Er gab mir einen Klaps auf den Hintern. »Falls du jetzt wegwillst, fange ich dich wieder ein«, drohte er mir heiser.

»Ich werde dich zerquetschen«, erklärte ich atemlos. »Ich bin schwer.«

Er streichelte mir beruhigend mit der Hand über den Rücken, was mich etwas entspannte. »Du bist perfekt«, meinte er gespielt störrisch. »Bleib, wo du bist. Ich habe keine Energie, um hinter dir herzujagen, doch ich würde es tun. Ich mag dich genauso, wie du bist.«

Ich kicherte tatsächlich wie ein Teenager, als ich mir einen mürrischen Mason vorstellte, der mich nackt durchs Haus jagte.

Noch niemals hatte ein Mann darauf bestanden, dass ich auf ihm lag. Nicht bei meinem Gewicht. Doch Mason schien es zu genießen.

Ich seufzte, als er mit seiner Hand tiefer wanderte und meine Pobacken streichelte.

»Du wirst vielleicht wund werden«, bemerkte er reuevoll.

Ich streckte die Hand aus und fuhr ihm durch sein unordentliches Haar. »Warum hast du so viel Angst, mir wehzutun?«

Er zögerte, bevor er schließlich gestand: »Normalerweise tue ich den Frauen weh. Ich bin gebaut wie ein Linebacker und mein Schwanz ist entsprechend kräftig. Zu groß für das Empfinden der meisten Frauen.«

»Nicht zu groß für mich«, neckte ich ihn. »Wirklich, Mason, es war unglaublich. Ich weiß nicht, warum um alles in der Welt du daran gezweifelt hast.«

Er zog eine Braue in die Höhe, als glaubte er, ich würde die Wahrheit beschönigen.

»Ich hatte zwei Beziehungen in meinem Leben«, erklärte er. »Eine direkt nach der Schule, die andere am College. In beiden Fällen hat die Frau unseren Sex nicht wirklich genossen. Beide sagten, es würde wehtun.«

»Lass mich raten. Sie waren beide ziemlich klein?«

Er nickte. »Ja. Ich mochte wirklich beide sehr gern, denn sie waren klug und nett. Doch am Ende stimmte die Chemie einfach nicht.«

»Und wann hast du schließlich eine Frau gefunden, die deine, ähm … Ausstattung zu schätzen wusste?«, erkundigte ich mich neugierig.

»Niemals«, murmelte er.

»Was?«

»Ich sagte, ich habe keine gefunden«, erklärte er lauter. »Bis heute.«

»All die Frauen –«

»Es gab keine weiteren Frauen«, unterbrach er mich. »Seitdem ich das College verlassen habe, habe ich keine Frau mehr gefickt. Zwei Versuche reichten mir. Ich hielt mich an die Arbeit und war zu beschäftigt für eine neue Beziehung.«

Er wich meinem Blick aus und ich wusste, er hatte mir etwas anvertraut, das niemand anderes wusste, etwas, das er als peinlich empfand, es zuzugeben.

Die meisten Männer hätten One-Night-Stands oder lockere Beziehungen gehabt, um mit einer Frau zu schlafen.

Nicht so Mason.

Nur weil er zwei Frauen erwischt hatte, die seinen supergroßen Schwanz nicht genießen konnten, hatte er aufgegeben, aus Angst, er könnte einer weiteren Frau Schmerzen zufügen.

Ich nahm sein Gesicht in meine Hände und zwang ihn, mich anzublicken. »Warum ich, nach all den Jahren?«

Er blickte mir in die Augen. »Weil du die einzige Frau bist, der ich nicht widerstehen konnte. Ich konnte dich nicht aus dem Kopf bekommen.«

Ich spürte, dass mir Tränen in die Augen stiegen, blinzelte sie jedoch zurück. Dies war ein seltener Augenblick, in dem Mason Verwundbarkeit zeigte, und ich wollte ihn nicht zerstören. »Ich habe das Gleiche empfunden. Du musst doch gewusst haben, dass ich dich attraktiv fand.«

»Das habe ich jedenfalls gehofft, besonders nach dem Abend von Jetts Verlobungsparty. Doch dann, nachdem du wieder nüchtern warst, war alles anders. Du warst plötzlich so reserviert.«

Ich war bestürzt. »Was geschah auf der Party?«

»Es geschah nicht auf der Party, sondern erst bei dir zu Hause. Du schienst plötzlich wieder beieinander zu sein, nachdem du bewusstlos gewesen warst. Das bedeutete für mich, dass ich dich nicht ins Krankenhaus bringen musste, um sicherzugehen, dass mit dir alles in Ordnung war. Sobald ich dir geholfen hatte, dein Kleid auszuziehen, warst du wie der Teufel darauf aus, mich mit dir ins Bett zu zerren. Du, Laura Hastings, hast am Abend von Jetts Verlobungsparty verzweifelt versucht, mich zu verführen.«

Kapitel 15

Mason

Der Abend von Jetts Verlobungsparty war der Himmel für mich gewesen, aber gleichermaßen die Hölle.

Ich begann, Laura zu erzählen, was geschehen war.

Ich schloss die Augen und immer noch konnte ich die Szene in meinem Kopf ablaufen lassen.

Ich hatte mir Sorgen wegen Lauras Bewusstlosigkeit gemacht.

Während ich mir nur zu bewusst gewesen war, dass sie betrunken war, war ich ziemlich froh, als sie endlich ihre schönen Augen öffnete und mit mir redete.

Bis es Zeit wurde, ihr das Kleid auszuziehen.

Mein Schwanz war so hart, dass man Diamanten damit hätte schneiden können, und ich fühlte mich wie ein Perverser, weil ich jede wunderschöne Kurve an ihr beäugte, während sie in einem winzigen BH und Höschen herumturnte. Ich meine, welcher Mann hätte nicht hingeschaut? Nichtsdestotrotz hätte ich ihren betrunkenen Zustand nicht ausgenutzt.

»Ich denke, du solltest mit mir ins Bett kommen, mein Schöner«, sagte sie. »Ich fühle mich sooo zu dir hingezogen. Immer schon.«

Ich legte sie aufs Bett und deckte sie mit einer Decke zu, doch sie schlang mir die Arme um den Hals. »Küss mich!«, verlangte sie.

Ich legte ihr die Hände auf die Schultern. »Wer bin ich?«, erkundigte ich mich, während ich mich fragte, ob sie überhaupt wusste, was sie sagte.

Sie gab mir spielerisch einen Klaps auf den Arm. »Ich weiß, wer du bist. Du bist Mason Lawson. Der heißeste der Lawson-Brüder. Weißt du, dass du der einzige Mann bist, bei dem mir jemals das Höschen feucht wurde?«

Ich musste schlucken. »Nein.«

»Du bist ungemein gut aussehend, hochintelligent, wahnsinnig reich und viel zu unerreichbar für mich. Aber eine Nacht zusammen können wir doch haben, oder?« Sie lallte, doch mit ihren hübschen blauen Augen blickte sie mich so ernst an, dass es mich beinahe umgebracht hätte.

»Nicht heute Nacht«, sagte ich heiser und küsste sie auf die Stirn. »Falls du noch das Gleiche empfindest, wenn du nüchtern bist, sag es mir und dann reden wir darüber.«

Ich zog mich zurück, was mich die Kräfte eines Herkules' kostete, und wartete, bis sie endlich einschlief.

Ich spürte, dass Laura sich von mir hinunterrollte, nachdem ich meine Erzählung beendet hatte, doch sie bewegte sich nicht weit weg. Sie kuschelte sich an mich und vergrub ihr Gesicht an meiner Brust. Sie stöhnte: »Oh mein Gott! Das habe ich nicht getan!«

»Doch«, widersprach ich schmunzelnd. »Du hast keine Ahnung, wie hart es war, nicht mit dir ins Bett zu kriechen. Aber du warst betrunken. Und sobald du nüchtern warst, gingst du auf Distanz und erwähntest deine Sympathie nicht mehr. Nicht dass ich dir nicht genügend Gelegenheit gegeben hätte. Immerhin habe ich dich jeden Sonntag angerufen.«

»Nur um zu erfahren, ob ich schwanger wäre«, beschwerte sie sich.

»Ich glaube, ich habe abgewartet, ob du auf diesen Abend zu sprechen kommen würdest. Doch das bist du nicht. Ich dachte, du wärst nicht wirklich interessiert.«

Sie hob den Kopf und blickte mich an. Das Herz sprang mir beinahe aus der Brust. »Du machst Witze, oder?«, fragte sie. »Außerdem hättest du auch etwas sagen können.«

Ich zuckte mit den Schultern. »Ich dachte, es wäre dir peinlich, und wollte es deshalb nicht ansprechen. Bis du mir kürzlich erzählt hast, dass du dich nach unserem Gespräch auf der Terrasse an nichts mehr von jenem Abend erinnertest.«

»Aber dann hättest du es mir erzählen können«, meinte sie bestimmt.

»Was spielte es für eine Rolle? Warum sollte ich dich beschämen, obwohl ich dachte, du hättest kein Interesse?«

»Ich fühlte mich schon immer zu dir hingezogen, Mason. Doch du warst ganz der Geschäftsmann, bis du mir vorschlugst, der Vater meines Babys zu werden.«

Ich verzog das Gesicht. »Ein schlechter Schritt.«

»Willst du mir erklären, warum du das getan hast?«, erkundigte sie sich zögernd. »Ich war geschockt, dass du mir bereitwillig so viele persönliche Informationen über dich gegeben hast.«

Nein, ich wollte es ihr nicht erzählen, weil ich den unglaublichsten Abend meines Lebens verbrachte und ihn nicht verderben wollte. Trotzdem würde ich Laura nicht wieder anlügen – oder die Wahrheit auch nur verbiegen. »Ehrlich gesagt, ich konnte den Gedanken nicht ertragen, du könntest schwanger werden, außer ich selbst wäre derjenige, der dich schwängerte. So verdammt wahnsinnig machst du mich manchmal.«

»Oh«, meinte sie schlicht. Sie klang überrascht.

Ich rollte mich auf die Seite und stützte den Kopf in eine Hand. »Ich weiß, ich habe mich früher heute Abend unmöglich dir gegenüber verhalten, aber ich verliere die Kontrolle über mich, wenn es um deine Sicherheit geht. Vielleicht rührt ein Teil meiner Angst von der Tatsache, dass ich meine Eltern innerhalb eines Sekundenbruchteils verloren habe. Ich weiß, wie zerbrechlich ein Leben sein kann. Dir gegenüber empfinde ich starke Besitz- und Beschützerinstinkte. Und ich glaube, jetzt, da ich dich in Besitz genommen habe, wird es sogar noch schlimmer werden. Ich versuche nicht einmal vorzugeben, eine

Beziehung mit mir sei einfach, doch für uns gibt es nur alles oder nichts, Laura. Welchen Weg werden wir wählen?«

Verdammt! Ich wollte sie auf keinen Fall verschrecken, doch ich wusste, ich musste sie warnen, dass diese Instinkte immer unter der Oberfläche lauern würden. Bei ihr immer. Das war gewiss.

Ihre Augen weiteten sich. »Haben wir … eine Beziehung?«

»Das hoffe ich doch, verdammt«, knurrte ich. »Und ich werde dich mit keinem anderen Mann teilen. Das kann ich nicht.«

Sie schlang eine Hand um meinen Hals und spielte mit meinen Nackenhaaren. »Gut«, sagte sie mit einer Stimme, die mich lockte. »Weil ich auch nicht teile. Für mich wird unsere Beziehung alles sein, Mason. Mit dir muss es so sein. Monogam, bis sich bei einem von uns die Gefühle ändern. Abgemacht?«

Erleichtert legte ich meine Stirn an ihre. »Abgemacht. Falls ich beginne, mich wie ein Arschloch zu verhalten, sag es mir einfach.«

»Oh, das weißt du doch, dass ich das tun werde«, meinte sie lachend. »Das nächste Mal gibst du bitte eine Erklärung ab, bevor du Befehle erteilst. Wir können über alles reden. Ich werde nicht versprechen zu tun, was du sagst, doch zumindest werde ich versuchen, deine Absicht zu verstehen. Ich habe meine Eltern auf die gleiche Weise verloren und ich verstehe, wie entsetzlich es sein kann zu befürchten, jemanden zu verlieren, den man gernhat.«

Ich legte den Kopf zurück, um ihr in die Augen zu schauen. Beinahe hätte ich mich in den Tiefen ihrer hinreißenden, blauen Augen verloren. »Du bist eine wunderschöne Frau, Laura, und ich hasse den Gedanken, du könntest allein und verwundbar sein. Und jetzt wird es bekannt werden, dass du mir wichtig bist. Ich möchte nicht, dass dir irgendetwas zustößt. Sogar Carter lässt Brynn von Sicherheitsleuten begleiten, wenn sie reist und er nicht während der ganzen Zeit bei ihr sein kann. Und Jett tut das Gleiche mit Ruby.«

Ich konnte sehen, wie hinter ihren vor Intelligenz funkelnden Augen ihr Verstand arbeitete. Und ich hoffte inständig, sie würde meine Gründe anerkennen. Denn falls nicht, würden wir uns streiten, noch bevor unsere Beziehung wirklich begonnen hatte.

Ich wusste, dass ich Laura all ihre Wünsche erfüllen wollte, doch es war nun einmal Tatsache, dass ich ein reicher, einflussreicher Mann war, der Feinde hatte. Wahrscheinlich viel mehr als Jett und Carter, da ich mehr mit dem Teil des Unternehmens beschäftigt war, der eine gewisse Skrupellosigkeit erforderte.

Jett war das technische Genie.

Carter das Marketing-Genie.

Und ich? Ich war der Muskel des Geschäfts.

Ich besaß mehr Feinde als Jett und Carter zusammen.

»Also gut. Ich werde dein Privatflugzeug benutzen«, sagte sie schließlich nachdenklich. »Und ich nehme deinen Wagen zur An- und Abreise in Bezug auf meine Termine. Aber keine Sicherheitsleute. Mason, ich kenne San Diego gut. Ich habe dort über die Jahre an zahlreichen Shootings teilgenommen. Außerdem habe ich einige geschäftliche Treffen. Ich muss als Geschäftsfrau auftreten und das bedeutet, nicht die Sicherheitsmannschaft meines Freundes am Hintern kleben zu haben.«

Ich hätte gern selbst an Lauras köstlichem Hinterteil geklebt, doch ich hatte zur selben Zeit selbst einige Geschäftstermine, die ich nicht verschieben konnte.

Ich musterte ihr Gesicht. Scheinbar war sie mir bis an die Grenze ihrer Kompromissbereitschaft entgegengekommen. »Abgemacht. Aber melde dich bei mir, sodass ich weiß, dass alles in Ordnung ist«, brummte ich.

»Jeden Tag«, versprach sie. »Ich würde auch wissen wollen, ob es dir gut geht, wenn du dich außerhalb des Staates oder Landes aufhalten würdest. Das ist nur vernünftig. Doch ich habe eine weitere Bitte.«

Zur Hölle, ich fühlte mich kein bisschen vernünftig. Doch ich war froh, dass sie das glaubte. »Wie lautet sie?« *Als gäbe es etwas, das ich nicht für sie tun würde.* Was auch immer sie wollte, sie sollte es als erfüllt betrachten.

»Behandle mich nicht, als wäre ich zerbrechlich, Mason. Ich bin stärker, als du glaubst. Und ich begehre dich ebenso sehr wie du mich. Ich habe es noch niemals getan, aber ich glaube, mir würden alle schmutzigen Spielchen gut gefallen, die du ausprobieren willst.« Sie machte eine Pause, bevor sie fortfuhr: »Es fühlt sich wirklich gut an zu wissen, dass du mich so sehr begehrst.«

Alles, was ich will, ist ein Mann, der … mich attraktiv findet.

Etwas in der Art hatte sie gesagt, als ich sie gefragt hatte, was sie von einem Mann erwartete. Was zum Teufel hatte mit den anderen Männern nicht gestimmt, mit denen sie sich verabredet hatte? Mit ihren wunderschönen blonden Haaren und den seelenvollen, blauen Augen sah sie wie ein Engel mit tödlichen Kurven aus.

Sie war weich, wo ich hart war, und sie fühlte sich wie ein feuchter Traum an, wenn sie sich mit ihrer samtigen Haut an mich presste. Und diese Kurven, die sich perfekt an mich schmiegten, selbst wenn wir angezogen waren, sodass ich mir stets wünschte, sie wieder nackt auszuziehen.

»Du musst wissen, dass du wunderschön bist, Laura. Du hast eine extrem lange Karriere als Supermodel hinter dir. Das wäre nicht so, wenn du eine Frau wärst, nach der sich nicht jeder umsieht, gleichgültig, welche Größe du trägst. Ich garantiere dir, es gibt mehr Männer als nur mich, die dich gern nackt ausziehen würden. Viel mehr.« Unglücklicherweise brachte mich allein der Gedanke an jene Männer zum Wahnsinn.

»Der einzige, der mir wichtig ist, bist du«, murmelte sie und legte ihre Hand auf meine stopplige Wange.

»Dies ist … du bist … das Beste, das mir jemals geschehen ist«, erklärte ich wahrheitsgemäß. »Ich will es nicht vermasseln. Aber ich werde versuchen, mich daran zu erinnern, dass du tatsächlich am liebsten einen Mann mit einem großen Schwanz hast.«

Sie schnaufte. »Dass Sie mir das nur nicht vergessen, Mister«, neckte sie mich. »Und was unternehmen wir morgen?«

Ich grinste sie an. »Sonntag. Wir haben bereits eine Verabredung um achtzehn Uhr, aber ich hätte lieber, dass du bis morgen hier bei mir bleibst.«

Ich wünschte mir nichts sehnlicher, als mit dieser Frau für die nächsten vierundzwanzig Stunden zusammenzubleiben.

Sie nickte. »Ja, ich will hierbleiben. Außer dem Zwischenfall heute Abend fand ich die Woche mit dir wunderbar. Vermisst du dein Büro?«

Seltsamerweise hätte ich nicht behaupten können, die Firma vermisst zu haben. Es mochte sich zuerst etwas fremd angefühlt haben, doch ich vertraute Carter. Außerdem war ich mir ziemlich sicher, dass meine Abwesenheit das Unternehmen nicht hatte zusammenbrechen lassen.

»Nicht wirklich. Immerhin hatte ich eine attraktive Ablenkung«, erwiderte ich ehrlich. »Und ich werde nicht wieder den ganzen langen Tag lang arbeiten, Laura. Ich hätte gern Zeit und Energie für dich übrig. Wahrscheinlich werde ich trotzdem immer noch härter arbeiten als meine beiden Faulpelz-Partner«, scherzte ich. »Aber sie haben recht – wir alle brauchen etwas Zeit zum Luftholen.«

»Und wo werden wir morgen Luft holen?«, erkundigte sie sich mit einem verführerischen Lächeln, das meinen Schwanz steinhart werden ließ.

Ich ließ mich auf den Rücken fallen und zog ihren köstlichen Körper auf mich. Ich wünschte mir, sie würde mich reiten, bis wir beide verausgabt und erschöpft wären.

»Glaubst du wirklich, wir werden es jemals aus diesem Haus herausschaffen?«, fragte ich mit heiserer, erregter Stimme.

Verdammt, gleichgültig, was sie auch sagte, ich würde für die nächsten vierundzwanzig Stunden meinen Schwanz in der Hose behalten müssen. Sie war so eng und ich wusste, sie war mit niemandem mehr zusammen gewesen seit … *James? Jason? Justin?* Wie auch immer sein Name lauten mochte – jedenfalls der dumme Ficker, der nicht gewusst hatte, wie gut er es hatte.

Ich hatte ihr zwar versprochen, ihr alles zu geben, was ich hatte, doch wir konnten uns langsam an die Sache heranarbeiten.

Sie glitt von mir hinunter. »Ich denke, wir müssen noch einmal duschen. Jetzt bin ich an der Reihe … dir den Rücken zu waschen.«

Ich schluckte heftig, als ich ihr sinnliches Lächeln sah.

Gütiger Himmel. Sie dachte doch nicht daran, mir tatsächlich …

Ich musste ein Stöhnen unterdrücken, als Bilder von Laura in meinem Kopf auftauchten – nackt, nass, auf den Knien mit meinem Schwanz in ihrem Mund. »Nein«, lehnte ich bestimmt ab, während ich mich erhob und sie dann vom Bett in meine Arme hob. »Du machst Witze. Es wäre kein Vergnügen.«

»Im Gegenteil«, meinte sie mit weicher Stimme. »Ich denke, du wirst es sehr vergnüglich finden.«

Wahrscheinlich würde ich bereits zum Orgasmus kommen, sobald ich ihren feuchten, heißen Mund um meinen Schwanz herum spüren würde, da ich bezüglich Oralsex mit meinem Schwanz eine Jungfrau war. Keine Frau hatte mich je so gerngehabt, auch nur den Versuch zu wagen, meine Männlichkeit aufzunehmen.

»Darum geht es nicht«, erwiderte ich und versuchte, meine Stimme zu beherrschen.

Sie nahm meine Hand. »Doch, genau darum geht es. Ich will dir das gleiche Vergnügen bereiten wie du mir, Mason.«

Mist! Wie konnte ich ihr nur klarmachen, dass sie mir allein dadurch Vergnügen bereitete, dass sie mir nahe war und atmete?

Sie zerrte an meiner Hand und ich folgte ihr, denn ich konnte nicht anders, Laura musste ich folgen.

»Keine Sorge«, gurrte sie, als sie den Wasserhahn aufdrehte. »Ich bin eine intelligente Frau. Ich denke, ich kann herausfinden, wie ich dich erregen kann.«

Und das tat sie.

Um ehrlich zu sein, sie raubte mir den Verstand.

Kapitel 16

Laura

»Oh mein Gott«, sagte Brynn, als wir am folgenden Dienstagnachmittag bei einer Tasse Kaffee zusammensaßen. »Du hast tatsächlich versucht, Mason zu verführen, als er dich von Jetts Verlobungsparty nach Hause gebracht hat?«

Ich lächelte. »Ja. Scheinbar. Ich kann mich nicht daran erinnern, bin mir aber sicher, dass Mason sich das nicht ausgedacht hat.«

Obwohl ich mit Brynn nicht über all meine intimen Momente mit Mason redete, so wie sie ihre eigenen mit Carter auch nicht alle mit mir teilte, gab es Dinge, die ich ihr erzählte, die ich niemand anderem verraten hätte.

Wie dieser peinliche Augenblick, als Mason mir erzählt hatte, dass ich in betrunkenem Zustand versucht hätte, ihn in mein Bett zu zerren.

Und ganz gewiss hatte ich kein einziges Wort darüber verloren, wie ich mich gefühlt hatte, als Mason schließlich die Kontrolle aufgegeben hatte und zum Orgasmus gekommen war, während ich meine Lippen um seinen riesigen Schwanz geschlossen hatte. Er war feucht, heiß und ohne jegliche Beherrschung gewesen, jeder Muskel angespannt, während er mit kehliger Stimme meinen Namen gestöhnt hatte, was mich bis ins Innerste erschüttert hatte.

Erst später hatte er mir gestanden, dass dies sein erstes Mal gewesen war, was ich ebenso herzerschütternd wie erregend fand.

Brynn schnaufte. »Oh, Laura. Das ist köstlich. Nun gut, zumindest weißt du jetzt, was in jener Nacht geschehen ist.«

»Und da es Mason war, weiß ich, dass er keinen Vorteil aus der Situation gezogen hat«, erklärte ich grinsend, während ich an meinem Kaffee nippte. »Er mag vielleicht herrisch sein, aber der Mann besitzt ein Gewissen.«

»Und wie war eure gemeinsame Woche?«, erkundigte Brynn sich neugierig.

Den größten Teil der letzten Woche hatte sich meine beste Freundin bei einem Shooting aufgehalten, daher versuchten wir jetzt, uns gegenseitig auf den neuesten Stand zu bringen.

Ich seufzte. »Es war fantastisch. Ich habe ihn zu allen möglichen Touristenattraktionen geschleppt und obwohl er sich beklagt hat, hat er es genossen.«

»Ich denke, du hattest auch deinen Spaß«, stellte Brynn fest.

»In der Tat.«

»Lass mich raten«, sagte Brynn. »Du bist verrückt nach ihm.«

»Ist das so offensichtlich?«

»Für mich ja. Ich kenne dich schon lange, Laura. Du glühst. Und das hat nichts mit deinem Make-up zu tun.«

»Er ist so anders, wenn man erst einmal seine arrogante Schale durchdrungen hat. Wir haben uns entschieden, eine Beziehung zu versuchen. Monogam. Ohne uns mit jemand anderem zu verabreden. Als könnte ich mich mit einem anderen Mann treffen! Mason ist der Traummann, herrisch hin oder her.«

Brynn warf mir ein warmherziges Lächeln zu. »Diesmal finde ich deine Wahl gut.«

»Manchmal kann ich kaum glauben, dass er wirklich nur mit mir zusammen sein will«, gab ich zu. »Ich meine, immerhin ist er Mason Lawson. Wahrscheinlich gibt es keine einzige Frau auf der ganzen

Welt, die nicht fast alles tun würde, um mit ihm zusammen zu sein. Er ist heiß, er ist brillant, er ist jung, er ist Milliardär und er steht an der Spitze einer der größten Technologiekonzerne der Welt.«

»Du bist heiß, du bist brillant und talentiert. Du bist jung und du bist wohlhabend. Ihr seid das perfekte Paar. Aber ich glaube nicht, dass all dies eine Rolle für dich spielt, oder?«, wollte Brynn wissen.

Ich schüttelte den Kopf. »Nein. Ich mag ihn, weil er mir das Gefühl gibt, wunderschön, sexy und etwas Besonderes zu sein. Sein Geld und sein Einfluss könnten mir nicht unwichtiger sein. Mir geht es um den Mann, der er ist.«

»Ich glaube, wenn ein Lawson-Mann erst einmal die Frau gefunden hat, die ihn um den Verstand bringt, ist er ein für alle Mal zufrieden. Carter vermittelt mir das gleiche Gefühl. Es könnten sich Hunderte hübscher Frauen in einem Raum mit ihm aufhalten, er würde achtlos an ihnen vorbeigehen, bis er … mich fände. Es ist, als existiert keine andere Frau mehr außer mir.«

»Genau«, bestätigte ich und nickte. »Manchmal beängstigt mich das ein wenig.«

Brynn lachte. »Du wirst dich daran gewöhnen und dann wird es dir gefallen.«

»Ich glaube, es gefällt mir jetzt schon«, gestand ich. »Ich meine, welche Frau würde sich nicht so fühlen wollen, als wäre sie die einzige Frau, für die ihr Mann Augen hat?«

»Keine«, stimmte Brynn zu. »Es ist nicht leicht, einen solchen Mann zu finden. Warte nur, bis er anfängt, dich mit Nettigkeiten zu überraschen, sodass du weißt, dass er immer an dich denkt, auch wenn ihr nicht zusammen seid.«

»Das hat er bereits getan. Gestern hat er mir Blumen geschickt, während ich zu Hause gearbeitet habe. Auf der Karte stand lediglich ›*Hallo meine Schöne*‹. Drei Worte und ein Dutzend Rosen und ich war den ganzen Tag durch den Wind. Aber bekommt man nicht irgendwann Angst? Ich meine, wenn ein Mann dein Ein und Alles wird, kann der Zusammenbruch ziemlich hart sein, wenn es nicht funktioniert.«

Brynn lachte. »Oh, es wird funktionieren. Die Lawson-Männer sind keine Drückeberger. Falls es Streit gibt, finden sie einen Weg, sich zu versöhnen. Da sind sie hartnäckig.«

»Sie sind alle ziemlich vereinnahmend«, stellte ich fest.

»Das auch«, bestätigte Brynn. »Aber Mason wird niemals Zweifel in dir wecken, ob du ihm wirklich wichtig bist. Und ich glaube nicht, dass er dich jemals wird ändern wollen.«

Ich dachte an die anderen Männer in meinem Leben. »Du hast recht. Ich glaube nicht, dass er das jemals fordern würde. Er akzeptiert mich genauso, wie ich bin. Er ist gut darin, mir das Gefühl zu geben, die heißeste Frau auf der Welt zu sein.«

»Perfekt.« Brynn sah mich strahlend an. »Genau der Typ Mann, den du brauchst.«

Ich zögerte, bevor ich fragte: »Macht es dich nicht manchmal verrückt, dass Carter dich von Sicherheitsleuten begleiten lässt?«

»Nein. Nicht mehr«, meinte sie nachdenklich. »Zuerst habe ich es gehasst, meine Freiheit aufgeben zu müssen und nicht mehr hingehen zu können, wo ich wollte. Wir haben darüber gestritten. Ich brauchte eine Weile, bis ich erkannte, dass dies einer der Kompromisse ist, die ich eingehen muss. Ich würde mir auch nicht die ganze Zeit Sorgen machen wollen, dass Carter meinetwegen etwas zustoßen könnte, deshalb verstehe ich, warum er für meine Sicherheit sorgen will. Im Austausch kommt er mir ein kleines bisschen entgegen und stellt sich nicht zu verrückt an, was meinen Schutz anbelangt. Nur wenn ich reise, ist es hart für ihn. Ich habe gelernt, meinen Anhang zu ignorieren, wenn ich wegen eines Auftrags auf Reisen bin.«

Ich stieß die Luft aus. »Ich habe lediglich zugestimmt, Masons Privatflugzeug und seinen Wagen in San Diego zu benutzen. Ich kenne die Stadt so gut.«

»Und Mason war einverstanden?«

Ich lächelte. »Er hatte keine andere Wahl. Es war ein Kompromiss. Übrigens, dies ist mein letztes Shooting. Ich habe beschlossen, mich jetzt komplett aus jener Welt zurückzuziehen.«

»Wirklich?«

Ich nickte. »Ich hatte eine lange Karriere und bin bereit aufzuhören, sodass ich nach vorn schauen kann. Ich würde mir gern gelegentlich ein Stück Torte gönnen, ohne ständig befürchten zu müssen, nicht mehr in die Kleider zu passen, die ich als Model tragen muss. Ich habe die letzten siebzehn Jahre versucht, die Frau zu sein, die die Modeindustrie haben wollte. Ich denke, ich bin jetzt bereit, einfach nur ich selbst zu sein.«

»Das ist fantastisch und ein seltsamer Zufall. Denn gerade habe ich aus beinahe den gleichen Gründen meinen letzten Vertrag unterschrieben«, gestand sie. »Ich liebe es, meine Taschen zu entwerfen, und die Nachfrage steigt. Ich möchte mich vollkommen auf mein Geschäft konzentrieren.«

Ich grinste sie an. »Ich auch.«

»Und wie stehst du nun zu der ganzen Geschichte bezüglich der künstlichen Befruchtung, jetzt, da du eine Beziehung mit Mason hast?«, wollte Brynn wissen.

»Ich muss dir etwas sagen«, erwiderte ich, nun ernster. »Ich habe die Idee bereits vor einiger Zeit aufgegeben. Ich hatte einfach das Gefühl, es wäre nicht das Richtige für mich.«

Ich erklärte Brynn alles, was ich auch Mason erzählt hatte, bis ich all meine Gefühle zu diesem Thema dargelegt hatte.

»Warum hast du es mir nicht erzählt?«, erkundigte sie sich leise. »Ich hätte es verstanden. Ich finde es bewundernswert, dass du ein Kind aus dem Fürsorgesystem adoptieren willst.«

»Ich fühlte mich ein wenig dumm und egoistisch. Ganz zu schweigen von der Tatsache, dass ich es Mason noch nicht gestanden hatte, obwohl er mich deswegen wöchentlich angerufen hat.«

Sie warf mir einen wissenden Blick zu. »Du wolltest nicht, dass seine Anrufe ein Ende fanden«, riet sie.

»So lächerlich, wie es klingen mag, ja«, bestätigte ich reuevoll. »Ich hatte wirklich eine Schwäche für ihn, Brynn. Ich wollte es nur nicht zugeben. Nicht mir selbst und niemand anderem gegenüber.«

»Aber jetzt weißt du es. Und wenn du und Mason heiratet –«

Ich hob eine Hand in die Höhe. »Wow, Mädchen. Wir sind gerade erst an dem Punkt angelangt, uns exklusiv miteinander zu verabreden. Bis jetzt haben wir über Heirat nicht gesprochen. Absolut nicht.«

Brynn runzelte die Stirn. »Ich will damit nur sagen, dass du vielleicht ein eigenes Kind wirst haben können.«

»Lassen wir den Dingen einfach ihren Lauf, okay? Zur Hölle, ich habe mich noch nicht einmal daran gewöhnt, dass Mason und ich jetzt ein Paar sind. Ich fühle mich wirklich wohl mit dem Gedanken an eine Adoption. Ich habe das ehrlich vor. Doch da ich mir jetzt keine Sorgen mehr darüber mache, dass meine biologische Uhr jeden Tag etwas lauter tickt, kann ich warten.«

Ich hatte Mason bereits informiert, dass ich immer noch eine funktionierende Spirale trug und die Gefahr einer Schwangerschaft also nicht bestand. Am Samstagabend und den ganzen Sonntag über hatten wir uns so sehr ineinander verloren, dass er mich noch nicht einmal danach gefragt hatte, bis wir Sonntagabend getrennter Wege gingen.

»Wie auch immer du dich entscheidest, du wirst eine wunderbare Mutter sein, Laura«, meinte Brynn sanft. »Ich halte deine Motivation nicht für egoistisch. Doch als deine Freundin hätte ich es immer gern gesehen, wenn du das ganze Paket bekommen würdest. Einen Mann, der dich liebt, und Kinder, die ihr zusammen aufziehen könnt, ob es nun eure leiblichen sind oder nicht.«

Mein Herz zog sich zusammen. Brynn würde wahrscheinlich niemals wissen, wie viel mir ihre Freundschaft und Unterstützung bedeuteten. »Danke«, sagte ich ernst.

»Ich hätte meine Karriere als Model ohne dich nie durchgestanden«, bemerkte Brynn mit Tränen in den Augen. »Es fühlt sich richtig an, dass wir uns nun gemeinsam aus jener Welt zurückziehen. Ich glaube, wir sind beide bereit, dieses Kapitel unseres Lebens hinter uns zu lassen und ein neues zu beginnen, ohne dass die Beschränkungen des Modelns drohend über unseren Köpfen schweben.«

»Der Meinung bin ich auch«, stimmte ich ihr zu. Und auch mir war jetzt nach Weinen zumute.

Brynn und ich hatten alles gemeinsam durchgestanden und wahrscheinlich hatten wir einander das Leben gerettet, als wir unseren Pakt geschlossen hatten, etwas zu ändern und uns um unsere Gesundheit zu sorgen.

»Also dann, wie wäre es mit einem Stück Kuchen zum Kaffee?«, schlug Brynn schelmisch vor.

Beinahe hätte ich aus Gewohnheit abgelehnt, so sehr war ich bereits geprägt.

Ich hatte zwar nicht gehungert, aber jahrelang ohne Ausnahme eine strenge Diät eingehalten.

Es war an der Zeit, gelegentlich Ja zu sagen.

»Ich nehme den Apfelkuchen mit Karamell«, meinte ich grinsend. Ich hatte einen Gast mit einem Stück vor sich gesehen, als ich das Restaurant betreten hatte, und mir war das Wasser im Mund zusammengelaufen, bevor ich Brynn an unserem Tisch entdeckt hatte.

»Wo ist die Speisekarte?«, fragte Brynn. Doch im selben Moment schnappte sie sich das Menü vom Tischrand und begann begeistert, das Dessertangebot zu studieren.

Oh ja, es war definitiv an der Zeit für Brynn und mich, das Kalorienzählen aufzugeben und unser Leben zu beginnen.

Kapitel 17

Laura

Um genau achtzehn Uhr am folgenden Sonntag klingelte mein Handy. Lächelnd durchwühlte ich meine Handtasche und zog es hervor.

Es war ein wunderschöner Tag, um in Seattle im Freien unterwegs zu sein. Ich ging weiter, verlangsamte jedoch meinen Schritt, um mich unterhalten zu können.

»Weißt du, du brauchst mich jetzt wirklich nicht mehr jeden Sonntag um die gleiche Zeit anzurufen. Wir sehen uns doch täglich«, meldete ich mich lachend.

»Vielleicht rufe ich dich nur an, um dir ein paar schmutzige Dinge zuzuflüstern«, erwiderte er schelmisch.

Ich verdrehte die Augen. Als täte er das nicht bereits jeden Tag! Aber natürlich war ich stets offen für zusätzlichen erotischen Wortaustausch.

»Bevor du damit beginnst, müssen wir darüber reden, dass du mir jeden einzelnen Gegenstand zuschickst, über den ich rede oder den ich mir ansehe, während wir zusammen sind«, ermahnte ich ihn. »Bald habe ich keinen Platz mehr in meiner Wohnung für all deine Geschenke.«

Jeden Tag traf etwas Neues ein. Heute hatte ich drei Lieferungen erhalten.

Ich hatte Mason gegenüber erwähnt, dass ich mir einen neuen Kühlschrank zulegen müsste. Und heute Morgen wurde mir prompt ein supermoderner geliefert.

Außerdem hatte ich den Fehler begangen, in Masons Anwesenheit ein paar silberne Ohrringe in einem Schaufenster zu betrachten. Die waren heute Mittag eingetroffen.

Da ich offensichtlich meine Lektion noch nicht gelernt hatte, hatte ich mich über eine dumme, kleine Funktionsstörung meines Computers beklagt. Der neue kam heute um sechzehn Uhr an.

Und so erging es mir nun beinahe jeden Tag in dieser Woche.

Ehrlich. Das musste aufhören. Zwar brachte es mich fast zum Weinen, dass Mason keine Einzelheit entging, wenn ich über etwas redete, und er mir das Leben leichter machen wollte. Doch er bereicherte mein Leben bereits in so vieler anderer Hinsicht. Ich brauchte diese Geschenke nicht.

»Es ist nicht gerade schwierig, diese Sachen zu bestellen«, knurrte Mason. »Ich will, dass du hast, was du brauchst.«

Ich schnaufte. »Ich habe alles, was ich brauche. Die Ohrringe waren ein Wunsch, dem ich nicht nachgeben musste. Wenn ich mir jedes Paar Ohrringe kaufen würde, das ich mir ansehe, würde ich eine sehr große Schmuckschatulle damit füllen können.«

»Ich schicke dir morgen eine«, erwiderte er.

»Nein! Oh mein Gott, nein«, wehrte ich bestimmt ab, musste aber gleichzeitig noch mehr lächeln. Es rührte mich, dass er so bereitwillig alles tat, um mich glücklich zu machen. »Mason, alles, was ich brauche, bist du. Ich habe jede Menge Geld. Ich kann mir alles kaufen, was ich will oder brauche, außer … dich.«

Gott, wie verrückt ich nach diesem Mann war, der bereit war, mir alles zu geben, was ich haben wollte, noch bevor ich es selbst wusste. Mason besaß ein großes Herz, das er nur wenigen Menschen jemals zeigte, und ich bewunderte ihn dafür. Nichtsdestotrotz musste er verstehen, dass ich all diese Sachen nicht haben wollte. Ihn zu haben war mehr als genug.

»Es gefällt mir, dich zu umsorgen«, murmelte er.

»Und mir gefällt deine Absicht, doch es ist nicht nötig. Wirklich. Aber danke. Die Ohrringe sind entzückend.«

»Trägst du sie?«

»Ja.« Ich blieb abrupt stehen, nachdem ich ein paar Stufen hinaufgestiegen war. »Willst du sie sehen?«

»Verdammt, ja«, knurrte er. Und dann öffnete er die Eingangstür seines Hauses und stand direkt vor mir.

Ich schaltete das Handy aus und verstaute es wieder in meiner Handtasche. »Herzlichen Glückwunsch zum Geburtstag«, rief ich mit einem breiten Grinsen, das ich nicht vermeiden zu können schien, wenn ich sein gut aussehendes Gesicht sah.

Ich fragte mich, ob es jemals einen Tag geben würde, an dem mein Herz keinen Freudensprung machte, sobald ich in sein hübsches Gesicht sah.

Wahrscheinlich nicht.

Er war lässig in Jeans und ein graues T-Shirt gekleidet, das seine gut trainierten Oberarm- und Brustmuskeln liebevoll zu umschmeicheln schien.

Aber was mein Herz wirklich zum Rasen brachte war das breite, glückliche Lachen auf seinem Gesicht, als er sein Handy wieder in die Tasche seiner Jeans steckte, bevor er die Arme ausstreckte und mir die vielen Tüten abnahm.

Ich wollte ihm ein Abendessen zubereiten und hatte einen Kuchen aus der Bäckerei unten an der Straße mitgebracht.

Da ich wusste, dass Mason mich am nächsten Morgen zum Flughafen bringen wollte, hatte ich ein Taxi genommen.

»Bist du zu Fuß gekommen?«, erkundigte er sich, während er meine Einkäufe auf der Arbeitsplatte in der Küche abstellte.

»Nur von der Bäckerei bis hierher. Sie befindet sich gleich unten an der Straße. Da ich jetzt mein letztes Shooting als Model habe und vorhabe, mein Leben mit ein bisschen Schokolade zu bereichern, muss ich etwas mehr Sport treiben, wann immer die Gelegenheit sich bietet. Und draußen ist es herrlich.«

»Ich habe dich vermisst«, meinte er in seinem tiefen Bariton, der mir stets die Knie weich werden ließ.

Er schlang die Arme um mich und ich legte meine um seinen Hals, als er mir einen Kuss gab, der mir die Seele und den Atem raubte.

Als er schließlich den Kopf hob, erinnerte ich ihn: »Wir haben uns erst gestern Abend zuletzt gesehen.«

Da ich heute zu Hause einiges zu erledigen gehabt hatte, weil ich morgen früh nach San Diego aufbrechen würde, war ich gestern Abend in meine Wohnung zurückgekehrt.

Er küsste mich auf die Stirn. »Was die sportliche Betätigung anbelangt, kann ich dir aushelfen.«

Ich lachte. Meine Oberschenkelmuskeln schmerzten immer noch von letzter Nacht. »Das hast du bereits. Und du hast heute Geburtstag. Ich werde dir etwas zum Abendessen kochen. Lenk mich nicht ab.« Ich schubste ihn scherzend von mir weg, sodass ich die Einkäufe auspacken konnte. Ich wollte Lasagne zubereiten, eine seiner Lieblingsspeisen.

Mason war ein unersättlicher Liebhaber, worüber ich mich keineswegs beschwerte. Der Mann vermittelte mir das Gefühl, eine Göttin zu sein, weil er nicht aufhören konnte, mich zu berühren. Und ich bezweifelte, jemals genug von ihm bekommen zu können.

Nur ein einziger Kuss und sein verführerischer, männlicher Duft reichte aus, um in mir den Wunsch zu erwecken, es gleich hier in der Küche zu treiben.

Ich wusste, ich durfte ihn nicht mehr berühren, oder sein Geburtstagsessen würde nicht vor Mitternacht bereit sein.

Er lehnte sich gegen eine Arbeitsplatte und beobachtete mich. »Ich wünschte, du hättest mich angerufen. Ich hätte dich zu Fuß abholen können.«

»Mason, es handelt sich um einen kurzen Fußweg. Es ist noch hell. Ich hätte mich nicht für einen fünfminütigen Fußweg von dir abholen lassen.«

»Ich wäre gekommen«, protestierte er.

Ich drehte mich zu ihm herum und legte meine Hand auf seine stopplige Wange. »Das weiß ich«, seufzte ich. »Aber ich bin mein

Leben lang eine unabhängige Frau gewesen. Der Gedanke, dich wegen eines so kurzen Fußwegs anzurufen, ist mir nicht einmal gekommen. Du musst verstehen, dass ich es gewohnt bin, allein zu sein.«

Seine fürsorgliche Ader hasste und liebte ich gleichzeitig. Ich liebte es, dass er mich so gernhatte, dass er vermeiden wollte, dass mir etwas zustieß. Doch ich hasste es, dass er glaubte, ich müsste rund um die Uhr beschützt werden.

Er nahm meine Hand und küsste die Innenseite. »Und du musst verstehen, dass du nicht mehr allein bist. Ich kann den Gedanken nicht ertragen, es könnte dir etwas passieren«, erwiderte er. Seine Augen verdunkelten sich bei der Vorstellung, irgendjemand könnte mir auch nur ein Haar krümmen.

Mason übertrieb es, wenn es um meine Sicherheit und mein Glück ging, und ich wollte nichts daran ändern, dass er sich um mich sorgte. Es gefiel mir. Doch andererseits wollte ich ihn stets daran erinnern, dass ich beinahe fünfunddreißig Jahre alt war und es bis jetzt geschafft hatte, auf mich selbst aufzupassen, ohne dass mir etwas zugestoßen war.

»Es wird mir nichts geschehen«, versicherte ich, während ich sein stoppliges Kinn streichelte.

»Besser nicht, denn dann wäre es um mich geschehen«, antwortete er heiser. »Ich brauche dich, Laura.«

Ich zog meine Hand weg und küsste ihn zärtlich auf die Lippen. »Ich brauche dich auch, Mason.«

Dieser Schwur war die reine Wahrheit. Innerhalb kürzester Zeit war ich von Masons Zuneigung abhängig geworden und konnte mir ein Leben ohne ihn nicht mehr vorstellen.

Für mich war er das Beste eines jeden Tages.

Für eine Frau, die niemals diese Art von Hingabe und Zuneigung erfahren hatte, war er wie Balsam für die Seele.

Nicht zu erwähnen, wie sehr er mir half, meine Unsicherheiten zu überwinden.

Stück für Stück baute Mason die negativen Vorstellungen ab, die ich über meinen Körper verinnerlicht hatte. Gleichgültig, wie sehr ich mich bemüht hatte, sie allein loszuwerden, hatten sie immer in meinem Hinterkopf auf der Lauer gelegen. Jetzt brachte er mich dazu, meinen Körper zu lieben, weil er so gut zu seinem passte. Und die Lust, die wir aneinander fanden, war mehr als unglaublich.

Mason gab mir das Gefühl, schön und sexy zu sein. Für ihn war ich unwiderstehlich. Ich war verrückt nach ihm, nur seine Meinung zählte für mich.

»Laura«, begann er mit kehliger Stimme und sah mich an, als wollte er etwas sagen.

Stattdessen schob er mir eine Hand in den Nacken und küsste mich.

Im selben Moment, in dem dieser starke, fordernde Mund meinen bedeckte, war ich verloren.

Ich klammerte mich an ihn. Er erregte meine Sinne und ich gab mich der glühend roten Chemie hin, die stets zwischen uns vibrierte. Ich fuhr ihm mit der Hand durchs Haar, denn ich musste ihm so nahe wie möglich sein.

Aber es war nicht genug.

Am liebsten wäre ich in ihn hineingekrochen und niemals mehr hinausgekommen.

Wir keuchten beide, als er den Kopf hob und begann, jeden Zentimeter meiner nackten Haut zu verschlingen, den er finden konnte. Da ich ein Sommerkleid mit Spaghettiträgern trug, fiel es ihm leicht, eine Unzahl von Stellen zu finden, auf die er seine flammend heißen Lippen pressen konnte.

Ich stieß ein langes, verlangendes Stöhnen aus, als er seine Hände zu meinem Hintern wandern ließ, mich fest gegen seine Männlichkeit presste und die Hüften an mir rieb.

»So wirkst du auf mich, mein Herz«, brummte er. »Ich kann an nichts anderes denken als daran, in dich hineinzugelangen.«

»Mason«, keuchte ich und zerrte an seinen Haaren. »Bitte.«

»Bitte was?«, wollte er wissen.

»Fick mich«, bat ich.

Er hob mich hoch und setzte mich auf die Arbeitsplatte. Sobald er die Hände frei hatte, zerrte er an meinem Sommerkleid und zog es mir über den Kopf.

Zufrieden seufzte ich auf, als er meine Brüste umfasste und seinen Mund um meine harten Nippel schloss. Ermunternd legte ich beide Hände auf seine Haare.

Er leckte, saugte und knabberte, bewegte sich von einer Brust zur anderen, bis ich vor Lust beinahe wahnsinnig war.

»Was um alles in der Welt werde ich eine ganze Woche ohne dich machen?«, knurrte er, während er eine Hand an meinem Körper hinab und in mein Höschen gleiten ließ.

Wellen der Lust überschwemmten meinen Körper, als er seine Finger in meine glitschige Muschi tauchte.

»An dies hier denken?«, schlug ich vor. »Fick mich, Mason.«

»Verdammt richtig. An dies werde ich denken«, erwiderte er heiser. Dann richtete er sich auf und zog mir das Höschen über Pobacken und Beine hinunter, bis es zu Boden fiel.

Dann fummelte er hastig an den Knöpfen seiner Jeans und fügte hinzu: »Jede Nacht. Ich denke nur an dich. Dies. Uns.«

Ich schnappte nach Luft, als er den Weg nach Hause fand, obwohl ich mehr als bereit war.

»Habe ich dir wehgetan?«, fragte er und sein ganzer Körper spannte sich plötzlich an.

Ich schlang ihm die Beine um die Taille. »Nein. Wag es nicht, dich zurückzuziehen«, drohte ich ihm.

Wenn ein Mann wie Mason sich bis zu den Hoden in mir vergrub, gab es keine Möglichkeit, keine Reaktion zu zeigen. Nicht weil es wehtat, sondern weil der Schmerz so süß war.

Mein Körper brauchte aufgrund von Masons Größe stets einen Augenblick, um sich an seinen anzupassen, doch danach empfand ich die reinste Wonne.

Ich rieb mich an ihm und schließlich fing er sich und begann, in mich hineinzustoßen.

Immer und immer wieder.

Er trieb mich höher und höher.

Er küsste mich; seine Zunge arbeitete im gleichen Rhythmus wie sein Schwanz. Und ich konnte spüren, wie sich mein Orgasmus so schnell aufbaute, dass es beinahe beängstigend war.

»Du fühlst dich so verdammt gut an, Baby«, sagte er heiser, als er seine Lippen von meinen löste.

Ich warf den Kopf in den Nacken, sodass er an den Schrank stieß. Und als Mason die empfindliche Haut meines Halses verschlang, ertrank ich in meinen Gefühlen.

Es hatte etwas unglaublich Erregendes an sich, dass ich vollkommen nackt war, während Mason noch voll bekleidet war. Er strich mit den Händen über meinen nackten Rücken, doch ich konnte nur rauen Stoff ertasten. Ich wollte ihn berühren, konnte aber nicht an seine Haut gelangen, daher war ich vollkommen auf die Stelle konzentriert, an der unsere Körper sich intim vereinten.

Ich war halb wahnsinnig, als der Orgasmus mich überrollte.

»Ja. Oh Gott, ja«, schrie ich. »Mason …«

Ich kam um seinen Schwanz herum und einen Moment später fand auch er Erlösung. »Laura«, sagte er mit einem gequälten Stöhnen, das tief aus seiner Kehle aufstieg.

In jenem Augenblick gab es nur noch uns beide, in einer so tiefen Leidenschaft gefangen, dass ich beinahe den Verstand verlor.

Ich ließ den Kopf auf seine Schulter fallen. Er blieb in mir, seine Arme fest um mich geschlungen.

»Eines Tages wirst du mich umbringen«, brummte er an meinem Hals.

Ich lächelte, den Mund an seiner Haut, denn er klang nicht im Geringsten so, als hätte er Angst, an zu vielen Orgasmen zu sterben.

Sobald ich Atem geschöpft hatte, murmelte ich: »Ich denke, das Abendessen wird sich ein bisschen verspäten.«

»Das ist mir egal«, erwiderte er, während er mich hochhob und dann an seinem Körper hinabgleiten ließ, bis ich wieder den Boden unter den Füßen fand. »Du bist das beste Geburtstagsgeschenk aller Zeiten.«

Ich grinste, als er gefällig mein Höschen aufhob und mir half hineinzusteigen. Dann ergriff er mein Sommerkleid und zog es mir über den Kopf.

Wenn man Masons Appetit in Betracht zog und die Tatsache, dass ich seine Lieblingsspeise zubereiten wollte, war dies wahrscheinlich das schönste Kompliment, das ich je erhalten hatte.

Kapitel 18

Laura

»Was möchten Sie gern über Perfect Harmony wissen, Mr. Montgomery?«, erkundigte ich mich höflich und nippte an meinem Weißwein.

Wir hatten uns anlässlich unseres Geschäftsessens um die Mittagszeit in San Diego in einem netten italienischen Restaurant in der Innenstadt verabredet.

Hudson Montgomery war unglaublich charmant und sah besser aus als auf Fotos, wenn er einem persönlich gegenübersaß. Unsere Wahl eines italienischen Lokals erinnerte mich an Mason und wie sehr ich ihn vermisste.

Besonders als Hudson Lasagne bestellte.

Mein Gott, ich bin ein Jammerlappen.

Ich erinnerte mich daran, dass ich Mason schon in zwei Tagen wiedersehen würde, und versuchte, mich auf den Mann mir gegenüber zu konzentrieren, der mich um dieses Treffen gebeten hatte.

Hudson Montgomery war atemberaubend gut aussehend, doch mich ließ er vollkommen kalt. Logischerweise konnte ich jedoch verstehen, warum manche Frauen für ihn schwärmen mochten. Er trug seine dunklen Locken kurz geschnitten und wirkte in seinem dunklen Anzug mit Krawatte tadellos gepflegt. Seine Gesichtszüge waren perfekt und wahrscheinlich hätte ihm eine ruhmvolle Karriere als Model offen gestanden, wenn er kein milliardenschwerer Geschäftsmann gewesen wäre. Er war groß und muskulös, doch nicht so imposant wie Mason.

Vermutlich war er ästhetisch gesehen beinahe fehlerlos und dazu noch ein Augenschmaus. Aber für mich gab es nur einen Mann, auf den ich reagierte, und der befand sich über zweitausend Kilometer entfernt von mir.

Während ich auf eine Antwort wartete, beobachtete ich Hudson, wie er die Hälfte seines Whiskys hinunterkippte. »Ich muss Ihnen ein Geständnis machen, Miss Hastings«, sagte er ruhig.

»Bitte nennen Sie mich Laura«, bat ich.

Er nickte knapp. »Hudson.«

»Worum geht es, Hudson?«, erkundigte ich mich neugierig.

Er hielt den Blick stur auf mein Gesicht gerichtet, als er antwortete: »Ich möchte gar nicht über Ihr Geschäft reden, obwohl es mich ungeheuer beeindruckt, was Sie bis jetzt geleistet haben.«

»Das überrascht mich nicht«, erwiderte ich trocken. »Ich fand es ein wenig befremdlich, dass ein Geschäftsmann Ihres Kalibers an meinem Unternehmen interessiert sein sollte. Meine Firma ist noch nicht wirklich flügge.«

Was zum Teufel will er dann?

Als ich den großen, dunklen, hinreißenden Mann mir gegenüber musterte, fragte ich mich, warum er mich ein wenig beunruhigte. Seit dem Moment, in dem wir Platz genommen und unsere Drinks bestellt hatten, hatte er sich ausgesprochen höflich verhalten. Doch als unsere Blicke sich trafen und wir uns etwas länger anschauten, bemerkte ich plötzlich, dass er graue Augen hatte, genau wie Mason.

Das sind Masons Augen.

Sie wirkten vertraut, Form und Farbe waren Masons Augen ähnlich.

»Mir ist bekannt«, begann er, »dass Mason Lawson eine bedeutende Summe in Ihr Unternehmen investiert hat, und ich bin neugierig, wie gut Sie miteinander bekannt sind.«

Ich hasste es, dass ich weder Hudsons Gesichtsausdruck lesen noch mir vorstellen konnte, was er dachte, wenn ich in seine Augen blickte, wie ich es bei Mason konnte. Ich hatte keine Ahnung, wohin dies führen würde. Sein Gesicht war eine steinerne Maske und ich konnte keinerlei Emotionen darauf erkennen.

»Ich wüsste nicht, inwiefern Sie das etwas angehen sollte, Mr. Montgomery.« Nun gut, ja, ich ging sofort in Verteidigungsstellung, wenn jemand versuchte, mir Informationen über Mason zu entlocken. Insbesondere wenn es um Geschäftsleute ging, die sehr wohl ein ruchloses Motiv haben konnten.

»Wie gut kennen Sie einander?«, drängte er.

Ich runzelte die Stirn. »Gut genug, um Ihnen keine Informationen zu geben, die der Öffentlichkeit nicht bekannt sind«, erklärte ich schnippisch und begann, mich zu erheben. »Ich denke, dieses Treffen ist beendet.«

Es war offensichtlich, dass er mich benutzen wollte, um Informationen über Mason zu bekommen, und das würde ich auf keinen Fall mitmachen.

»Warten Sie«, meinte er drängend. »Gehen Sie nicht. Dies ist kein Versuch, Masons Geschäft in den Schmutz zu ziehen. Ich verspreche es. Ich operiere nicht auf diese Weise.«

Ich zögerte. »Entweder lassen Sie die Spielchen und sagen mir, was Sie wollen, oder ich gehe.«

»Bitte setzen Sie sich«, bat er höflich.

»Zuerst sagen Sie, was Sie wollen«, verlangte ich.

Er grinste. »Kein Wunder, dass Mason Sie ansah, als wäre er verrückt nach Ihnen, wie ich auf den Hochzeitsfotos von Jett Lawson in den Klatschmagazinen gesehen habe. Beruhigen Sie sich, Laura. Ich bin kein Konkurrent von Lawson Technologies. Ich bin Mason Lawsons Cousin.«

Ich war so überrascht, dass ich mich wieder hinsetzte. »Was? Warum?«

»Ich wollte Ihnen diese Information eigentlich nicht geben, aber ich wollte verhindern, dass Sie zur Tür hinausspazieren, bevor ich Sie um einen Gefallen bitten kann. Was für eine Beziehung auch immer Sie zu Mason Lawson haben, ich hatte gehofft, sie könnten versuchen, ihn zu überzeugen, meine Telefonanrufe anzunehmen. Ich versuche nun schon seit mehr als einem Jahr, mit ihm in Verbindung zu treten. Ein einziges Mal haben wir miteinander geredet. Er hat mir gesagt, er hätte seine eigene Familie und wäre nicht interessiert, mich und meine Brüder kennenzulernen. Aber ich würde ihn und seine Geschwister wirklich gern einmal treffen.«

»Sie sind also über seinen leiblichen Vater mit ihm verwandt«, murmelte ich, denn ich wollte herausfinden, was genau hier vor sich ging.

»Sie wissen, dass er adoptiert wurde?«, fragte er überrascht. »Er sagte, keiner seiner Geschwister wüsste es.«

Ich nickte. »Das ist wahr. Er will es ihnen nicht erzählen.«

»Liege ich falsch, wenn ich unterstelle, dass Mason und Sie sich nahestehen?«

»Wir stehen uns nahe«, gab ich zu.

»Haben Sie eine Ahnung, warum Mason nicht zu unserer Familie gehören will? Zur Hölle, wir müssen uns ja nicht gleich so verhalten, als wären wir zusammen aufgewachsen, aber es wäre doch schön … befreundet zu sein. Ich habe erst letztes Jahr von seiner Existenz erfahren, als ich die Tagebücher meines verstorbenen Vaters aussortiert habe, die jahrelang eingelagert waren. Darin erwähnte er Mason, sonst wüsste ich immer noch nicht, dass ich irgendwo einen Cousin habe, den ich niemals kennengelernt habe. Kurz danach habe ich Mason angerufen, doch er war wirklich abweisend, was ich befremdlich fand. Meine Geschwister und ich haben nichts getan, was ihn veranlassen könnte, so reserviert zu sein und uns nicht kennenlernen zu wollen.«

Ich fühlte mich unbehaglich, weil Hudson ein wenig verletzt klang. »Ich weiß auch nicht viel mehr«, gab ich zu. »Er behauptet, sein Vater wäre ein wahres Arschloch gewesen. Ich nehme daher an, dass er sich von der ganzen Familie fernhalten will.«

»Er will von der väterlichen Seite seiner Blutsverwandtschaft nichts wissen?«, hakte Hudson nach.

Ich zuckte mit den Schultern. »Offensichtlich nicht und ich denke, das ist allein seine Entscheidung.«

Obwohl ich es nett gefunden hätte, wenn Mason einer Beziehung zu seinen Cousins eine Chance gegeben hätte, wusste ich doch, da ich Mason kannte, dass er das wahrscheinlich als Verrat gegen seine Brüder und Schwestern empfunden hätte.

Ja, diese Logik war ein bisschen verdreht, aber Mason war unumstößlich loyal seiner Familie gegenüber.

Hudson griff in seine Tasche und reichte mir seine Visitenkarte. »Auf der Rückseite steht meine private Telefonnummer«, erklärte er. »Falls Mason jemals seine Meinung ändern sollte, soll er sich an mich halten. Ich habe meinen Brüdern und meiner Schwester Riley noch nichts von Mason erzählt. Das macht keinen Sinn, solange Mason nicht zu einem Treffen bereit ist. Es würde lediglich ihre Gefühle verletzen, wenn er nichts mit ihnen zu tun haben will.«

Ich holte tief Luft und wählte meine Worte vorsichtig. »Es ist nichts Persönliches, Hudson. Und es hat nichts mit Ihrer Familie zu tun. Doch Mason hat keine hohe Meinung von seinem leiblichen Vater.« Wirklich, mehr konnte ich nicht preisgeben.

Hudson nickte. »Mit gutem Grund. Mein Onkel war ein Arschloch, soweit ich weiß. Er starb in dem Jahr, in dem ich geboren wurde. Mein Vater war so ziemlich aus dem gleichen Holz geschnitzt. Doch ich würde sagen, in meiner Generation sind alle ganz in Ordnung.«

»Mason ist ein sehr guter Mensch«, fühlte ich mich genötigt zu erklären. »Das Gleiche gilt für seine Geschwister. Wie gesagt, es ist nicht persönlich gemeint. Er weist Sie nicht ab, weil er ein Arschloch ist. Ich glaube, er kommt lediglich nicht damit klar, adoptiert worden zu sein. Er hat es erst erfahren, als er das College beinahe beendet hatte.«

»Autsch«, sagte Hudson mitfühlend. »Er versucht also immer noch, damit klarzukommen?«

»Ich denke schon«, erwiderte ich ausweichend, während ich seine Karte in meine Handtasche steckte. »Haben Sie Geduld. Eines Tages wird er vielleicht so weit sein. Ich hoffe, er wird es irgendwann seinen Geschwistern erzählen. Für keinen von ihnen wird es eine Rolle spielen. Er wird immer ihr Bruder bleiben. Es ist eine schwierige Situation, denn er hat seinen Adoptivvater sehr geliebt. Er war der

Mann, der ihn aufgezogen und bis zu seinem Tod geliebt hat. Er ist zusammen mit Masons Mutter bei einem Verkehrsunfall ums Leben gekommen.«

»Ich verstehe«, antwortete Mason. »Er musste während der letzten zehn Jahre viel durchmachen. Ich denke, ich kann verstehen, warum er meine Anrufe niemals entgegengenommen hat, nachdem wir einmal miteinander gesprochen hatten. Aber es muss mir nicht gefallen.«

Ich fragte mich, ob Hudson die ganze Geschichte kannte, auf welche Weise Masons Mutter schwanger geworden war, doch ich wollte keine Einzelheiten preisgeben. Darüber konnten Mason und Hudson reden, falls Mason sich entschied, mehr über die Familie seines leiblichen Vaters wissen zu wollen.

»Es tut mir leid, aber mehr Informationen kann ich Ihnen nicht geben. Ich habe Mason zu gern, um sein Vertrauen zu missbrauchen«, erklärte ich bedauernd.

Ich mochte zwar denken, dass Hudson und Mason wahrscheinlich miteinander klarkommen würden, und ich glaubte daran, niemals genug Familie im Rücken haben zu können, da ich selbst keine hatte, doch letztendlich lag die Entscheidung allein bei Mason, ob er mit seinen Cousins kommunizieren wollte oder nicht.

Hudsons Lächeln kehrte zurück und ich musste zugeben, dass dies sein ohnehin hübsches Gesicht noch attraktiver machte. »Ich denke, wir alle würden gern zur Hochzeit eingeladen werden«, meinte er neckend.

»Welche Hochzeit?« Stirnrunzelnd sah ich ihn an.

»Ihre und Masons«, erwiderte Hudson und lächelte noch breiter. »Kommen Sie schon, Laura. Kein Mann schüttet einer Frau sein Herz aus, wenn er nicht vorhat, sie zu heiraten. Er hat Ihnen offensichtlich mehr erzählt als seinen Geschwistern.«

»Versuchen Sie immer noch, mir mehr persönliche Informationen zu entlocken?«, fragte ich. »Ich zerstöre zwar ungern Ihre Illusionen, aber Mason und ich haben keine Hochzeitspläne. Wir … verabreden uns lediglich miteinander.«

Selbst wenn ich es gewollt hätte, durfte ich Hudson nicht erklären, warum Mason mir die Wahrheit erzählt hatte, seinen Geschwistern aber nicht. Das Thema war zu persönlich.

»Er vertraut Ihnen«, stellte Hudson fest. »Mit gutem Grund, möchte ich hinzufügen. Es ist beinahe unmöglich, Ihnen irgendeine bedeutsame Information zu entlocken, sehr zu meinem Missfallen.«

»Ich würde Mason niemals betrügen«, sagte ich in drohendem Tonfall. »Niemals.«

Er nickte, als würde er zustimmen. »Das respektiere ich. Dann wechseln wir doch das Thema. Erzählen Sie mir etwas über Ihr Geschäft. Das interessiert mich.«

Ich seufzte erleichtert auf, dass wir über etwas anderes reden konnten, doch ich sollte nicht dazu kommen, auch nur ein einziges Wort über Perfect Harmony zu äußern.

Ich hörte plötzlich ein stotterndes Geräusch, das wie Gewehrfeuer klang. Unmittelbar danach spürte ich einen scharfen Schmerz an meiner rechten Seite.

Entsetzt beobachtete ich, wie Hudson in seine Anzugjacke griff und eine Pistole hervorzog. Er sprang von seinem Stuhl auf, warf mich zu Boden und deckte mich mit seinem Körper, während das Geräusch für eine Ewigkeit andauerte, wie mir schien.

Das Restaurant steht unter Beschuss!

»Bleiben Sie unten«, knurrte Hudson. »Bewegen Sie sich nicht.«

Wie hätte ich mich bewegen sollen, mit Hudsons Gewicht auf mir? Doch hatte ich ohnehin gewiss nicht vor, mich seinem Befehl zu widersetzen.

Mein Atem ging stoßweise und jeder Atemzug schmerzte. Der ganze Raum drehte sich um mich.

Mein Körper begann, unter Hudsons massiger Gestalt zu beben, und plötzlich wünschte ich mir, Mason gestanden zu haben, dass ich ihn liebte.

Bei den Geräuschen um mich herum, der Panik, den Schreien und den andauernden Gewehrschüssen glaubte ich, niemals mehr die Chance zu bekommen, es ihm zu sagen.

»Mist!«, hörte ich Hudson wütend fauchen. Ich wusste, er war getroffen worden. Ich hatte einen Hauch von Schmerz in seiner Stimme wahrgenommen.

Mein Verstand raste und versuchte herauszufinden, ob ich irgendetwas tun konnte, um Hudson zu helfen.

Und dann, innerhalb einer Sekunde, wurde alles schwarz.

Kapitel 19

Mason

»Sie ist erst seit fünf Tagen unterwegs und für mich fühlt es sich an wie ein Jahr«, beklagte ich mich bei Carter, als wir am Freitagnachmittag in meinem Büro saßen.

Er warf mir ein wissendes Grinsen zu. »Sonntagabend ist sie wieder da, richtig?«

»Ja, also rechne im Büro vor dem späten Montagmorgen nicht mit mir«, warnte ich ihn.

»Bruderherz, du siehst so elend aus, dass ich denke, du solltest Montag freinehmen.«

»Vielleicht«, erwiderte ich gereizt.

Mein Gott! Ich hatte in meinem Kopf alle möglichen Dinge inszeniert, um meine Gedanken von Laura abzulenken. Nichts davon hatte funktioniert.

»Du wirst es überleben«, meinte Carter und schmunzelte amüsiert. »Nur im Moment fühlt es sich sicher nicht so an.«

Ich starrte ihn an. »Du hast leicht reden. Du weißt, dass Brynn dich erwartet, wenn du nach Hause zurückkehrst.«

»Sie war vor einer Woche auch unterwegs«, erinnerte Carter mich. »Daher weiß ich, was du empfindest. Und ich muss sagen, ich bin froh, dass sie nicht mehr als Model arbeitet.«

»Hast du sie dazu überredet?«, fragte ich misstrauisch.

»Oh, verdammt, nein«, antwortete Carter. »Schließlich will ich, dass Brynn glücklich ist. Es war ihre Entscheidung. Wie sieht es mit Laura aus?«

»Ebenfalls ihre Entscheidung. Ich möchte nicht, dass sie irgendetwas tut, was sie nicht will oder wozu sie noch nicht bereit ist.«

Carter blickte auf sein Handy hinunter. »Es ist seltsam, dass ihre Unabhängigkeit einer der Charakterzüge ist, die wir an ihnen lieben, und gleichzeitig eine Sache, die wir nur schwer akzeptieren können.«

»Es ist nicht so, als könnte ich ihre Selbständigkeit nicht akzeptieren«, erklärte ich nachdenklich. »Ich möchte nur vermeiden, dass ihr etwas zustößt. Wenn sie sich frei bewegen könnte, ohne dass die Gefahr besteht, dass ihr irgendein verrückter Hurensohn etwas antut, würde ich gern die Zeit ohne sie durchhalten, wenn das zu ihrem Glück beiträgt. Aber ich besitze viele Feinde, Carter. Zu viele. Wir hätten es nicht bis an die Spitze geschafft, ohne einige Unternehmen unterzubuttern oder ihre Geschäfte zu eliminieren. Geld ist eine große Motivation, wenn jemand wahnsinnig ist. Immerhin haben wir in der Vergangenheit ernsthafte Drohungen erhalten.«

Carter nickte, während er durch sein Handy scrollte. »Ja, ich verstehe. Und du hast mehr Drohungen erhalten als jeder andere, weil du am Ende die Drecksarbeit erledigt hast.«

Ich beobachtete ihn und bemerkte, dass er mir nicht seine volle Aufmerksamkeit schenkte. Im Unterschied zu manch anderen Leuten beschäftigte Carter sich eigentlich niemals mit seinem Handy, während er sich unterhielt. »Was machst du da?«

Sofort blickte er auf. »Ich lese eine Schlagzeile über einen jener Verrückten, über die wir gerade geredet haben«, sagte er vorsichtig. »Ich versuche noch herauszufinden, was genau passiert ist. Irgendein Arschloch hat in San Diego ein Restaurant aufgesucht und mit einem modifizierten Sturmgewehr eine Schießerei begonnen.«

»Wo in San Diego?«, fragte ich hastig und sagte mir, es könnte an jedem beliebigen Ort in San Diego geschehen sein.

»In der Nähe der Innenstadt«, erklärte er abwesend, während er fortfuhr, nach Nachrichteneinträgen zu suchen. »Zwei Menschen starben und es gibt eine Menge Verletzte.«

»Was sonst noch? Ich meine, wie stehen die Chancen, dass Laura sich in der Nähe aufgehalten hat?«

San Diego war eine große Stadt und wahrscheinlich hatte Laura sich irgendwo anders aufgehalten. Ich hatte heute Morgen mit ihr gechattet und sie hatte einige Geschäftstreffen erwähnt, an denen sie heute teilnehmen wollte.

Ich zog mein Handy aus der Tasche, um nachzusehen, ob es SMS gab, die ich noch nicht gesehen hatte.

Kein Wort von ihr seit heute Morgen.

Schnell schickte ich ihr eine Nachricht und bat sie, mich wissen zu lassen, ob alles in Ordnung wäre, da ich von einer Schießerei gehört hätte.

»Schreibst du Laura?«, erkundigte Carter sich.

»Ja. Ich will mich nur vergewissern, dass sie weit genug weg war.«

Carter blickte mit grimmiger Miene zu mir auf. »Mein Gott! Wie soll ich es dir sagen …«

Mein Magen krampfte sich zusammen, als ich seinen Gesichtsausdruck sah.

Carter war normalerweise nicht panisch, daher erschreckte mich sein angespanntes Gesicht.

»Was ist los?«, fragte ich gereizt. »Sag es mir.«

Carter erhob sich und trat an meinen Schreibtisch. »Laura war dort. Offensichtlich mit Hudson Montgomery, obwohl ich nicht weiß, woher sie ihn kennt. Vielleicht sind sie befreundet?«

Hudson Montgomery?

Warum zum Teufel sollte sie mit ihm in einem Restaurant gewesen sein?

»Die Berichterstattung muss fehlerhaft sein. Sie kennt ihn nicht. Sie hat niemals erwähnt, dass sie sich mit ihm treffen will.«

»Es ist keine Falschmeldung«, stellte Carter ernst fest, während er das Telefon vor mich auf den Tisch legte. »Hier ist ein Bild von ihr mit ihm, das von einem Klatschreporter unmittelbar vor der Schießerei aufgenommen wurde. Die Montgomery-Brüder werden regelrecht verfolgt. Ich nehme an, das Foto von den beiden wurde geschossen, bevor das Chaos ausbrach. Der Reporter überlebte und die Aufnahme wurde zusammen mit dem Bericht herausgebracht. Hudson Montgomery war definitiv mit Laura dort. Ich weiß nicht, warum sie zusammen waren, aber ich bin mir sicher, es gab vollkommen unschuldige Gründe.«

Ich starrte auf das Foto vor mir, das Carter auf Vollbild vergrößert hatte.

Es handelte sich tatsächlich um Laura und Hudson Montgomery.

Ihre Hände berührten sich und sie wirkten, als wären sie in ein ernstes Gespräch vertieft. Lauras Gesicht zeigte kein Lächeln, was höchst ungewöhnlich für eine so temperamentvolle Frau war.

»Was zum Teufel …«, polterte ich und schlug so hart mit der Faust auf meinen Schreibtisch, dass es wehtat.

»Wir müssen herausfinden, was geschehen ist, Mason. Zieh keine voreiligen Schlüsse, bevor wir die Fakten kennen. Wir müssen wissen, ob es Laura gut geht«, sagte Carter ruhig, als er sein Handy wieder an sich nahm. »Lass mich ein paar Anrufe tätigen.«

Ich stand auf und versuchte, einen klaren Kopf zu bekommen. »Ich werde sofort dorthin aufbrechen«, erklärte ich ihm. »Lass mich wissen, was du herausgefunden hast. Ich muss mein Flugzeug startklar machen lassen.«

»Ist dein Jet zum Heimatflughafen zurückgekehrt, nachdem der Pilot Laura abgesetzt hatte?«

Ich nickte. »Er ist hier.«

»Ich werde die Mannschaft verständigen. Mason, versuch, keine Schlüsse über Laura und Hudson zu ziehen. Sie ist nicht an ihm interessiert.«

»Scheißegal!«, knurrte ich. »Ich muss zuerst wissen, dass es Laura gut geht. Dass sie lebt und keinen Schaden genommen hat. Mit

Montgomery kann ich mich später beschäftigen. Verdammt, ich vertraue ihr. Nur ihm vertraue ich nicht.«

Carter nickte. »Ich werde hier die Stellung halten, da Jett nicht da ist. Und ich werde einige Leute anrufen und alles herausfinden, was ich kann. Du weißt, aus den allgemeinen Nachrichten werden wir nicht viel erfahren. Ich werde dich anrufen, sobald du im Flieger sitzt«, meinte Carter, während er hinter mir das Büro verließ.

»Ich werde mich direkt zum Flughafen begeben«, erklärte ich ihm, als wir vor dem Express-Aufzug stehen blieben.

Ich raufte mir die Haare und versuchte, mir nicht vorzustellen, Laura könnte etwas zugestoßen sein, während Carter mein Team am Flughafen bat, mein Flugzeug startklar zu machen.

»Wurde irgendwo erwähnt, wer gestorben ist?«, fragte ich Carter, nachdem er sein Gespräch beendet hatte. Ein Teil von mir wollte es nicht wissen, doch ich brauchte irgendetwas, um nicht wahnsinnig zu werden.

Während wir in den Aufzug traten, suchte Carter weiterhin nach Informationen. »Ein Mann, eine Frau. Keine weiteren Auskünfte.«

Verdammte! Scheiße!

Ich ignorierte mein hämmerndes Herz und den scharfen Schmerz, der mir ins Brustbein fuhr.

Carter schlug mir kameradschaftlich auf den Rücken, als wir aus dem Aufzug traten. »Es ist ihr nichts geschehen, Bruderherz. Daran müssen wir festhalten, bis wir mehr wissen«, meinte Carter heiser.

»Ich habe keine andere Wahl, ich muss das glauben. Jedes andere Ergebnis ist unakzeptabel«, polterte ich, als wir durch die Eingangshalle liefen.

»Brynn wird krank vor Sorge sein. Und sie wird mit Laura sprechen wollen. Halt mich also auf dem Laufenden«, verlangte Carter.

»Versprochen«, erwiderte ich abwesend, denn mein Gehirn war bereits darauf konzentriert herauszufinden, was vor ein paar Stunden in San Diego geschehen war.

Carter und ich trennten uns, sobald wir unsere privaten Parkplätze erreicht hatten.

Ich wusste, er wollte nach Hause, um mit Brynn zu reden und jede Information auszugraben, die er finden konnte.

Ich brach beinahe jede Verkehrsregel auf meinem Weg zum Flughafen.

Innerhalb einer Stunde befand ich mich in der Luft und flog südwärts, um herauszufinden, ob ich bei Sinnen bleiben oder ob meine ganze Welt über mir zusammenbrechen würde.

Kapitel 20

Laura

Als ich die Augen öffnete, sah ich eine verschwommene, schräg stehende Welt.

Was zum Teufel ist geschehen?

Ich konnte mir nicht erklären, wo ich mich befand und was passiert war. Ich wusste lediglich, dass mein Brustkorb sich schwer anfühlte, als wollte ich atmen, aber von dem Gewicht eines Elefanten daran gehindert würde, der auf meinem Oberkörper saß.

Ich muss aufstehen. Ich muss aus dem Bett heraus.

Ich musste zu Hause sein, aber es sah nicht aus wie in meiner Wohnung oder bei Mason zu Hause.

Als ich mich bewegte, keuchte ich, denn ein solch unerträglicher Schmerz fuhr durch meinen Oberkörper, dass er mich zwang, mich wieder hinzulegen.

»Bewegen Sie sich nicht«, hörte ich einen vertrauen Bariton.

»Mason?«, fragte ich; meine Stimme war kaum ein Flüstern.

»Ich bin Hudson«, erklärte die Stimme. »Sie sind gerade aus dem OP gekommen. Doch wie ich erfahren habe, als ich in seinem Büro angerufen habe, wird er bald hier sein. Seine Assistentin sagte, er wäre auf dem Weg nach San Diego. Entspannen Sie sich.«

Hudson?

Hudson Montgomery.

Plötzlich erinnerte ich mich an alles.

Die Gewehrschüsse.

Das Entsetzen.

Der Schmerz.

Und dann … Leere.

Vorsichtig drehte ich den Kopf und erblickte Hudson, der direkt neben meinem Bett stand.

»Ich bin im Krankenhaus? Was ist geschehen?«

»Erinnern Sie sich nicht?«, erkundigte Hudson sich.

»Nicht an viel. Ich nehme an, ich wurde angeschossen. Aber Sie auch.« Alarmiert sah ich ihn an.

»Meine Verletzung war so gut wie nichts. Nur ein Streifschuss. Ich wurde in der Notaufnahme genäht. Es geht mir gut, Laura, aber Sie selbst haben sich eine Kugel eingefangen. Glücklicherweise hat sie keine Rippe getroffen, aber leider Ihre Lunge punktiert. Im Moment haben Sie einen Thoraxtubus. Sie wurden in die Chirurgie gebracht, um die Wunde zu untersuchen und sauber zu schließen. Doch der Thoraxtubus muss eine Weile drinbleiben. Es tut mir leid. Ich wünschte, ich hätte den Hurensohn kommen sehen«, endete er in einem Tonfall, der gleichzeitig wütend und bedauernd klang.

Ich konnte mich daran erinnern, dass Hudson zu mir gesprungen war und mich zu Boden geworfen hatte. »Es muss Ihnen nicht leidtun«, flüsterte ich. »Wahrscheinlich haben Sie mir das Leben gerettet. Ich glaubte, sterben zu müssen. Was ist den anderen Leuten geschehen, die sich im Restaurant aufgehalten haben?«

»Es gab zwei Todesopfer. Der Amokläufer war ein verärgerter ehemaliger Angestellter. Er hat in der Küche die zwei Eigentümer ermordet und dann begonnen, wahllos um sich zu schießen«, erklärte er ungerührt.

Mir traten die Tränen in die Augen, weil zwei Menschen sinnlos getötet worden waren. »Haben sie ihn erwischt?«

»Ich habe ihn getötet«, erwiderte Hudson ohne einen Hauch von Reue in der Stimme. »Es gab noch mehr Verletzte, aber es hört sich so an, als würden sie alle überleben.«

Ich konnte mich vage daran erinnern, dass Hudson eine Waffe gezogen hatte, doch ich hatte nicht gewusst, dass er den Täter erschossen hatte.

»Gott sei Dank«, stieß ich mit erstickter Stimme hervor, kaum in der Lage, meinen Drang zu unterdrücken, ganz offen über das Szenario in Tränen auszubrechen.

Ich spürte, dass Hudson mein Haar streichelte. »Weinen Sie nicht. Es wird Ihnen höllisch wehtun.«

Ich nickte. »Ich weiß. Jede Art von Bewegung schmerzt.«

»Sie werden wieder gesund werden, Laura. Ihre Verletzung braucht Zeit zum Heilen. Im Moment befinden Sie sich auf der Intensivstation, doch die Krankenschwester sagte, Sie könnten auf die chirurgische Abteilung verlegt werden, sobald der Thoraxtubus entfernt und Ihr Zustand stabil ist.« Er zog sich einen Stuhl heran, setzte sich darauf und reichte mir die Hand.

Ich ergriff sie. Ich hatte das Gefühl, etwas oder jemanden zu brauchen, an dem ich mich festhalten konnte, und Hudson hatte mich mit seinem eigenen Körper gedeckt. Ich wusste nicht, was geschehen wäre, wenn er mich nicht zu Boden geworfen hätte. »Danke«, krächzte ich heiser.

»Danken Sie mir nicht«, wehrte er mit rauer Stimme ab. »Ich bin froh, dass Sie den Horror überlebt haben. Ich mache Ihnen nichts vor; es wird nicht leicht sein. Sie haben ein ziemlich traumatisches Erlebnis hinter sich.«

»Glücklicherweise war ich die meiste Zeit bewusstlos«, erklärte ich. »Ich erinnere mich nur noch daran, dass Sie mir befohlen haben, mich nicht zu bewegen. Danach setzt mein Gedächtnis aus.«

»Das ist vielleicht auch besser so«, meinte er. »Ich meine nicht, dass Sie angeschossen wurden, sondern dass Sie bewusstlos waren. Das Gemetzel war kein schöner Anblick.«

Traurigkeit überwältigte mich und ich konnte nicht umhin mich zu fragen, wie es den anderen Opfern erging und wie die Familie der beiden Restaurantinhaber mit dem gewaltsamen Tod ihrer Lieben klarkommen würde.

Ich hatte zwar Schmerzen, doch ich würde überleben.

Ich hatte keine Ahnung, wie es all den anderen ergehen würde.

Hudson drückte mir die Hand. »Hey, denken Sie nicht mehr daran. Sie machen sich nur verrückt damit. Konzentrieren Sie sich einfach darauf, gesund zu werden.«

So schwach und zerbrechlich, wie ich mich im Augenblick fühlte, fiel es mir schwer, mir vorzustellen, wieder gesund und munter zu sein.

»Wo wurden Sie getroffen?«, fragte ich Hudson.

»An der Schulter«, antwortete er. »Aber sie wurde bereits geflickt.«

Er wirkte nicht, als hätte er Schmerzen. Er wirkte lediglich … besorgt. »Warum um alles in der Welt haben Sie eine Waffe bei sich getragen?«

Ich war mir ziemlich sicher, dass es in San Diego nicht leicht war, eine Erlaubnis für das Tragen einer versteckten Waffe zu bekommen.

»Darüber reden wir ein anderes Mal. Das ist eine lange Geschichte«, wich Hudson aus.

»Ich denke, im Moment habe ich Zeit im Überfluss. Und ganz bestimmt wäre ich ein dankbarer Zuhörer.«

Ich wäre froh gewesen, Hudson zuhören zu können. Ich begrüßte alles, was meine Gedanken von den Ereignissen des heutigen Tages ablenken konnte.

Leider wusste ich, dass ich die Geschichte nicht erfahren würde, als ich sah, wie Hudsons Blick zur Tür des Krankenzimmers schweifte.

»Laura, Sie haben einen neuen Besucher«, erklärte die Krankenschwester mit leiser, beruhigender Stimme, als sie eintrat.

Hudsons Mund formte sich zu einem schiefen Lächeln, während er sich erhob. »Ich wette, ich weiß, wer es ist.«

»Mason«, stellte ich sehnsüchtig fest. Gott, wie sehr ich hoffte, dass er es war! Ich sehnte mich so danach, ihn zu sehen.

Hudson ließ meine Hand los. »Ich werde ihn hineinbitten. Es sind nur kurze Besuche erlaubt und jeweils nur eine Person. Ich komme morgen wieder. Ruhen Sie sich aus, Laura.«

»Da er nicht mit Ihnen verwandt ist, durfte ich ihm keine Informationen geben«, erklärte die Schwester.

»Ich werde ihm Auskunft geben«, versicherte Hudson mir.

Ich nickte. »Passen Sie auf sich auf. Obwohl Sie Ihre Verletzung herunterspielen, müssen Sie Schmerzen haben.«

Er zuckte mit den Schultern und zuckte gleich darauf zusammen; offensichtlich hatte er seine Wunde vergessen. »Ich werde es überleben. Ich habe schon Schlimmeres erlebt«, meinte er, bevor er zur Tür schritt.

Ich beobachtete, wie er davonging, und hoffte, dass er nicht mehr Schmerzen hatte, als er zugab.

Hudson Montgomery hatte mir das Leben gerettet und ich wusste, dass mich für immer etwas mit ihm verbinden würde, da wir gemeinsam ein solch entsetzliches Erlebnis durchgemacht hatten.

Mit der Zeit würde ich die Wahrheit aus ihm herausbekommen, warum er eine Waffe trug und warum er so blitzschnell reagieren konnte, selbst mitten im Chaos.

Hinter Hudson Montgomery steckte viel mehr, als er preisgeben wollte.

Ich hatte einen kurzen Blick auf einen vollkommen anderen Menschen als die Person des öffentlichen Lebens erhascht.

Ein dunkler, heldenhafter Mensch, weshalb ich mich fragte, wie viele Geheimnisse Hudson Montgomery wirklich hatte.

Kapitel 21

Mason

Im selben Moment, in dem Hudson Montgomery den leeren Warteraum betrat, schnappte ich mir den Hurensohn und drückte ihn gegen die Wand. »Was zum Teufel hast du mit ihr gemacht?«, knurrte ich.

»Verdammt. Ich bin verletzt, Mann. Lass mich los«, stöhnte er erbost.

Ich konnte den Schmerz in seinen Augen erkennen und obwohl ich ihn am liebsten umgebracht hätte, wusste ich, dass ich das nicht tun würde.

Ich ließ ihn los.

»Du lieferst am besten verdammt schnell eine Erklärung«, drohte ich ihm. »Ich will wissen, was geschehen ist, warum es geschehen ist, warum du mit meiner Frau zusammen warst und ob es ihr gut geht. Beantworte die letzte Frage zuerst. Geht es ihr gut? Das Personal wollte mir keine Auskunft geben.«

Hudson trat von der Wand zurück. »Sie wurde angeschossen. Die Kugel ging zwischen ihren Rippen hindurch, traf aber die Lunge nicht so schwer, um sie zusammenklappen zu lassen. Sie wurde operiert, aber ja, sie wird gesund werden. Wie auch immer, sie kann dein schwachsinniges Benehmen jetzt nicht verkraften. Reiß dich zusammen, bevor du da reingehst. Sie hat ein wirklich schweres traumatisches Erlebnis hinter sich und sie wäre beinahe gestorben. Sie braucht jetzt einen Mann, der einen klaren Kopf hat. Es geht hier nicht um dich. Vergiss das nicht.«

Verdammt! Am liebsten hätte ich den Scheißkerl zusammengeschlagen, doch ich wollte auf keinen Fall aus dem Krankenhaus verwiesen werden. Außerdem sagte mir mein Rest rationalen Verstandes, dass er recht hatte.

Ich zog mein Handy aus der Tasche. »Dies wurde im Internet veröffentlicht«, informierte ich ihn und drehte das Telefon herum, sodass er das Foto von sich und Laura sehen konnte.

»Mist!«, rief er wütend aus. »Ja, wir waren zusammen, weil ich sie während ihres Aufenthaltes hier um ein Treffen gebeten hatte. Ich machte ihr weis, es ginge ums Geschäft. Wir haben uns nicht so berührt, wie es auf dem Foto den Anschein erweckt. Ich händigte ihr meine Visitenkarte aus, damit sie sie an dich weiterleiten konnte. Ich wusste, dass ihr euch nahesteht, und ich hoffte, sie wäre in der Lage, mir genau zu erklären, warum du Dickkopf niemals meine Anrufe entgegennimmst. Mach nicht sie dafür verantwortlich. Es ist allein meine Schuld. Und ich hasse mich dafür, dass ich sie in diese Situation gebracht habe. Wenn ich sie nicht gebeten hätte, sich mit mir zu treffen, wäre sie jetzt nicht auf der Intensivstation. Wenn du auf jemanden wütend sein willst, dann sei sauer auf mich, nicht auf sie.«

Seine Schuldgefühle standen ihm ins Gesicht geschrieben und obwohl ich nicht das geringste Mitleid für den Hurensohn empfand, begann ich, mich zu beruhigen.

»Ich bin Laura nicht böse. Es war nicht ihre Schuld. Wie schwer sind ihre Verletzungen? Ehrlich!«, erkundigte ich mich heiser.

»Schlimm«, erwiderte er. »Aber nicht tödlich. Sie wird Zeit brauchen, um sich davon zu erholen. Im Moment hat sie Schmerzen, physisch und psychisch. Unterstütze sie einfach, Mason. Das braucht sie jetzt.«

»Natürlich werde ich sie unterstützen«, schnappte ich zurück.

»Sie ist es wert. Sie ist eine bezaubernde Frau. Sie deckt dir den Rücken, Cousin. Wenn es um dich geht, ist sie äußerst verschwiegen und unglaublich loyal. Sie hat dich gern, Mann. Sehr.«

Meine Feindseligkeit gegenüber Hudson verschwand. »Wie geht es dir? Du hast gesagt, du wärst verletzt.«

»Mein Streifschuss an der Schulter ist nichts im Vergleich zu dem, was Laura durchgemacht hat. Ich werde viel schneller gesund werden als sie«, erklärte er.

»Warum hat diese Schießerei stattgefunden?«, wollte ich wissen.

»Was das Warum betrifft, ist deine Frage sinnlos. Der Amokläufer war ein verärgerter Angestellter, der entlassen worden war, weil er die Hälfte der Zeit nicht zur Arbeit erschien. Was geschah? Der Hurensohn erschoss zuerst die Restaurantbesitzer, die ihn gefeuert hatten, und begann dann, wahllos auf die Gäste zu ballern. Er war wahnsinnig«, informierte mich Hudson in einem brüsken Tonfall, der mehr als ein wenig Bitterkeit verriet.

»Ich werde das Arschloch umbringen«, knurrte ich.

»Das Privileg würde ich dir ja gern überlassen, aber ich musste es selbst tun, damit er nicht noch mehr Menschen im Restaurant töten konnte«, meinte Hudson ruhig. »Ich habe ihn erschossen. Ihm eine tödliche Kugel verpasst.«

Verdammt!

»Ich will überhaupt nicht wissen, warum du in einem Restaurant in San Diego eine versteckte Waffe bei dir hattest«, knurrte ich.

Ich mochte Hudson zwar nicht gut kennen, doch immerhin war er mein Cousin. Offensichtlich war er nicht das beabsichtigte Ziel dieser Schießerei gewesen, aber besaß er Feinde, die ihn so regelmäßig mit dem Tod bedrohten, dass er ständig eine geladene Waffe mit sich herumtragen musste?

»Ich besitze die Erlaubnis, eine Waffe am Körper zu tragen«, verteidigte Hudson sich mit einem schiefen Lächeln. »Ich habe weder mit der Mafia noch mit Drogenhandel zu tun. Alles im Zusammenhang mit Montgomery Mining ist vollkommen legal.«

»Es ist nicht leicht in diesem Staat, die Erlaubnis zu bekommen, eine Waffe am Körper zu tragen«, erinnerte ich ihn. »Du brauchst einen guten Grund. Also, worin bist du verwickelt?«

»Sparen wir uns die Erklärung für ein anderes Mal«, wich Hudson aus. »Das ist eine lange Geschichte. Außerdem muss ich mich jetzt zur Polizeistation begeben, um meine Aussage zu machen.«

»Und ich muss zu Laura«, erklärte ich mit zusammengebissenen Zähnen, jetzt, da ich wusste, wie ein einzelnes Arschloch so viele Menschen verletzt haben konnte.

»Sie weiß, dass du hier bist. Geh! In ihrem Zimmer ist jetzt niemand und ich glaube, sie wird sich besser fühlen, nachdem sie dich gesehen hat. Sie braucht Ruhe und ich nehme an, mittlerweile dringt der Wahnsinn des Vorfalls bis zu ihrem Verstand vor.« Hudson trat zur Seite, um die Tür freizugeben.

Dann fügte er hinzu: »Falls du einen Platz zum Übernachten brauchst, steht dir mein Haus zur Verfügung.«

Ich schüttelte den Kopf. »Ich will bei Laura bleiben.«

»Sollte sie dich rauswerfen, ruf mich an«, sagte Hudson, bevor er den Warteraum verließ.

Im selben Moment, in dem er gegangen war, hatte ich meinen Cousin auch schon vergessen. Ich betätigte die Sprechanlage, um Zutritt zur Intensivstation zu erlangen.

Die Krankenschwester führte mich zu Lauras Zimmer. Schockiert blieb ich in der Tür stehen, als ich sie in dem Krankenhausbett liegen sah. Sie wirkte so verdammt zerbrechlich und war mit so vielen Schläuchen und Kabeln verbunden, dass sie noch anfälliger aussah, als sie es wahrscheinlich in Wirklichkeit war.

Ich zwang mich, weiter ins Zimmer hineinzugehen, und vergaß, wie wütend ich wegen ihres Zustands war, denn Hudson hatte recht.

Ich musste meine eigenen Ängste, sie verlieren zu können, zurückstellen.

Jetzt ging es nur noch um Laura.

Und nicht um mich.

Ich hatte das Gefühl, einen Tritt in die Magengrube zu bekommen, als sie mir schwach zulächelte, sobald ich mich ihrem Bett näherte.

Mit leiser Stimme murmelte sie: »Ich würde mich jetzt am liebsten in deine Arme werfen, doch ich werde von all diesem Zeug zurückgehalten.«

Es war als Scherz gemeint, doch ich schaffte es einfach nicht, auch nur ein winziges Lächeln auf mein Gesicht zu zaubern.

Ich beugte mich zu ihr hinunter und streichelte ihr wunderschönes Haar, das jetzt matt und leblos wirkte. »Ich hatte solche Angst, du könntest tot sein«, sagte ich mit erstickter Stimme, die ich kaum als meine eigene wiedererkannte.

Eine Träne kullerte aus einem ihrer Augenwinkel. »Ich weiß. Es tut mir leid.«

»Es ist nicht deine Schuld«, sagte ich bestimmt. »Du hast lediglich zu Mittag gegessen, verdammt noch mal.«

»Trotzdem tut es mir leid, dass du dir Sorgen machen musstest. Ich werde wieder gesund, Mason.«

Glaubte sie wirklich, ich würde mir irgendwann keine Sorgen mehr um ihre Sicherheit machen?

Verdammt! Nach diesem Vorfall würde es mir schwerfallen, sie aus den Augen zu lassen.

Wirklich. Dies war alles meine Schuld. Ich hätte einfach Hudsons Anrufe entgegennehmen und ihn zum Teufel schicken sollen. Oder wir hätten eine lockere Beziehung unterhalten können, sodass er sich nicht an Menschen, die ich liebte, wenden musste, um an mich heranzukommen.

Das Problem war jedoch, dass ich nicht mit ihm hatte reden wollen.

Ich besaß bereits eine Familie.

Mehr brauchte ich nicht, insbesondere keine Verwandten, von deren Existenz ich nicht einmal Kenntnis gehabt hatte.

Als Hudson sich zum ersten Mal bei mir gemeldet hatte, hatte es mich erschüttert, mit den Montgomerys blutsverwandt zu sein. Meine Mutter hatte niemals die familiären Hintergründe ihres Vergewaltigers erwähnt.

Danach hatte ich mich entschieden, keinen Kontakt mit den Montgomerys haben zu wollen, denn ich hatte bereits eine Familie, die mir alles gab, was ich brauchte. Eine echte Familie, die mich kannte und der ich wichtig war. Ich wollte keine Cousins, die nicht auch mit meinen Brüdern und Schwestern verwandt waren.

Ich hätte meinen Geschwistern die Wahrheit gestehen müssen, doch ich wollte mich nicht von ihnen unterscheiden.

Wie auch immer, meine Sturheit war jetzt in einer Weise auf Laura zurückgefallen, die körperlich und emotional zerstörerisch war.

In diesem Augenblick hasste ich mich dafür, dass ich derjenige war, der Laura in diese Lage gebracht hatte.

Laura hätte nicht in dem Restaurant sein sollen. Und sie hätte sich auch nicht dort aufgehalten, wenn sie mir nicht so nahegestanden hätte.

Hudson hätte keinen Kontakt mit ihr aufgenommen.

Und sie würde jetzt nicht in diesem Krankenhausbett liegen und so aussehen, als hätte sie diese entsetzliche Massenschießerei so gerade eben überlebt.

Ich beugte mich zu ihr hinunter und küsste sie auf die Stirn. Dann wischte ich ihr die verirrte Träne von der Schläfe.

»Ich bin so froh, dass du jetzt hier bist«, flüsterte sie.

»Ich werde bei dir bleiben«, versprach ich. »Schlaf jetzt, Laura. Versuch, nicht zu sprechen. Hudson hat mir alles erzählt. Ruh dich einfach aus. Ich werde hier sein, wenn du aufwachst.«

Ich würde nicht von ihrer Seite weichen, bis sie hundertprozentig gesund war.

Danach würde ich alles Nötige tun, um sicherzustellen, dass sie niemals mehr so etwas durchmachen musste.

Ihre Augenlider schlossen sich flatternd, während sie antwortete: »Aber eins muss ich dir vorher noch sagen. Als ich verwundet wurde und nicht wusste, ob ich die Schießerei überleben würde, habe ich es bitter bereut, es nicht bereits gesagt zu haben.«

»Was?«, fragte ich, meine Stimme heiser vor Gefühl.

»Ich liebe dich, Mason. Ich will, dass du das weißt, denn ich möchte niemals mehr bedauern, es dir nicht gestanden zu haben.« Kaum hatte sie die Worte ausgesprochen, schlief sie seufzend ein.

Kapitel 22

Laura

Ich brauchte nach der Verletzung beinahe einen ganzen Monat, bevor ich wieder vollkommen normal war.

Leider hatte meine Erholungsphase uns einander nicht nähergebracht, stattdessen schien Mason sich mehr zu distanzieren als jemals zuvor.

Oh, bis vor Kurzem hatte er alles getan, um jedes einzelne meiner Bedürfnisse zu befriedigen. Er war unglaublich fürsorglich gewesen, hatte mich angetrieben und meine Stimmung gehoben, wenn es schwierig geworden war. Doch das alles hatte er aus einer emotionalen Distanz heraus getan.

Bis ich vollkommen geheilt war.

Inzwischen hatte ich seit mehreren Tagen überhaupt nichts mehr von ihm gehört. Er erfand alle möglichen Ausreden, um mir aus dem Weg zu gehen.

Wenn ich ihn anrief oder eine SMS schickte, bekam ich keine Antwort.

Wenn ich in seinem Büro anrief, entschuldigte ihn seine Sekretärin, mit der ich inzwischen öfter redete als mit Mason.

Er arbeitete.

Er befand sich in einer Besprechung.

Er war zum Mittagessen außer Haus.

Er war einfach … unerreichbar. Ich vermutete, seine Sekretärin brachte letztere Entschuldigung zur Anwendung, wenn sie einfach nicht mehr wusste, was sie sagen sollte.

Es stimmte etwas nicht.

Das konnte ich spüren.

Bereits nach den ersten beiden Wochen hatte ich mich ziemlich gut gefühlt, trotzdem hatte es zwischen Mason und mir keinerlei intime Annäherung gegeben.

Oh, er hatte stets etwas Nettes zu sagen gewusst, doch emotional hatte er … unerreichbar gewirkt.

Der Mann küsste mich nicht mehr, außer einem schnellen Küsschen auf die Lippen, oder noch schlimmer auf Wange oder Stirn, als wäre ich ein Kind und nicht die Frau, mit der er angeblich eine Beziehung haben wollte.

Mason behandelte mich eher wie einen Freund als wie seine feste Freundin.

»Vielleicht glaubt er, du müsstest dich noch erholen«, schlug Brynn vor, als wir um die Mittagszeit mit Kaffee und Kuchen, den sie in meiner Lieblingsbäckerei besorgt hatte, in meiner Wohnung an dem kleinen Küchentisch beieinandersaßen.

Brynn und ich trafen uns fast jeden Tag irgendwo und versuchten, die Zeit aufzuholen, die wir während meiner Gesundung verpasst hatten.

Ich schüttelte den Kopf. »Er weiß, dass ich wieder für gesund erklärt wurde. Er hat mich letzte Woche zur Arztpraxis begleitet, als die Ärztin mir gesagt hat, ich bräuchte sie nicht mehr aufzusuchen, es sei denn, es würden Komplikationen auftreten, was sie jedoch nicht erwartete.«

»Du hast deine Trainingsroutine wieder aufgenommen«, stellte Brynn fest. »Du siehst fantastisch aus.«

»Ich treibe mehr Sport als vorher«, erwiderte ich. »Da ich mich jetzt nicht mehr so streng an meine Diät halte, gehe ich oft zu Fuß, um mich fit und gesund zu halten.«

»Nun gut«, kam Brynn wieder zum Thema zurück. »Sein Benehmen ist … merkwürdig. Überhaupt kein Sex?«

»Nix«, bestätigte ich, nachdem ich einen Bissen Kuchen hinuntergeschluckt hatte. »Er küsst mich nicht einmal richtig. Ich weiß nicht, was dahintersteckt, Brynn. Während meiner Genesung war er so fürsorglich und stets an meiner Seite. Aber es ist, als wäre ein Teil von ihm … verschwunden. Er behandelt mich eher wie einen Freund als wie seine Geliebte. Vielleicht hat er einfach sein romantisches Interesse an mir verloren.«

Zum ersten Mal sprach ich diesen Gedanken aus und es tat höllisch weh. Leider war ich während der letzten Tage, in denen er mit völliger Abwesenheit geglänzt hatte, gezwungen gewesen, ehrlich zu mir selbst zu sein.

Mason will mich nicht mehr.

»Auf keinen Fall«, widersprach Brynn. »Der Mann ist verrückt nach dir.«

»Direkt nach der Schießerei habe ich ihm gestanden, dass ich ihn liebe. Er hat überhaupt nicht darauf reagiert. Es ist, als hätte ich es nie gesagt. Vielleicht war es einfach zu früh. Aber ich konnte nicht anders. Ich bin beinahe gestorben und ich wollte, dass er die Wahrheit kannte.«

Es hatte mich beinahe umgebracht, dass er mir niemals seine Liebe gestanden hatte. Nicht ein Mal. Auch hatte er mich nie daran erinnert, dass ich es gesagt hatte.

Offensichtlich wollte er es nicht noch einmal hören.

»Hast du mit deiner Therapeutin darüber geredet?«, erkundigte sich Brynn.

»Nicht wirklich. Sie ist eigentlich Expertin für Posttraumatische Belastungsstörungen.« Es war Mason gewesen, der darauf bestanden hatte, dass ich nach dem Vorfall eine Therapeutin aufsuchte. Ich hatte ihm gegenüber erwähnt, dass ich Albträume über die Schießerei hätte, woraufhin er darauf bestanden hatte, dass ich eine Therapie begann, um über das emotionale Trauma hinwegzukommen.

Es hatte definitiv geholfen.

»Vielleicht hat Mason immer noch Angst, dir wehzutun«, meinte Brynn nachdenklich.

»Zweifelhaft«, erwiderte ich. »Er weiß, wie stark ich bin. Ich habe beinahe jeden Tag mit ihm zu Hause in seinem Fitnessraum trainiert, bis er vor ein paar Tagen aufgehört hat, mich einzuladen. Aber ich habe viele Narben. Und er hat extreme Sachen gesehen, die ein Liebhaber in einer so frühen Phase der Beziehung nicht sehen sollte. Die Entfernung des Thoraxtubus war unerträglich und eine wahre Sauerei. Und bis vor Kurzem habe ich nicht gerade normal ausgesehen. Ich war dort im Krankenhaus eine Weile ziemlich schwach und niedergeschlagen. Er war während all dieser Zeit für mich da. Vielleicht sieht er mich jetzt mit anderen Augen.«

»Falls das wahr sein sollte, was ich bezweifle, dann ist er nicht der Mann, für den ich ihn halte«, meinte Brynn enttäuscht. »Ein Mann, der dich wirklich liebt, wird im Laufe der Zeit auch deine schwachen Zeiten miterleben. Deine kranken Zeiten. Und er steht dir bei der Geburt zur Seite, was eine wirklich blutige Angelegenheit ist. Niemals, nicht in einer Million Jahren hätte ich Mason für so oberflächlich gehalten.«

»Es war eine lange Genesungszeit«, erinnerte ich sie. »Es war ja nicht so, als hätte ich vier oder fünf Tage unter einem Grippevirus gelitten.«

»Eine Schwangerschaft dauert neun Monate und dann folgt die Geburt selbst«, erwiderte sie. »Du warst diejenige, die Schmerzen hatte.«

»Er hat niemals behauptet, mich zu lieben«, gab ich zu bedenken.

»Er liebt dich«, stellte Brynn bestimmt fest. »Carter sagt, Mason wäre beinahe wahnsinnig geworden, als er erfahren hat, dass du dich in dem Restaurant aufgehalten hast.«

»Nun gut, aber jetzt meidet er mich. Er hält sich noch nicht einmal mehr an seine sonntäglichen Anrufe. Seit drei Tagen hat er mich weder angerufen noch eine SMS geschickt. Und während meiner gesamten Erholungsphase hat er mich wie eine Schwester oder einen Freund behandelt. Offensichtlich zieht er sich jetzt zurück, nun, da ich gesund bin.« Ich versuchte, meinen Schmerz und meine Frustration zu unterdrücken, trotz alledem füllten meine Augen sich mit Tränen.

»Gib nicht auf, Laura. Ich weiß nicht, was in seinem Kopf vor sich geht, aber ich glaube nicht, dass er dich wie eine Schwester oder wie einen Freund betrachtet.«

»Seitdem ich verwundet wurde, haben wir nicht mehr im selben Bett geschlafen«, gestand ich. »Er ist bei sich zu Hause geblieben und ich in meiner Wohnung. Abends ist er stets verschwunden. Selbst als ich noch zu schwach war, um intim mit ihm zu werden, hätte er doch einfach … bleiben können.«

Brynn schwieg eine Weile, bevor sie antwortete: »Ich muss zugeben, dafür habe ich keine Erklärung. Aber an deinem Geburtstag hat er dich besucht, hast du gesagt.«

Ich verdrehte die Augen. »Ja, er war bei mir. Er brachte einen Imbiss und Kuchen mit. Wir haben den ganzen Abend lang Filme angeschaut. In separaten Sesseln. Er überreichte mir eine Geburtstagskarte als Geschenk. Es war nicht gerade ein romantischer Abend.«

»Ich stimme dir zu«, sagte Brynn verdrießlich. »Ich weiß nicht, was mit ihm los ist.«

»Er will offensichtlich, dass es vorbei ist«, meinte ich mit einer Stimme, die trauriger klang, als es mir lieb war. »Ich verstehe aber nicht, warum er es mir nicht einfach sagt, anstatt meine Anrufe zu ignorieren. Doch ich habe die Botschaft verstanden. Ich werde ihn in Zukunft weder anrufen noch ihm eine SMS schicken.«

»Was ist mit Hudson?«, erkundigte sich Brynn höflich. »Er fliegt oft hierher, um dich zu sehen.«

Ich zuckte mit den Schultern. »Er ist nichts weiter als ein Freund. Mit Hudson kann ich mich gut unterhalten, aber ich fühle mich nicht sexuell zu ihm hingezogen, und auch er ist nicht auf diese Art an mir interessiert. Wir … reden lediglich. Er ist eine Art Bruder, den ich nie hatte.«

Brynn schnaufte. »Ich hätte nicht gedacht, so etwas jemals aus dem Mund einer Frau über einen der Montgomery-Brüder zu hören. Ich habe Hudson ein paarmal getroffen und hielt ihn für ziemlich gut aussehend. Es ist fantastisch, dass er sich für Perfect Harmony interessiert.«

Ich zuckte zusammen. Ich hasste es, dass ich Brynn nicht genau erzählen konnte, aus welchem Grund ich Hudson kennengelernt hatte. Und das würde ich auch niemals tun, gleichgültig, was die Zukunft für Mason und mich bereithielt. Bis Mason seine Meinung ändern und seinen Geschwistern die Wahrheit bezüglich seiner Adoption gestehen würde, würde ich bei meiner Geschichte bleiben, dass ich Hudson anlässlich einer geschäftlichen Besprechung betreffs Perfect Harmony kennengelernt hatte.

Hudson hatte sich an die gleiche Geschichte gehalten und würde niemandem etwas über die Verwandtschaft zwischen ihm und Mason erzählen, bis die Wahrheit ans Licht käme.

Bis jetzt schien Hudson zufrieden damit zu sein, das Geheimnis zu wahren.

Im Laufe des letzten Monats hatte ich Hudsons Freundschaft schätzen gelernt. In jenen ersten Wochen war er häufig nach Seattle geflogen, um zu sehen, wie es mir ging. Seine eigene Verletzung war schnell geheilt und er fühlte sich wieder vollkommen gesund, doch er rief mich weiterhin mindestens zweimal pro Woche an.

»Hudson wird nicht in Perfect Harmony investieren, doch er steht mir stets zur Seite, wenn ich einen geschäftlichen Rat brauche«, erklärte ich. »Ich habe mit ihm zwar einen einflussreichen Geschäftsmann auf meiner Seite, doch ich schätze eher seine Freundschaft.«

Hudson und ich hatten darüber geredet, was an jenem schrecklichen Tag in dem Restaurant geschehen war, doch dann waren wir auch zu anderen Gesprächsthemen übergegangen.

Ich hatte ihm etwas von meiner Vergangenheit als Waisenkind erzählt.

Und er mir etwas über seine Familiengeschichte.

Uns verband die Tatsache, dass wir beide eine ziemlich gestörte Kindheit hatten.

Ich war zu dem Schluss gekommen, dass an dem Mann viel mehr dran war als das, was ich in der Vergangenheit über ihn gelesen hatte.

Nur als ich ihn fragte, warum er im Restaurant eine Waffe getragen hatte, verschloss er sich. Er sagte lediglich, er hätte seine Gründe, und bat mich, ihm zu vertrauen, dass er keine bösen Absichten hegte.

Er hatte nicht darüber reden wollen und ich hatte ihn nicht drängen wollen, mir etwas zu erklären, das mich wahrscheinlich ohnehin nichts anging, daher hatte ich seiner Bitte entsprochen. Ich vertraute ihm. Ich hatte keinen Grund, es nicht zu tun. Der Mann hatte mir wahrscheinlich das Leben gerettet.

»Was wirst du also bezüglich Mason unternehmen?«, fragte Brynn mich sanft.

Ich zuckte mit den Schultern. »Was kann ich tun? Ich kann ihn nicht zwingen, mich zu lieben. Ich habe ihn nicht mehr angerufen, weil er meine Anrufe nicht entgegennimmt. Es ist vorbei, Brynn. Ich werde mich nicht weiter quälen.«

Ich versuchte, das Gespräch mit Brynn nicht zu sehr zu vertiefen, schließlich war sie mit Masons Bruder verheiratet. Auf keinen Fall wollte ich Spannungen irgendwelcher Art in der Familie erzeugen, doch es fiel mir wirklich schwer, mich zurückzuhalten. Brynn war immerhin meine beste Freundin und ich hatte das Gefühl, als wäre mein Herz in eine Million winzig kleiner Stücke zerbrochen.

»Ich denke, du solltest ihn zwingen, dir wenigstens eine Erklärung zu geben, warum er sich zurückzieht.«

Mit schmerzendem Herzen erklärte ich: »Eigentlich spielt der Grund keine Rolle. Und ich finde, seine Beweggründe sind offensichtlich. Er hat kein Interesse mehr. Denn wenn das der Fall wäre, würden wir uns weiterhin sehen.«

Gott, wie ich die Intimität vermisste, die Mason und mich verbunden hatte! Ich sehnte mich immer noch so verzweifelt danach, ihm nahe zu sein, dass es höllisch wehtat, obwohl er offensichtlich mein Verlangen nicht teilte.

Ich erhob mich, um mir eine weitere Tasse Kaffee zuzubereiten, und Brynn griff nach ihrer leeren Tasse, um es mir gleichzutun.

Ich drehte ihr den Rücken zu, um die Tränen zu verbergen, die mir die Wangen hinunterliefen.

»Hey, er wird sich wieder fangen. Mason mag vielleicht ein Dickkopf sein, aber dumm ist er nicht«, meinte Brynn tröstlich.

»Ich werde es überleben«, sagte ich, während ich meine Tasse unter die Kaffeemaschine stellte, ein Pad einlegte und den Deckel schloss. »Immerhin habe ich es überlebt, angeschossen zu werden – ich denke, ich kann also auch über einen Mann hinwegkommen, der mich nicht mehr will.« Ich drückte auf den Knopf, um die Kaffeemaschine zu starten.

»Laura, Mason ist anders als deine früheren Männer. Du liebst ihn wirklich. Ich weiß, dass es schmerzt, auch wenn du kein Wort darüber verloren hast, wie sehr er dir wehgetan hat. Aber ich weiß es. Du bist meine beste Freundin«, meinte Laura mitfühlend.

Sie zog mit leichtem Druck an meinem Oberarm, um mich zu ihr herumzudrehen.

Endlich sah ich ihr ins Gesicht. Ich schluchzte auf. »Es bringt mich um, Brynn. Ich weiß nicht, was ich tun soll. Der Mason, den ich kannte, ist verschwunden und ich vermisse ihn so sehr.«

Ich hatte mir eingebildet, ein großes Mädchen zu sein und damit umgehen zu können, was zwischen mir und Mason geschah, wie eine starke Frau es sollte.

Ich hatte mich geirrt.

Ich warf mich Brynn in die Arme und weinte.

Kapitel 23

Mason

Laura Hastings' Blogeintrag, heute, 09:30 Uhr

Ich möchte Ihnen für die Unterstützung danken, die ich während meiner Genesung von meinen Verletzungen erhalten habe. Ich weiß, es ist eine Weile her, seitdem ich den letzten Blogpost veröffentlicht habe, obwohl ich jetzt bereits seit einer Woche wieder vollkommen gesund bin.

Leider habe ich jetzt eine andere Art Schmerz durchstehen müssen und ich glaube, ich hatte das Gefühl, ich hätte nicht viel zu sagen.

Aber jetzt bin ich so weit.

Ich denke, jede Frau hat schon mal eine Beziehung durchgestanden, von der sie sich nur schwer verabschieden konnte. Nun ja, ich habe eine schwere Zeit durchgemacht, in der mir genau dies widerfahren ist, aber jetzt wird es Zeit, nach vorn zu schauen.

Wissen Sie, ich denke, schwierige Umstände können eine Beziehung erschaffen oder zerstören. Entweder bildet sich ein Band, das Sie noch stärker aneinanderknüpft als bisher, oder die Tragödie reißt Sie auseinander, weil das Band von Anfang an nicht stark genug war, um auch in schlechten Zeiten zu halten.

In meinem Fall hat die Beziehung die Prüfung nicht bestanden. Ich kann jemanden nicht dazu bringen, mich zu lieben, wenn er es selbst nicht will.

Zu Beginn habe ich mir selbst die Schuld gegeben, meinen Narben und meiner Schwäche an einem wahren Tiefpunkt meines Lebens. Aber wissen Sie was … im wirklichen Leben wird es in verschiedenster Hinsicht immer schwere Zeiten geben. Und wenn die Liebe nicht auf beiden Seiten stark genug ist, wird die Beziehung scheitern.

Es wird wehtun.

Es wird Tränen und Schmerzen geben.

Sie werden sich so verdammt einsam fühlen, dass Sie es eine Weile als körperlichen Schmerz empfinden.

Mein Rat? Zeigen Sie Rückgrat und beenden Sie die Beziehung. Versuchen Sie nicht, sich an etwas zu klammern, das es nicht wert ist, gerettet zu werden. Ich behaupte nicht, dies sei einfach, doch der Versuch, an etwas festzuhalten, das in Wirklichkeit nicht mehr existiert, ist noch viel schmerzhafter.

Ladies, wir alle verdienen etwas Besseres.

Wir müssen den Partner finden, der zu uns steht, auch wenn unsere ganze Welt über uns zusammenbricht.

Wird es wehtun? Zum Teufel, ja. Es wird sogar Momente geben, in denen Sie nie wieder einen Versuch starten möchten. Und diese emotionalen Wunden sind so unerträglich, dass Sie vollkommen zusammenbrechen.

Betrauern Sie es. Spüren Sie Ihren Schmerz. Aber entscheiden Sie, wann es an der Zeit ist, nach vorn zu schauen und sich einzugestehen, dass die Beziehung nicht das war, was Sie erwartet hatten.

Und dann suchen Sie den Menschen, der Sie lieben wird … gleichgültig, was in Ihrem Leben auch geschieht, körperliche und emotionale Narben und all das.

Diese Partner sind dort draußen in der Welt.

Manchmal muss man lediglich sehr viele Frösche küssen, um den Märchenprinzen zu finden. :)

Irgendwann werde ich selbst noch ein paar Frösche küssen und auf das Beste hoffen.

Lächeln Sie mindestens einmal täglich Ihr Spiegelbild an. Sie sind schön, ob Sie es glauben oder nicht.

xoxoxo ~ Laura

»Was zum Teufel hast du getan?«, fragte Hudson Montgomery ärgerlich, als er durch meine Bürotür spazierte.

»Bitte, komm herein«, erwiderte ich sarkastisch, verärgert, dass der Mann den Weg zu den Managerbüros gefunden hatte, und das sogar am Wochenende.

Ich machte mir nicht einmal die Mühe, mich zu erkundigen, wie er ungesehen bis zu mir hatte vordringen können.

Mit dem Wissen, das ich jetzt über Hudson besaß, bezweifelte ich nicht, dass er durch jede Art von Sicherheitssystem gelangen konnte.

»Hast du ihren Blog gelesen?«, knurrte Hudson erbost und ließ sich meinem Schreibtisch gegenüber auf einen Stuhl fallen. »Ich konnte ihren Schmerz geradezu durch den Computer hindurch spüren, egal was sie über ihre Genesung schreibt, und es gefällt mir nicht. Laura ist wie eine zweite Schwester für mich geworden und du bist eine Dumpfbacke. Sie ist wahrscheinlich das Beste, das dir jemals geschehen ist. Hast du sie etwa einfach sitzen lassen?«

»Ich habe ein paar Tage lang ihre Anrufe ignoriert. Doch gestern habe ich am Telefon mit ihr geredet. Ich rief sie an, weil ich wusste, dass wir irgendeine Art Abschluss brauchten«, gab ich zu. »Ich habe ihr mitgeteilt, ich wäre der Meinung, wir könnten unsere Beziehung nicht fortsetzen. Sie hat mir nicht gerade widersprochen.«

Zugegeben, ich hatte auch keine Erklärung abgegeben, also hatte ich wahrscheinlich ihr kaltes Lebewohl verdient, was sie mir gewünscht hatte, bevor sie den Hörer aufgelegt hatte.

»Hast du etwa erwartet, sie würde mit dir diskutieren? Du hast sie wie den letzten Dreck behandelt, seitdem sie wieder gesund ist. Sie hat mir erzählt, dass du ihre Anrufe ignorierst und einfach so verschwunden bist.« Hudson klang wirklich wütend. »Ich bin nicht eingeschritten. Ich glaubte, du würdest wieder zur Besinnung kommen. Aber als ich heute Morgen den Blog gelesen habe, hat es mir beinahe das Herz zerrissen. Was zum Teufel tust du, Mason? Ich weiß nur zu gut, dass du sie liebst.«

Auch mein Herz war gebrochen, doch das wollte ich Hudson nicht eingestehen. Er hätte niemals verstanden, was ich hatte tun müssen.

Mein Cousin und ich hatten endlich Frieden geschlossen und gelegentlich redeten wir miteinander, zumeist am Telefon. Ich hätte jedoch nicht behaupten können, wir wären Freunde. Eher freundliche Widersacher.

Er hatte mir offenherzig seine Lebensgeschichte erzählt und ich musste zugeben, wenn auch widerstrebend, dass ich Respekt vor ihm und seinen Brüdern hatte, denn nun hatte ich Kenntnis von Dingen, die nicht gerade zum Allgemeinwissen gehörten.

Ich meinerseits hatte ihm nur wenige persönliche Informationen gegeben und da meine Geschwister immer noch nicht die Wahrheit kannten, wussten seine Brüder und Schwestern noch nichts von meiner Existenz.

Was mir ganz gelegen kam.

Zum größten Teil.

»Meine Beziehung mit Laura ist vorbei«, stellte ich ungerührt fest. »Seit dem Tag, an dem sie meinetwegen beinahe gestorben wäre.«

»*Meinetwegen*«, verbesserte er mich. »Ich bin derjenige, der sie in jenes Restaurant eingeladen hatte.«

Ich zog eine Braue in die Höhe. »Du vergisst, dass du das nur getan hast, um an *mich* heranzukommen.«

»Dies ist eine lächerliche Unterhaltung«, explodierte er. »Bist du wirklich bereit, eine Frau gehen zu lassen, die dich so sehr liebt? Ein paar von uns mögen vielleicht garstig und störrisch sein, aber wir hatten noch niemals einen dummen Montgomery in der Familie.«

»Ich bin ein Lawson«, knurrte ich.

»Du bist beides«, gab er zurück. »Und außerdem habe ich dich gefragt, ob du ihren Blog gelesen hast.«

»Ja, habe ich«, erwiderte ich scharf.

»Du hast sie verletzt und ich würde am liebsten solange auf dich einschlagen, bis du solche Schmerzen hast wie sie. Das darfst du ihr nicht antun, insbesondere wenn man bedenkt, dass du sie ebenso liebst wie sie dich.«

Ich verlor die Beherrschung und schlug mit der Faust so heftig auf den Schreibtisch, dass er wackelte. »Ja, *verdammt!* Ich werde sie gehen lassen, wenn das bedeutet, dass sie für den Rest ihres Lebens in Sicherheit und glücklich ist. Manchmal muss Liebe stärker sein als das Verlangen, mit der geliebten Person zusammen zu sein. Sie muss stark genug sein, um zugunsten der Sicherheit des geliebten Menschen auf ihn zu verzichten. Glaubst du wirklich, es wäre leicht für mich gewesen, zu sehen, wie Laura all diesen körperlichen Schmerz aushalten musste? Oder den emotionalen Schmerz des Traumas? Es hat mich beinahe umgebracht und ich liebe sie so sehr, dass ich nicht erleben möchte, dass so etwas noch einmal passiert. Wenn sie mit mir zusammen ist, wird sie immer das Ziel irgendeines Wahnsinnigen darstellen, der daherkommt und es noch einmal tut, oder sogar noch Schlimmeres. Und sie ist so unabhängig, dass sie sich ein wenig Freiheit wünscht. Zur Hölle, wahrscheinlich würde ich sie nirgendwo mehr allein ohne mich hingehen lassen. In ein solches Gefängnis kann ich sie nicht stecken. Ich kann es einfach nicht.« Meine Stimme war heiser vor Gefühlen, die ich nicht mehr beherrschen konnte.

Hudson starrte mich an. »Das ist also alles nur selbstaufopfernder Schwachsinn? Du versuchst, sie zu schützen?«

»Warum zur Hölle sollte ich es sonst tun?«, fragte ich schwer atmend. »Solange sie zu mir gehört, wird sie für jeden, den ich in der Vergangenheit ruiniert habe, ein Ziel bleiben. Ich erhalte regelmäßig Morddrohungen. Lieber lasse ich sie gehen, als in dem Wissen zu leben, sie könnte meinetwegen in irgendeiner Hinsicht verletzt werden.«

Der Tag, an dem Laura mir ihre Liebe gestanden hatte, war der beste und zugleich schlimmste Tag meines Lebens gewesen.

Denn in jenem Augenblick, in derselben Sekunde, in der sie die Worte ausgesprochen hatte, hatte ich gewusst, was ich würde tun müssen, um sie zu schützen.

»Hast du jemals daran gedacht, die Wahl ihr zu überlassen? Hast du ihr einen Kompromiss angeboten? Ich verstehe, dass du sie schützen willst. Aber das bedeutet nicht, dass ihr beide ein Leben lang wie Zombies herumlaufen müsst, weil eure Herzen gebrochen sind. Das ist Wahnsinn, Mason. Du liebst sie doch, oder?«

Ich warf ihm einen tödlichen Blick zu. »Das habe ich doch gerade gesagt. Ich liebe sie zu sehr. Ich bin zu nichts mehr zu gebrauchen seit dem Tag, an dem ihr angeschossen wurdet. Und nein, wir haben nicht darüber diskutiert, dass sie nicht sicher ist, solange sie mit mir zusammen ist. Es gibt keinen verdammten Kompromiss. Sie ist entweder ein Ziel, wenn sie mit mir zusammen ist, oder sicher ohne mich.«

»Du siehst furchtbar aus«, sagte er plötzlich. Dann meinte er nachdenklich: »Aber das ist ein falsches Denken … Für Sicherheit gibt es keine Garantie. Schlimme Dinge geschehen nun einmal, egal wie vorsichtig man auch ist. Einer von uns könnte bei einem Flugzeugabsturz ums Leben kommen oder sogar beim Überqueren einer Straße. Du kannst sie nicht vor allem Bösen im Leben beschützen.«

»Und genau das macht mich wahnsinnig«, knurrte ich. »Ich sollte aber in der Lage sein, sie zu beschützen. Doch ich habe versagt. Ich wollte, dass sie glücklich war, daher habe ich zugestimmt, sie in San Diego nicht von Sicherheitsleuten begleiten zu lassen.«

»Personenschutz hätte nicht viel genützt«, wandte Hudson ruhig ein. »Es geschah alles viel zu schnell. Ich saß doch am selben Tisch wie sie und konnte sie auch nicht davor bewahren, angeschossen zu werden. Also gib dir nicht die Schuld dafür.«

Ich raufte mir die Haare. »Ich kann nicht anders.«

»Vergiss die Schießerei. Sie ist vorbei. Diesmal tust du ihr weh. Sehr sogar«, klagte er mich an.

»Was um alles in der Welt sollte ich deiner Meinung nach denn tun?«

Er zögerte, bevor er antwortete: »Verhandle mit ihr. Oder sag ihr einfach, für deinen Seelenfrieden müsste sie sich schützen lassen, bis du dich ein bisschen entspannter fühlst. In eine solche Schießerei gerät man nur ein Mal im Leben, Mason. Die Chancen, dass es noch einmal passiert, sind überaus gering. Wirklich, es war weder dein noch mein Fehler. Es passierte, weil ein Verrückter ein Restaurant unter Beschuss genommen hat. Du gibst dein ganzes Leben auf aus Angst, Laura könnte noch einmal verwundet werden. Ist dir niemals in den Sinn gekommen, dass sie sogar weniger sicher ist, wenn sie nicht mit dir zusammen ist? Du weißt zumindest, dass du sie so gut beschützt, wie es dir möglich ist. Und wenn ihr ohne weitere Probleme Zeit miteinander verbringt, würde es dir helfen, diese lähmende Angst zu überwinden. Im Augenblick ist sie allein. Sie mag zwar kein Ziel für deine Feinde mehr darstellen, doch es gibt noch andere Verrückte dort draußen.«

»Ich glaube nicht, dass ich diese Angst jemals loswerden könnte. Am Ende würde sie ihr Leben lang meine Sicherheitsleute im Schlepptau haben«, meinte ich mürrisch. »Und außerdem steht sie unter Schutz. Ich habe Leute, die sie beobachten. Ich habe sie lediglich gebeten, auf Distanz zu bleiben und sich diskret zu verhalten.«

»Und wie lange soll das so weitergehen?«

»Bis jeder mitbekommen hat, dass wir nicht mehr zusammen sind. Mindestens. Möglicherweise auch solange, bis ich das Gefühl habe, dass es ihr gut gehen wird.«

»Und was geschieht, wenn sie von einem geisteskranken Fan gestalkt wird oder sich mit einem Arschloch einlässt, das sie schlägt oder missbraucht? Was geschieht, wenn sie sich jemanden aussucht, der sie nicht beschützt oder sie nicht so gut behandelt wie du?«

Ich zögerte. »Ich würde ihn umbringen.«

Hudson zuckte mit den Schultern. »Du würdest nicht einmal Kenntnis davon haben. Es könnte in einem Jahr oder so passieren. Ich glaube, im Moment klammert sie sich noch ziemlich an dich dummen Kerl, gleichgültig, wie viel sie darüber redet, dass sie nach vorn schauen will. Aber hat sie nicht auch erwähnt, dass sie noch ein paar Frösche küssen will? Irgendwann wird sie sich mit jemandem verabreden.«

Gütiger Himmel! Ich hatte nicht daran gedacht, was passieren könnte, wenn Laura wieder begann, sich zu verabreden. Wahrscheinlich weil ich den Gedanken nicht ertragen konnte, dass sie von einem anderen Mann berührt wurde. Niemals.

Sie. Gehört. Mir.

Laura war immer schon für mich bestimmt.

»Beginnst du jetzt langsam, dein ganzes ›aus ihrem Leben verschwinden‹-Szenario zu überdenken?«, fragte Hudson mitfühlend.

»Nein«, erwiderte ich bestimmt, doch insgeheim weniger überzeugt.

Er hatte recht. Ich würde immer für Laura da sein. Jemand anderes … vielleicht nicht.

Hudson verschränkte die Arme vor der Brust. »Was würdest du empfinden, wenn ich mich entschließen würde, meine Beziehung zu Laura auf eine andere Ebene zu bringen? Immerhin ist sie eine wunderschöne, mitfühlende, intelligente, liebende Frau. Ich mag sie bereits sehr gern.«

Ich warf ihm einen wilden Blick zu. *Will Hudson mich ärgern? Oder meint er es ernst?* »Ich würde dich umbringen«, sagte ich schließlich.

Er grinste. »Dir gefällt wohl der Gedanke nicht, ein anderer Mann könnte sie berühren. Nun gut, darüber solltest du hinwegkommen, denn mit der Zeit wird sie sich auf jemanden einlassen. Sie hat einem Mann viel zu viel zu bieten, um für immer allein zu bleiben.«

Er wollte mich ärgern, und das gefiel mir überhaupt nicht. »Hurensohn«, ächzte ich.

»Ich versuche lediglich, dir die Realität vor Augen zu führen. Du musst eine Entscheidung treffen und ich bin mir nicht sicher, ob es nicht schon zu spät ist. Aber entweder wirfst du sie den Wölfen zum Fraß vor, die sie gut oder schlecht behandeln mögen, oder du gehst das Risiko ein und tust alles in deiner Macht Stehende, um ihre Sicherheit zu gewährleisten und sie glücklich zu machen.«

»Glaubst du wirklich, ich würde nicht gern mit ihr zusammen sein?«, fragte ich verzweifelt.

»Das bezweifle ich nicht«, antwortete er ruhig. »Du siehst aus, als wärst du durch die Hölle gegangen. Du bist doch bei ihr geblieben und hast dich vergewissert, dass sie gesund war, bevor du sie sitzen gelassen hast –«

»Ich habe sie nicht sitzen lassen«, unterbrach ich ihn verdrießlich.

»Lies ihren Blogpost«, schlug er vor. »Sie glaubt, du hast sie sitzen lassen.«

»Ich habe ihn gelesen. Er hat mir das Herz gebrochen. Wenn du nicht durch diese Tür marschiert wärst, wäre ich jetzt wahrscheinlich bereits bei ihr.«

»Du hast sie glücklich gemacht, Mason. Sie hat dich geliebt. Und dann hast du wegen deiner Ängste alles weggeworfen. Keine deiner Bedenken ist rational.«

»Sie macht mich wahnsinnig«, schnauzte ich ihn an. »Ich fühle mich nicht rational.«

Zum ersten Mal seit der Schießerei musste ich innehalten und darüber nachdenken, ob Laura mit mir wirklich sicherer wäre.

Wäre sie mit mir besser dran, obwohl ich mich manchmal wie ein Arschloch benehme?

Wäre ein anderer Mann ebenso besorgt um ihre Sicherheit wie ich?

Würde ein anderer Mann versuchen, sie so glücklich zu machen, wie sie es verdient?

Würde ein anderer Mann sie so leidenschaftlich lieben, wie ich es tue und immer tun würde?

Also gut, die Besessenheit war weniger gut, aber dennoch … »Kein Mann wird sie jemals so sehr lieben wie ich«, gestand ich meinem Cousin mit heiserer Stimme. »Ich glaube, das ist unmöglich. Und ich glaube, mit mir wird sie sicherer sein als ohne mich. Ich hätte diese Kugel, ohne zu zögern, auf meinen Körper gelenkt, wenn so etwas möglich wäre.«

»Dann solltest du wohl besser einen Weg finden, um wiedergutzumachen, was du ihr angetan hast, all diesen Herzschmerz. Ich meine, ich verstehe die verdrehte Logik deines Versuches, sie zu schützen, aber dieser Mist macht keinen von euch beiden glücklich. Und Laura verdient es, selbst zu entscheiden, ob sie mit der Art klarkommt, wie du sie liebst. Vielleicht kommt sie damit zurecht, vielleicht auch nicht, aber du hättest ihr die Wahl lassen sollen, anstatt eigenmächtig zu entscheiden, was das Beste für sie ist.«

»Warum um alles in der Welt bist du überhaupt hergekommen?«, fragte ich gereizt.

»Ob es dir nun gefällt oder nicht, ob du mich als deinen Cousin akzeptierst oder nicht, wir gehören trotzdem zu einer Familie. Und

Laura ist mir wichtig. Ich würde euch beide gern glücklich sehen«, erwiderte Hudson grimmig. »Es überrascht mich, dass deine Brüder dir nicht bereits Vorhaltungen gemacht haben.«

»Im Moment redet keiner von beiden mit mir«, gestand ich missmutig. »Sie halten mich für ein Arschloch.«

Hudson lachte. »Das kann ich ihnen nicht verübeln.«

Ich starrte ihn an. »Ich muss nachdenken. Mach, dass du aus meinem Büro rauskommst.«

»An deiner Stelle würde ich schnell nachdenken.«

»Wenn du sie anfasst, bringe ich dich um«, drohte ich.

Abwehrend hob er die Hände und stand auf. »Als ihr Freund werde ich mich nicht von ihr zurückziehen, aber ich bin nicht der Typ Mann, der jemals die Frau eines anderen Mannes fickt. Übrigens habe ich bis jetzt noch keine Frau gefunden, die mich nehmen würde.«

»Ich dachte, du und deine Brüder gehörten zu den begehrtesten Junggesellen der Welt«, brummte ich. »In den Medien wird fast ständig über euch berichtet.«

Er grinste. »Du und deine Brüder, ihr standet auch einmal auf der Liste.«

»Ja«, gab ich zu. »Doch jetzt sind wir alle vergeben. Viel Spaß wünsche ich dir.«

Carter zog für gewöhnlich die Aufmerksamkeit der Medien auf sich, da er sich als Sprecher des Unternehmens als hochkarätig interessant erwies. Doch sobald er verheiratet war, hatten sich die Klatschreporter anderen Opfern zugewandt.

»Was wirst du also tun?«, erkundigte Hudson sich in ernsterem Ton. »Du hast ihren Blogpost heute Morgen gelesen. Ich gebe nichts auf das, was sie schreibt. Sie liebt dich immer noch. Aber sie hat recht. Falls nicht beide Seiten gleichermaßen Interesse bekunden, kann der eine Partner die Beziehung nicht zusammenhalten. Auch wenn ich dich heute nicht aufgesucht hätte, hätte ich nicht bezweifelt, dass du zu Sinnen gekommen wärst. Aber deine Zeit könnte schnell abgelaufen sein, um die Situation wieder zu bereinigen. Ich glaube, Laura wollte ausdrücken, dass sie aufgehört hat, darüber nachzugrübeln, was sie für Schwächen hat.«

»Sie hat keine Schwächen«, polterte ich.

»Du findest die Narben also nicht unattraktiv?«

Ich warf ihm einen tödlichen Blick zu. »Verdammt, nein. Ich hasse sie, weil sie mich jedes Mal, wenn ich sie sehe, an ihr Leiden erinnern. Andererseits rufen sie mir ins Gedächtnis, wie furchtlos und stark sie wirklich ist. Sie hat sich kaum einmal beklagt, selbst wenn ich wusste, dass sie Schmerzen hatte.«

Hudson schritt auf die Tür zu. »Ich denke, auf die Knie zu fallen wäre keine schlechte Idee.«

»Ich krieche niemals vor jemandem zu Kreuze«, informierte ich ihn steif. Ehrlich, ich konnte mich nicht erinnern, das jemals getan zu haben, doch für Laura würde ich alles tun, was nötig war, damit sie mir eine zweite Chance gab.

»Falls du sie heute aufsuchst, werde ich sie vor meiner Abreise nicht mehr besuchen«, erklärte Hudson, während er zur Türklinke griff.

Es war Sonntag.

Und ich hatte nicht vor, noch mehr Zeit verstreichen zu lassen, bevor ich sie wiedersehen würde. Das konnte ich nicht.

»Flieg nach Hause«, verlangte ich.

»Schon unterwegs«, entgegnete Hudson grinsend und verließ mein Büro.

Ich folgte ihm ein paar Minuten später.

Kapitel 24

Laura

Es war Sonntag.

Beinahe achtzehn Uhr.

Und ja, ich hielt mich in meinem Büro auf.

Aber ich wartete definitiv nicht auf Masons Anruf.

Wahrscheinlich weil ich inzwischen über eine Woche nichts mehr von ihm gehört hatte.

Zum letzten Mal hatte ich ihn an meinem Geburtstag gesehen. Wir hatten den Abend zusammen verbracht, so wie ich es Laura geschildert hatte. Und danach … nichts.

Absolute Stille.

Ich trommelte mit den Fingernägeln auf den Schreibtisch in meinem Heimbüro, sauer auf mich, weil mir nur zu bewusst war, dass irgendwo in meinem Inneren noch ein Funke Hoffnung glühte, dass Mason anrief und mir erklärte, warum er unsere Beziehung aufgegeben hatte.

Ich fragte mich, ob dieser letzte Hauch freudiger Erwartung am Sonntag vielleicht verschwinden würde.

Ich hatte jedes Wort in meinem Blogpost ehrlich gemeint. Es war Zeit für mich, nach vorn zu schauen. Manchmal würde ich eben weder die Antworten auf alle Fragen bekommen, noch eine Sache so abschließen können, wie ich es mir wünschte.

Offensichtlich würde ich niemals genau wissen, warum Mason meine Anrufe ignorierte und meine SMS nicht beantwortete.

Ich musste einfach … loslassen.

Als mir eine Träne über die Wange floss, wischte ich sie wütend ab.

Mason Lawson war es nicht wert, auch nur einen weiteren Augenblick um ihn zu trauern.

Ich hatte unsere Trennung bereits genug betrauert.

Meine Tränendrüsen hätten eigentlich inzwischen so trocken wie die Wüste sein müssen, da ich während der letzten Woche ganze Eimer mit meinen Tränen hätte füllen können.

Ab heute würde ich nicht mehr herumwandern, als wäre ich innerlich vollkommen leer. Ich würde etwas finden, das mich ausfüllen würde.

Irgendwann.

Ich zuckte zusammen, als von meinem Telefon mein neuer Klingelton zu hören war, Taylor Swifts »We're Never Ever Getting Back Together«.

Nicht dass Mason versucht hätte, wieder mit mir anzubandeln, doch das Lied erinnerte mich daran, dass dies wirklich nicht geschehen würde.

Ich nahm mein Telefon zur Hand und keuchte, als ich den Anrufer identifizierte.

Mason?

Statt Erleichterung empfand ich nichts als Wut.

Warum zum Teufel ruft er mich jetzt an?

Die Neugier gewann die Oberhand. »Hallo?«

»Würdest du mich hereinlassen?«, fragte er barsch ohne weitere Einleitung.

Ich zögerte. »Du bist hier?«

»Ja. Ich habe hier etwas vergessen. Kannst du mich reinlassen?«

Mein Zorn wuchs. »Du tauchst tatsächlich so einfach hier auf, an einem Sonntag um achtzehn Uhr, und sagst mir, du möchtest in meine Wohnung hinaufkommen, nachdem du über eine Woche weder meine Anrufe entgegengenommen noch eine einzige SMS beantwortet hast? Bist du verrückt?«

»Um bei der Wahrheit zu bleiben, ja«, erklärte er ruhig. »Lass mich nur für eine Minute hochkommen.«

»Nein«, lehnte ich bestimmt und wahrscheinlich ein bisschen brutal ab.

»Doch.«

»Nein.«

»Bitte.«

Oh Gott. Wann bittet Mason jemals um etwas?

Dieses eine kleine Wort brachte meinen Widerstand zum Schmelzen.

Ich spürte, wie meine Entschlossenheit schwand. »Was auch immer du bei mir vergessen hast, ich werde es dir zuschicken«, bot ich ihm knapp an.

Mason hatte eigentlich nie etwas mitgebracht, wenn er mich in meiner Wohnung besucht hatte, und ich hatte auch nichts gefunden, was er vergessen haben könnte.

»Du kannst es mir nicht zuschicken«, meinte er hartnäckig. »Ich muss es persönlich einsammeln. Es ist wichtig.«

Nun gut. Ich möchte ja auch Antworten haben, oder? Ich will die Sache abschließen. Hier ist meine Chance. Wenn er seinen geheimnisvollen Gegenstand zurückhaben will, muss er mir zuerst meine Fragen beantworten.

Ich stand auf und betätigte den automatischen Türöffner, um ihm zu gestatten, die gesicherte Eingangstür des Wohngebäudes zu passieren.

Ich lehnte mich gegen die Wand neben meine Wohnungstür und wartete auf ihn. »Ich kann dies durchstehen. Ich werde meine Antworten bekommen und ihm zurückgeben, was auch immer er hier vergessen haben mag. Ich kann es schaffen. Ich kann es schaffen.«

Ununterbrochen flüsterte ich das Mantra vor mich hin, obwohl es nicht wirklich half.

Vielleicht musste ich erst dem kühlen, desinteressierten Mason von Angesicht zu Angesicht gegenüberstehen, um die Tür zu unserer Beziehung endgültig schließen zu können.

Vielleicht musste ich ihn so sehen, wie er wirklich war.

Gott, ich brauchte irgendetwas, um mich zu beruhigen, denn ich war weit davon entfernt, über ihn hinweg zu sein, ungeachtet dessen, was ich in meinem Blog gepostet hatte.

Theoretisch wollte ich genau das tun, was ich in meinem Eintrag geschrieben hatte.

Doch mein verdammtes Herz konnte einfach nicht aufhören, mit meinem gesunden Menschenverstand zu streiten.

Tatsächlich raste mein Herz so schnell, dass mir langsam schwindlig wurde.

Ich richtete mich kerzengerade auf, als es an meiner Wohnungstür klingelte, und versteifte meine Wirbelsäule, um mich auf das Zusammentreffen mit ihm vorzubereiten.

Ich schaffe es! Ich schaffe es!

Ich öffnete die Tür und im selben Moment, in dem ich ihn sah, wäre ich ihm am liebsten in die Arme gefallen.

Es war Sonntag und er trug Freizeitkleidung: Jeans und ein blaues Polohemd.

Er wirkte erschöpft.

Er sah aus, als hätte er an Gewicht verloren.

Seine Augen waren entgegen meiner Erwartung nicht kalt und distanziert.

Sie waren dunkel und ein Sturm tobte in ihnen.

Er wirkte … gequält.

Schweigend schob ich die Tür weiter auf, um ihn einzulassen, und schloss sie anschließend hinter ihm.

Ich schaffe es! Ich schaffe es!

»Bevor ich dir gebe, was auch immer du hier vergessen haben magst, möchte ich gern ein paar Antworten auf meine Fragen haben«, erklärte ich kühl. »Du wirst dir nicht einfach nehmen, was du suchst, und dann wieder verschwinden.«

Er strebte in Richtung Wohnzimmer und ich folgte ihm.

»Können wir uns setzen?«, fragte er. »Bitte. Ich werde dir jede Frage beantworten, und außerdem habe ich dir etwas zu sagen, falls du mir zuhören möchtest. Ich kann mir nicht einfach nehmen, was ich suche. Diesmal nicht.«

Falls ich erwartet hatte, er würde sich in eine Verteidigungsstellung zurückziehen, so hatte ich mich geirrt.

Er setzte sich in einen Sessel, ich jedoch war so nervös, dass ich mich auf einer Armlehne der Couch niederließ. »Was hast du hier vergessen?«, fragte ich abrupt.

Er blickte mit seinen wie im Fieber glänzenden grauen Augen zu mir auf und erwiderte schlicht: »Mein Herz.«

Ich sah ihn mit weit aufgerissenen Augen misstrauisch an. »Was?«

»Ich sagte, ich habe mein Herz hier zurückgelassen. Bei dir, Laura. Es gehört dir, seitdem ich dich zum ersten Mal gesehen habe.«

Oh, Mist. Vielleicht schaffe ich es doch nicht.

Der tiefe, ernste Klang seiner Stimme sandte mir einen Schauer die Wirbelsäule hinunter. »Du hast mich sitzen lassen«, erinnerte ich ihn aufgebracht. Ich würde nicht einfach so nachgeben, nur aufgrund seiner süßen Erklärung. Immerhin hatte er über eine Woche nicht mit mir geredet.

»Ich habe dich nicht sitzen lassen, Laura. Ich hatte fürchterliche Angst.« Er erhob sich wieder und begann, wie ein gefangener Tiger im Raum hin und her zu schreiten. »Als du angeschossen wurdest, habe ich vollkommen den Verstand verloren und mir eingebildet, der einzige Weg, dich in Sicherheit zu wissen, wäre der, dich von mir wegzustoßen. Du hättest dich nicht in dem Restaurant aufhalten müssen und das wäre auch nicht der Fall gewesen, wenn mein Cousin dich nicht unter einem Vorwand dorthin gelockt hätte. Was, wenn einer meiner geschäftlichen Feinde auftaucht und versucht, dich zu verletzen oder dich zu töten, um sich an mir zu rächen? Oder du würdest gekidnappt? *Mein Gott!* Jetzt, da ich es ausspreche, bin ich mir immer noch nicht sicher, ob ich das Richtige tue, wenn ich dich anflehe, mir eine zweite Chance zu geben. Aber ich kann auch nicht auf dich verzichten, da ich nur zu gut weiß, dass kein anderer Mann dich jemals so lieben wird wie ich.«

Mein Herz hüpfte vor Freude, während ich ihn dabei beobachtete, wie er weiterhin seine Runden zog.

Sobald ich zu Atem gekommen war, fragte ich ihn: »Du hast also meine Anrufe ignoriert, weil du nicht wolltest, dass ich mit dir in Zusammenhang gebracht werde?«

»Ja. Ich dachte, weit weg von mir wärst du sicherer. Nicht dass du tatsächlich allein gewesen wärst. Meine Leute hatten ständig ein Auge auf dich.«

»Ach ja?«, fragte ich überrascht.

»Natürlich.«

Er reagierte, als hätte ich wissen müssen, dass er seine Sicherheitsleute hinter mir herschickte. Ich hatte sie jedoch nicht bemerkt, demzufolge hatten sie sich äußerst diskret verhalten.

»Liebst du mich?«, erkundigte ich mich leise, denn ich wusste nichts anderes zu sagen. »Ich habe dir gestanden, dass ich dich liebe, doch du hast es deinerseits nie getan.«

»Ich wollte es sagen«, erklärte er aufgebracht. »Du hast keine Ahnung, wie sehr ich mich danach gesehnt habe, es dir ebenfalls zu gestehen. Doch wenn ich es getan hätte, wäre ich nicht mehr fähig gewesen, dich gehen zu lassen. Zur Hölle, ich kann es auch jetzt nicht und du hast es nicht noch einmal gesagt.«

»Könntest du für eine Minute stehen bleiben, Mason? Mir wird ja ganz schwindlig.« Ich stellte mich ihm in den Weg. Er prallte mit seinem Körper gegen mich, fing mich jedoch auf, sodass ich nicht stürzte.

»Verdammt. Mach so etwas nicht«, stieß er abgehackt hervor. »Ich hätte dich umlaufen können.«

»Ich möchte, dass du einfach mit mir redest«, sagte ich sanft.

Er nahm mich bei den Schultern und blickte mich an wie ein Mann, der gefoltert wurde. »Darin liegt das größte Problem, Laura … ich liebe dich zu sehr. Ich liebe dich, als wäre ich wahnsinnig. Ich kann den Gedanken nicht ertragen, dir könnte etwas zustoßen. Du bist meinetwegen beinahe gestorben.«

Ich holte tief Luft und stieß sie langsam wieder aus, während ich versuchte zu verarbeiten, was er mir sagen wollte.

Er hatte mich von sich gestoßen, weil er befürchtete, ich könnte noch einmal verletzt werden.

Er war besessen von dem Drang, einen weiteren Vorfall zu vermeiden.

Er gab sich die Schuld an meiner Verletzung. Das beunruhigte mich am stärksten. »Es war nicht deine Schuld, Mason. Ja, ich habe Hudsons Einladung angenommen, doch wer kann behaupten, dass ich mich nicht ohnehin zum Essen dort aufgehalten hätte. Ich war lediglich zur falschen Zeit am falschen Ort.«

Ich sah, dass die Schuldgefühle sein Gesicht gezeichnet hatten, und all mein Zorn verflog. Offensichtlich hatte er sich selbst lange genug gequält.

Er schüttelte den Kopf. »Netter Versuch, doch du hast dich definitiv meinetwegen dort aufgehalten.«

Mein Gott, wie stur er doch ist! »Es wird nicht wieder geschehen.«

»Wie kann ich mir da sicher sein?«, fragte er mit angespannter Stimme.

»Das kannst du nicht. Nicht vollkommen. Niemand kann das Schicksal voraussehen. Doch ich hätte auf jeden Fall entschieden, mit dir zusammen zu sein, gleichgültig, was es bedeutet. Aber du hast dich nicht für mich entschieden.«

»Ich dachte das Gegenteil«, entgegnete er heiser. »Ich dachte, ich hätte deine Interessen an erste Stelle gesetzt. Würdest du wirklich gern mit einem Mann zusammen sein, der davon besessen ist, ständig für deine Sicherheit zu sorgen?«

Ich musste ein Lächeln unterdrücken. »Du warst doch immer schon so. Es hätte Kompromisse, Verständnis und Zeit erfordert, besonders wenn man bedenkt, was geschehen ist. Aber du hast dich dafür entschieden, mich stattdessen einfach von dir zu stoßen. Du hast mir wehgetan, Mason. Du hast nicht mit mir darüber geredet, sondern einfach entschieden, ich wäre ohne dich besser dran.«

»Nicht ohne Grund. Auf keinen Fall ohne Grund«, schwor er mit rauer Stimme.

Ich atmete zitternd aus. »Ich denke, das weiß ich jetzt. Aber ich glaube nicht, dass dir bewusst ist, dass du bei mir bleiben musst. Ich muss wissen, dass du nicht davonläufst, sobald es schwierig wird.«

»Ich habe Mist gebaut«, gab er zu. »Aber ich würde dich nie verlassen. Nie wieder. Du hast gesagt, dein Leben würde weitergehen. Meins nicht. Für mich gibt es keine andere Frau, Laura. Du bist die Eine. Und das macht mir Angst.«

Jetzt, da ich Masons Beweggründe verstand, konnte ich damit umgehen. Im Augenblick hatte er die Erinnerung an die Schießerei noch frisch im Gedächtnis, doch mit der Zeit würde sie verblassen. Das Problem war, dass ich keine Ahnung gehabt hatte, wie sehr er sich davor fürchtete, mir könnte noch einmal ein Leid zugefügt werden, denn er hatte nicht mit mir darüber geredet.

Ehrlich, wenn unsere Rollen vertauscht gewesen wären, hätte ich wahrscheinlich das Gleiche empfunden. Ich hätte mich an ihn geklammert, zumindest für eine Weile, um mich zu vergewissern, dass er mir nicht noch einmal solche Angst einjagen würde.

»Wir hätten unsere Ängste gemeinsam verarbeiten können, Mason.«

»Sag mir, dass dies immer noch möglich ist, Laura«, beharrte er.

»Im Augenblick weiß ich nicht, was ich dazu sagen soll«, erklärte ich, während ich zur Couch zurückkehrte, um mich wieder auf die Lehne zu setzen, bevor die Beine unter mir nachgaben. »Noch vor ein paar Minuten glaubte ich, du hättest mich sitzen lassen, weil du das Interesse an mir verloren hast. Du hast mich in meinem schwächsten, hässlichsten Zustand erlebt. Ich habe angenommen, ich würde nicht mehr deinen Wünschen entsprechen.«

Er trat vor mich und strich zärtlich über mein Haar. »Für mich bist du niemals schwach oder hässlich. Du bist die stärkste Frau, die ich kenne. Glaubst du wirklich, deine Narben könnten mir etwas anderes bedeuten außer ein Zeichen deiner Stärke?«

Ein Tränenstrom rann mir über die Wangen und ich ließ es zu. »Das wusste ich nicht. Du hast mich einfach aus deinem Leben ausgeschlossen. Du hast mich nicht einmal wirklich geküsst.«

»Wenn ich das getan hätte, hätte ich dich nicht loslassen können, mein Herz«, brummte er. »Ich liebe dich viel zu sehr.«

»Sag das nicht mehr«, verlangte ich wütend und schlug ihm auf die Schulter. »Du kannst mich nicht zu sehr lieben. Verdammt, Mason. Verstehst du nicht, dass ich dich ebenso sehr liebe? Ich liebe dich so sehr, dass –«

Ich bekam kein weiteres Wort mehr über die Lippen, denn er hob mich hoch auf seine Arme und brachte mich zum Schweigen, indem er blitzschnell seinen Mund auf meine Lippen presste.

Kapitel 25

Laura

Ich erschauderte, als Mason die Arme um mich legte und mich küsste. Als könnte er ohne meinen Mund nicht überleben.

Ich schlang ihm die Arme um den Hals und erfreute mich an dem Stöhnen, das tief aus seiner Kehle aufzusteigen schien und gegen meine Lippen vibrierte.

Dies war das, was ich wollte.

Dies war das, was ich brauchte.

Dies war das, wonach ich mich gesehnt hatte.

Ich liebe dich zu sehr.

Das hatte er gesagt, aber nicht verstanden, dass es genau diese Leidenschaft war, nach der ich gierte.

Ich konnte mit seiner verrückten Art, mich zu lieben, umgehen, denn ich liebte ihn auf die gleiche Weise.

Aber ich konnte nicht damit umgehen, wenn er emotional vor mir flüchtete. Dass er mich aus seinem Leben verbannt und sitzen gelassen hatte, hatte mich am Boden zerstört.

»Es tut mir leid«, keuchte er und legte seine Stirn an meine. »Ich habe es nicht so gemeint. Ich konnte nicht anders.«

Ich blickte zu ihm auf. »Ich habe dich vermisst. Ich habe dies hier vermisst«, sagte ich, meine Stimme zitternd vor Gefühl. »Es ist so lange her, dass du mich so geküsst hast.«

»Ich liebe dich, Laura«, stieß er mit rasselnder Stimme hervor. »Ich hätte es schon früher sagen und dich nicht etwas anderes glauben lassen sollen. Aber manchmal weiß ich einfach nicht, wie ich mit … uns umgehen soll.«

»Das wirst du aber lernen müssen, wenn wir es noch einmal miteinander versuchen wollen. Ich bin nicht zu einem Versuch bereit, wenn wir nicht beide voll dabei sind«, warnte ich ihn.

»Du kannst auf mich zählen«, versprach er. »Wirst du mir eine zweite Chance geben?«

Ich nickte langsam. »Das nehme ich an, denn ich liebe dich zu sehr, um aufzugeben.«

»Gott sei Dank!«, erwiderte er und schien unglaublich erleichtert zu sein.

»Aber erwecke nicht noch einmal meine Komplexe zum Leben«, neckte ich ihn.

»Wie ich bereits mehrmals sagte, du hast keinen Grund, dich unsicher zu fühlen«, knurrte er. »Glaubst du wirklich, es ist mir wichtig, wie du oder deine Narben aussehen?«

»Wenn du nicht mit mir reden willst, habe ich in Gedanken sogleich die schlimmsten Befürchtungen«, erklärte ich ihm ehrlich. »Was sonst sollte ich denken? Woher sollte ich wissen, dass du versucht hast, mich zu beschützen?«

»Dann werde ich so lange mit dir reden, bis du es leid bist, mir zuzuhören.«

Ich schnaufte. »Das wäre einmal etwas anderes.«

Irgendwie konnte ich mir nicht vorstellen, dass Mason plötzlich drauflos plapperte und über jedes Gefühl redete. Das würde er gewiss nicht tun. Doch ich musste darauf vertrauen, dass er sich bemühte.

»Ich liebe dich«, erklärte ich mit fester Stimme. »Ich lege meine emotionale Gesundheit vertrauensvoll in deine Hände, weil ich dich nicht aufgeben will.«

»Du wirst es niemals bereuen«, entgegnete er, als würde er einen Schwur ablegen. »Und jetzt lass mich mal ausgiebig deine Narben betrachten.«

Ich gab ihm einen Klaps auf die Schulter. »Was? Du glaubst, du könntest einfach hier hereinspazieren, mir die Kleider vom Leib reißen und mich ins Bett tragen?«

Ehrlich, auch ich hegte nur den einzigen Gedanken, ihn nackt zu sehen, aber ich war nicht bereit, ihn so leicht davonkommen zu lassen.

»Nein?«, fragte er enttäuscht. »Kein Problem. Ich bin bereit, auf dich zu warten. Ich werde immer auf dich warten. Lass es mich wissen, wenn du bereit bist. Bis dahin werden wir einfach nur reden. Freunde sein. Jetzt hängt alles von dir ab, Baby.«

Als ich in seine schönen grauen Augen blickte, schmolz ich dahin. Mason würde mich nicht drängen. Ich merkte, dass er zu viel Angst hatte, ich könnte meine Meinung ändern.

Er wird alles tun, was ich will. Selbst wenn das für ihn bedeutet, mit geschwollenen Hoden herumzulaufen, bis ich ihm ein Zeichen gebe.

Ich legte meine Lippen an sein Ohr und flüsterte: »Du wirst mir nicht die Kleider vom Leib reißen, weil ich viel lieber dich nackt ausziehen will.«

»Oh, fick mich. Du wirst mich noch umbringen«, stöhnte er.

Ich ergriff den Saum seines Hemdes. »Ich habe vor, dich zu ficken, du großer Kerl«, lachte ich und fühlte mich in diesem Augenblick wie die heißeste Frau auf Erden. »Aber zuerst ziehe ich dich aus.«

Er hob die Arme; in seinen Augen begann es zu glühen.

Ich zog ihm das Hemd über den Kopf und warf es beiseite. Er stand vollkommen still da, als ich ihm die Hände auf die Brust legte und jeden Zentimeter seiner nackten Haut streichelte, den ich finden konnte.

Mein Gott, wie gut er sich anfühlte!

Mason hatte sich immer unglaublich gut angefühlt.

Jeder seiner Muskeln war angespannt und ich wusste, er war ein Pulverfass, das jeden Moment explodieren konnte. Ich spielte mit seiner Beherrschung, indem ich mit den Händen weiter nach unten wanderte und jeden Zentimeter seiner steinharten Bauchmuskeln abtastete, bis ich schließlich zu jener verlockenden Spur kleiner Härchen gelangte, die unter dem Taillenbund seiner tief auf der Hüfte sitzenden Jeans verschwanden.

»Versuchst du etwa, mich zu bestrafen?«, erkundigte er sich heiser.

Ich öffnete den Knopf seiner Hose. »Vielleicht ein bisschen«, gab ich zu.

»Gut. Ich kann es aushalten«, meinte er, wobei er sich ungeachtet seiner Worte nicht gerade wohlzufühlen schien.

Ich umfasste seine Erektion mit der Hand. »Du bist so hart, Mason«, ächzte ich.

Gott, wie ich es liebte, wie groß sein Verlangen nach mir war! Ich hatte es so sehr vermisst.

Mir gefiel der Wahnsinn.

Mir gefiel die Verrücktheit.

Mir gefiel die Sehnsucht, die uns zueinander trieb.

Es war eine verrückte Liebe, aber ich hätte sie nicht anders haben wollen.

Ich bemühte mich, trotz der enormen Schwellung seines Schwanzes den Reißverschluss zu öffnen. Schließlich befreite ich ihn und zog ihm die Jeans an den Beinen hinunter, zusammen mit den Boxershorts. Er stieß sie von sich weg, als wäre er froh, sie loszuwerden.

Ich holte tief Luft und inhalierte seinen männlichen, einzigartigen Duft. Mason roch wie … Mason.

Erdig.

Wild.

Hemmungslos.

Wollüstig.

Intensiv.

Sexy.

Und unglaublich köstlich.

»Du bist der schönste Mann, den ich je gesehen habe«, stellte ich wahrheitsgemäß fest.

Er schluckte sichtbar, als wäre er tatsächlich nervös. »Ich bin dick«, brummte er, die Worte wiederholend, die einst ich zu ihm gesagt hatte.

Ich lächelte ihn an. »Dann muss ich wohl annehmen, dass dicke Männer mein Höschen feucht werden lassen. Für mich siehst du verdammt heiß aus.« Damit gab ich ihm eine ähnliche Antwort wie er mir damals. Ich schlang die Finger um seinen Schwanz.

»Tu das nicht«, warnte er mich heiser. »Es braucht nicht viel, um mich zum Kommen zu bringen.«

Ich verteilte mit dem Finger den kleinen Sehnsuchtstropfen an der Spitze auf dem seidigen Kopf seines Schaftes. »Und ist das ein Problem? Warum?«

Das Pulverfass explodierte. Mason sprang vorwärts, vergrub die Hände in meinen Haaren und übernahm die Kontrolle.

Ich seufzte zufrieden an seinen Lippen, als er mich küsste, als könnte er keine Sekunde länger warten, dass unsere Körper sich an wenigstens einer Stelle vereinigten. Ich spürte, wie die Knöpfe von meiner Bluse sprangen, als er diese aufriss und sie an meinen Armen hinab schob.

»Ich muss dich berühren«, erklärte er und löste seinen Mund von meinem.

»Verdammt, ich habe die Aussicht so sehr genossen«, seufzte ich heiser vor Leidenschaft.

»Ich bin an der Reihe«, forderte er, während er den Vorderverschluss meines BHs öffnete und meine Brüste sich in seine Hände ergossen. »*Mein Gott!* Ich habe das Gefühl, ewig darauf gewartet zu haben, diese Schönheiten wieder zu berühren.«

Ich ließ den BH zu Boden gleiten, während Mason bereits meine harten Nippel reizte, bevor er sich zu ihnen hinab beugte, um sie abwechselnd mit dem Mund zu erregen.

»Mason«, stöhnte ich und schloss die Augen. Dann gab ich mich dem Gefühl hin, von dem Mann verwöhnt zu werden, den ich liebte. »Fick mich.«

»Noch nicht«, knurrte er und fuhr mit der Zunge über die Narben, die meine Operation hinterlassen hatte, zusammen mit den anderen Prozeduren, die nötig gewesen waren, um mein Leben zu retten.

Ich öffnete die Augen wieder. Plötzlich musste ich weinen. Ich wusste, was mir Mason ohne Worte zu sagen versuchte: Es gab nichts an meinem Körper, dass er nicht liebte.

»Ich liebe dich zu sehr. Zu sehr«, stöhnte ich.

»Niemals zu viel«, brummte er. Dann ließ er sich auf die Knie fallen und zog mir den locker sitzenden Rock an den Beinen hinunter, zusammen mit meinem Höschen.

Ich schrie auf, als er sich vorbeugte und sein Gesicht in meiner Muschi vergrub, leckte und saugte, als hinge sein Leben davon ab, ausführlich von mir zu kosten.

»Mason, bitte«, wimmerte ich. Ich brauchte ihn in mir.

»Bitte was? Bitte mach weiter?«, fragte er mit rauer Stimme, kurz bevor er meine Klitoris fand und seine Zunge über das geschwollene Nervenknötchen schnellen ließ.

»Oh Gott«, murmelte ich verzweifelt, wohl wissend, dass ich ihn innerhalb von Sekunden anflehen würde, mich zum Kommen zu bringen.

Er neckte mich nicht und er spielte nicht. Mason befand sich auf einer Mission und sein Ziel war es, mich dazu zu bringen, seinen Namen herauszuschreien, während ich einen Höhepunkt erlebte, der mich jeglicher Hemmung beraubte.

Ich fuhr mit den Händen durch sein dunkles Haar und spornte ihn an, während ich die Beine spreizte, um ihm besseren Zugang zu gewähren.

»Ja. Oh Gott. Mason!«, schrie ich, denn ich konnte nicht anders. »Ich – kann – nicht – mehr – du – bringst – mich – um – bitte – bitte – bitte!«

Er tauchte mit den Fingern in mich ein und benutzte sie, um mich zu ficken, und mein Körper explodierte wie Dynamit. Mein Orgasmus erschütterte mich bis in mein Innerstes und Masons Zunge war überall, um jeden Tropfen aufzulecken. So zog er meine Lust in die Länge, bis ich mich roh und verletzlich fühlte.

Keuchend kehrte ich auf die Erde zurück, mein Körper feucht vor Schweiß.

Ich ließ meine Hand in seinem Haar, als er sich erhob, und zerrte leicht daran. »Fick mich. Sofort.«

Ich wollte diesen Mann so tief in mir haben, bis ich das Gefühl bekäme, dauerhaft mit ihm vereint zu sein.

Er küsste mich und ließ mich von meinen Säften auf seinen Lippen kosten, bevor er barsch erklärte: »Das muss ich sogar. Ich kann nicht länger warten.«

Ich zitterte vor freudiger Erwartung, während er mich zur Couch zurückzog, meine Hände darauf platzierte und forderte: »Halt dich fest.«

Noch niemals hatte Mason mich von hinten genommen. Er hatte stets befürchtet, in dieser Position zu tief in mich einzudringen.

»Ja«, stieß ich hervor, gierig danach, dass er es tat, bevor er seine Meinung änderte.

Wir stöhnten beide zufrieden auf, als er sich bis zur Wurzel in mir vergrub, während er meine Hüften fest umklammerte, um mich im Gleichgewicht zu halten.

Ich neigte den Kopf. Die Lust, die ich dabei empfand, vollkommen von Mason in Besitz genommen zu werden, war beinahe zu stark, um damit zurechtzukommen.

Ich spürte sein Zögern. Er fragte: »Zu viel?«

»Nein! Um Gottes willen, hör nicht auf!«, bettelte ich. »Ich brauche dich so, wie du jetzt bist.«

Heiß und hart.

Barsch und elementar.

Voll und ganz.

Ich sehnte mich nach ihm und wollte, dass wir uns beide sättigten, nachdem wir so lange getrennt gewesen waren.

Er zog sich zurück und dann stieß er wieder in mich hinein. »Ich werde dir nie wieder einen Grund geben, an mir zu zweifeln«, stöhnte er, während er rhythmisch tief und schnell in mich eindrang, sodass mein Körper vor verzweifelter Begierde zu beben begann.

»Du gehörst mir, Laura. Immer schon, seitdem du mir zum ersten Mal gestattet hast, dich in Besitz zu nehmen.«

»Ja«, wimmerte ich. Mein Körper stand in Flammen, denn der Alpha-Mason war zurückgekehrt.

Und ich liebte jeden herrischen, fordernden, anmaßenden Zug seines Charakters.

Ich konnte ihn auf seinen Platz verweisen, wenn es sein musste, doch in diesem Moment wollte ich einfach nur … ihm gehören.

»Härter«, forderte ich.

Er gab es mir härter. Das Aufeinanderklatschen unserer Haut war das Erotischste, das ich jemals gehört hatte.

»Du bist so feucht. So verdammt eng«, knurrte er. »Ich kann nicht viel länger warten.«

»Das brauchst du auch nicht«, stieß ich hervor.

Doch ich hätte es besser wissen müssen. Er kam niemals vor mir.

Mason wand eine Hand um mich herum und vergrub seine Finger in meiner Muschi. Dann liebkoste er meine Klitoris mit starken Fingern, die genau wussten, was sie zu tun hatten.

Ich explodierte und bebte am ganzen Körper, während ich auf dem Höhepunkt meiner Lust seinen Namen schrie. »Mason, ich liebe dich!«

»Ich liebe dich auch, Baby«, stöhnte er, als mein Körper ihn bis zu seiner eigenen Erlösung molk.

Ein animalischer Laut brach aus seinem Mund hervor, als er meine Hüften fest umklammerte und sich mir hingab. Ich genoss es.

Das war Mason.

Während er die Kontrolle verlor.

Meinetwegen.

Gerade als meine Beine unter mir nachgeben wollten, fing er mich in seinen Armen auf und trug mich zur Couch. Er ließ sich mit mir auf die Lederpolster fallen und mein gesättigter Körper sackte auf ihm zusammen.

Beide waren wir erhitzt, verschwitzt und vollkommen befriedigt.

Er schlang die Arme beschützend um mich und murmelte unzusammenhängende Worte in mein Haar.

»Du kannst mich niemals zu viel lieben.« Endlich sagte er etwas, das ich verstehen konnte. »Liebe mich, Laura. Liebe mich so sehr, wie du es kannst.«

Ich kuschelte mein Gesicht an seinen Hals. »Das tue ich bereits«, erklärte ich zärtlich. »Und mach dir keine Sorgen, du könntest mich zu viel lieben. Ich brauche dich, Mason. Ich kann mit allem klarkommen, womit du mich konfrontierst.«

»Ich hoffe, du wirst dich einst an das erinnern, was du gesagt hast«, brummte er.

Ich lächelte an seiner salzigen Haut, wohl wissend, was auch immer geschehen würde, wir würden das Problem lösen.

So unterschiedlich wir auch waren, Mason und ich … wir passten einfach zueinander.

Wir waren dazu geschaffen, zusammen zu sein.

Mein Herz sagte mir, dass wir genau dort waren, wo wir hingehörten.

Und was hatte er einst zu mir gesagt? *Alles andere wird sich von selbst ergeben.*

Epilog

Laura

»Heirate mich und erlöse mich von meinem Elend«, brummte Mason einige Monate später, während er mir den schönsten Diamantring überreichte, den ich je gesehen hatte.

Er hatte mich zu einem der eleganten Wohltätigkeitsbälle eingeladen, die er so hasste. Mittlerweile fand er sie nicht mehr ganz so schlimm, weil ich ihn begleitete, wie er sagte.

Nachdem wir nach Hause zurückgekehrt waren, hatte er eine mit rotem Samt beschlagene Schatulle aus der Tasche gezogen, während ich mich auf sein Sofa gesetzt hatte, um meine hochhackigen Schuhe auszuziehen.

Er kniete mit gequältem Gesichtsausdruck neben mir.

Erst kürzlich hatte ich zugestimmt, bei ihm in seinem wunderschönen Haus zu leben. Meine Eigentumswohnung hatte ich verkauft, was ich als großes Zugeständnis empfunden hatte. Und obwohl es nicht leicht gewesen war, unsere Beziehung in für uns beide akzeptable Bahnen zu lenken, liebte ich ihn noch mit der gleichen Leidenschaft wie damals, als wir wieder zueinander gefunden hatten.

Mit der Zeit hatten wir Wege gefunden, uns irgendwo in der Mitte zu treffen. Zu Anfang mochte ich vielleicht ein bisschen mehr nachgegeben haben als er, denn Masons Ängste waren noch frisch. Doch nach ein paar Wochen hatte er sich entspannt und mit der Zeit hatten wir gelernt, uns auf die Mitte zu einigen.

Ich verstand seine Ängste.

Und er verstand mein Bedürfnis nach einer gewissen Freiheit.

Da Mason mir jeden Tag seine bedingungslose Liebe zeigte, war es mir nicht allzu schwergefallen, seine Ängste zu besänftigen.

Gewiss, mir war bewusst, dass es wahrscheinlich immer kleinere Streitereien geben würde.

Mason würde zu anmaßend werden.

Und ich würde gelegentlich mit dem Fuß aufstampfen.

Wie auch immer, ich hatte inzwischen gelernt, dass wir alles mit Liebe taten.

Unsere Blicke trafen sich und ich bemerkte, dass er tatsächlich … nervös war.

Er zeigte sich verwundbar und seine Offenheit rührte mich.

Nicht ein Mal hatte Mason versucht, sich vor einer Auseinandersetzung zu drücken.

Er blieb und stand es durch. Jedes. Mal.

Ich streckte die Hand aus und berührte behutsam den Diamanten. Der Stein in der Mitte war riesig und wirkte lupenrein. Mir gefielen die Ansammlungen winziger Diamanten um den großen herum, die ihm die Gestalt einer Rose verliehen. »Er ist wunderschön. Und so einzigartig.«

»So wie du«, schmeichelte er, was mich zum Lächeln brachte.

Ich liebte es, wie Mason all meine Ängste verscheuchte, er könnte noch einmal davonlaufen.

Er hatte es ernst gemeint, als er gesagt hatte, ich würde nie wieder Grund haben, an ihm zu zweifeln.

Er verwöhnte mich ungemein und redete offen mit mir, wenn er etwas auf dem Herzen hatte.

Wenn er begann, mich wie ein Wahnsinniger beschützen zu wollen, redeten wir ebenfalls darüber. Und ich versuchte, Wege zu finden, ihn abzulenken. Im Allgemeinen zeigte heißer Sex die beste Wirkung.

»Sag Ja«, drängte er mich ungeduldig. »Mein Gott! Ich verstehe nicht, wie ich meinen Brüdern je die Hölle heißmachen konnte, dass sie ihre Frauen endlich heirateten. Ich fühle mich ebenso jämmerlich wie sie damals.«

Ich kicherte. »Du weißt doch bereits, dass ich *Ja* sagen werde.«

»Nein«, widersprach er. »Deshalb knie ich auch noch in meinem Smoking hier vor dir.«

Ich streckte die Hand aus und fuhr mit der Innenseite über den dunklen Schatten auf seiner Wange. »Ja, ich liebe dich, Mason. Ich möchte deine Frau werden.«

Er zerrte den Ring aus der Schatulle und warf diese beiseite. »Gott sei Dank!«, stieß er erleichtert hervor, während er mir bereits den Ring an den Finger steckte. »Ich liebe dich auch, Laura. Bis in alle Ewigkeit.«

Ich beugte mich vor und küsste ihn zärtlich auf die Lippen, und er wurde diesmal nicht so stürmisch wie normalerweise, sondern küsste mich immer und immer wieder mit einer Zartheit, die mich so sehr rührte, dass ich zu weinen begann.

Schließlich löste er sich von mir und setzte sich neben mich auf die Couch. »Weine nicht«, sagte er. »Ich hasse es, wenn du weinst.«

Ich hatte herausgefunden, dass Mason nichts so sehr fürchtete, wie mich in Tränen zu sehen. »Ich weine vor lauter Glück«, beruhigte ich ihn schniefend.

Er entledigte sich seiner Jacke und zog mich auf seinen Schoß.

Seufzend legte ich den Kopf auf seine Schulter. Schon vor langer Zeit hatte ich aufgegeben einzuwenden, ich wäre zu schwer, um auf seinem Schoß zu sitzen, denn er liebte es.

Ehrlich, ich genoss es auch, Mason so nahe zu sein.

Weil Mason mich so behandelte, als wäre ich die heißeste Frau auf der Welt, hatte ich beinahe jede Unsicherheit betreffs meiner Größe, meines Gewichts und meines Körpers im Allgemeinen verloren.

Wir hatten zahlreiche heiße, feuchte Nächte hinter uns, in denen er mich dazu gebracht hatte, Gefallen daran zu finden, wie perfekt unsere Körper zusammenpassten.

»Ich glaube, ich werde nie verstehen, welchen Sinn es macht zu weinen, wenn man eigentlich glücklich ist, also werde ich dir glauben müssen«, erklärte er und klang so zufrieden wie noch nie. »Keine Vorbehalte?«

»Keinen einzigen. Du hast dein Wort gehalten«, neckte ich ihn.

»Können wir schon bald heiraten?«, fragte er nachdenklich.

»Wann immer du willst«, antwortete ich gefällig.

»Morgen«, schlug er vollkommen ernst vor.

»So bald nun auch wieder nicht«, widersprach ich. »Eine Hochzeit zu planen braucht Zeit. Es muss keine große Hochzeit werden. Aber ich würde gern deine ganze Familie einladen.«

»Ich auch«, gab er widerstrebend zu.

»Wirst du auch deine Cousins einladen?« Ich wusste, dass Mason und Hudson sich nähergekommen waren. Mason hatte aufgrund der Hartnäckigkeit seines Cousins keine große Wahl gehabt. Außerdem war Hudson immer noch ein guter Freund von mir.

»Das bedeutet, ich müsste meinen Geschwistern die Wahrheit sagen«, überlegte er.

»Ja«, bestätigte ich.

»Ich denke, ich bin mittlerweile bereit dazu«, erklärte er mit einer Bestimmtheit, die ich zu diesem speziellen Thema vorher noch nie bei ihm gehört hatte.

»Mach dir keinen Druck«, erinnerte ich ihn. »Auch wenn du es ihnen nie erzählen solltest, ist es immer noch deine Entscheidung.«

»Ich glaube auch nicht mehr, dass die Wahrheit viel ändern wird. Du hattest recht. Ich muss es selbst erfahren, auch wenn ich bereits weiß, dass es keine große Rolle spielt.«

Mein Herz setzte beinahe aus. »Bist du dir sicher?«

Ich nickte. »Ja, das bin ich. Es wird Zeit. Es sind meine Geschwister und du hast mich im Laufe unseres Zusammenseins davon überzeugt, dass ich nicht anders bin. Ich bin ein Lawson durch und durch. Und werde es immer bleiben.«

Gott sei Dank!

Obwohl ich Mason stets unterstützt hätte, wie auch immer er sich entschieden hätte, war ich froh, dass er sich endlich sicher war, dass es seiner Familie nicht wichtig war, dass er nur die Hälfte der DNA mit den anderen gemeinsam hatte.

»Oh, du bist in der Tat ein Lawson«, neckte ich ihn lächelnd. »Du bist ebenso stur wie deine Geschwister.«

Er grinste. »Und ebenso besessen wie meine Brüder, was unsere Frauen betrifft.«

Ehrlich, Mason besserte sich langsam. Er war während der letzten paar Wochen weitaus entspannter gewesen. Mit der Zeit waren seine Ängste weniger geworden. Ich glaubte zwar nicht, dass jemals eine Zeit kommen würde, in der er sich nicht ernsthaft um mein Wohlergehen sorgte, doch damit konnte ich leben. Ich verstand es. Wenn ich Mason schwer verletzt in einem Krankenhausbett liegen gesehen hätte, wäre ich auch lange Zeit ängstlich um seine Sicherheit besorgt gewesen.

Mason schwieg ein paar Minuten, dann sagte er: »Wir heiraten nur ein Mal. Ich möchte, dass du eine Traumhochzeit bekommst.«

Ich streichelte seine Nackenhaare. »Ich habe meinen Traumbräutigam. Das reicht mir.«

Was spielte es für eine Rolle, wie es stattfand? Mir kam es nur darauf an, den richtigen Mann zu bekommen.

Mason war der Mann, von dem ich geglaubt hatte, ihn nie bekommen zu können.

Er war unerreichbar … bis er es plötzlich nicht mehr war.

Er war der Mann, der mich so liebte, wie ich war, und mit dieser Liebe hatte er mein Leben für immer verändert.

»Ich bin wahrscheinlich nicht der Märchenprinz, den du immer gesucht hast«, meinte er trocken.

Nein, das war er nicht. »Nein, das bist du nicht«, stimmte ich zu. »Du bist so viel mehr.«

Sein Grinsen wurde breiter. »Du bist also bereit, mich den Vater deines Babys sein zu lassen?«

Ich nickte. »Das hoffe ich. Ich glaube, ich hätte gern ein Kind mit dir. Und falls du dazu bereit bist, können wir außerdem noch eins adoptieren. Mein Geschäft läuft gut und ich denke, ich kann es etwas zurückschrauben und mir die Zeit nehmen, für eine Weile einfach nur Ehefrau und Mutter zu sein.«

Ich hielt den Atem an, als Mason nervös schluckte. »Das bedeutet, dass du eine Schwangerschaft durchstehen musst. Und die Wehen.«

Ich stieß den Atem wieder aus. Er war nicht unwillig. Er wollte nur nicht, dass ich eine Schwangerschaft und den Schmerz einer Geburt auf mich nahm. »Du wirst bei mir sein. Dann wird es mir gut gehen.«

»Ich bin mir nicht so sicher, ob ich dabei sein will«, erklärte er grimmig. »Aber ich müsste lügen, wenn ich behaupten würde, nicht sehen zu wollen, wie du das Kind zur Welt bringst, das du dir immer so sehr gewünscht hast.«

»Ich wünsche es mir immer noch«, gab ich zu. »Aber ich brauche es nicht mehr unbedingt.«

Ich hatte Mason und die Kinder, die wir in Zukunft vielleicht adoptieren würden. Das war mehr als genug.

»Ich wünsche es mir auch.«

Ich hob den Kopf und blickte ihm in die Augen. Die Ernsthaftigkeit seiner Miene ließ mein Herz vor Freude hüpfen. »Wirklich?«

Er nickte. »Wirklich.«

»Ich bin jetzt fünfunddreißig. Dann hast du in absehbarer Zukunft einen Job zu erledigen.«

»Ich denke, ich bin bereit.«

Ich wand mich hin und her, als ich den Beweis seiner Aussage zwischen meinen Pobacken spürte. »Das merke ich«, neckte ich ihn.

Er nahm meinen Kopf behutsam in beide Hände und zwang mich, ihn anzublicken. »Ich liebe dich, Laura. Mit und ohne ein eigenes Kind. Es ist deine Entscheidung, Liebes.«

Mein Herz zog sich so heftig zusammen, dass ich kaum atmen konnte. Was für ein Glück ich doch hatte, in Zukunft einen Ehemann wie Mason zu bekommen! »Auch wenn ich nicht mehr verhüte, gibt es keine Garantie, dass ich schwanger werde.«

Er zuckte mit den Schultern und schenkte mir ein köstlich zweideutiges Lächeln, als er heiser erklärte: »Dann müssen wir eben viel Zeit investieren, um es zu versuchen.«

Lachend schlang ich ihm die Arme um den Hals. »Ich denke, ich bin mittlerweile so weit, es getrost dem Schicksal zu überlassen. Ich glaube nicht, dass ich noch glücklicher sein kann als im Moment. Mit dir.«

Noch vor zwei Jahren hatte ich geglaubt, mir nichts sehnlicher zu wünschen als ein Kind.

Jetzt wusste ich es besser.

Was ich wirklich gebraucht hatte war Mason.

»Es gibt keinen Grund, warum wir nicht gleich mit dem Üben beginnen sollten«, wandte Mason mit wollüstiger Stimme ein.

Lächelnd senkte ich den Kopf, um den Mann zu küssen, den ich mehr als alles andere auf der Welt liebte.

Gewiss würde ich mit ihm keine Diskussion darüber anfangen, ob wir unsere Fähigkeiten im Kindermachen verfeinern sollten, ob nun am Ende ein Kind für uns dabei herauskommen würde oder nicht.

Was ich ihm einst erklärte hatte, galt auch heute noch. Vielleicht heute sogar noch mehr.

Ich wünschte mir ein eigenes Kind, aber ich brauchte es nicht.

Einst hatte ich fälschlicherweise geglaubt, ein Kind zu haben wäre alles, was ich wollte.

Ich hatte mich so sehr geirrt.

Was ich wirklich gebraucht hatte war ein Mann, der mich so akzeptierte, wie ich war, und mich nicht verändern wollte.

Jemand, der mich bedingungslos liebte.

Jemand, der mir das Gefühl gab, etwas Besonderes und sexy zu sein und voll und ganz geliebt zu werden.

Und diesen Jemand hatte ich in dem Mann gefunden, auf dessen Schoß ich saß.

»Wärst du schrecklich enttäuscht, wenn ich unfruchtbar wäre?«, erkundigte ich mich leise.

Ohne zu zögern, schüttelte er den Kopf. Dann schob er mir eine Hand in den Nacken und blickte mich scharf an. »Zur Hölle, nein. Uns bleibt immer noch die Möglichkeit einer Adoption und außerdem habe ich dich, Laura. Das Wissen, dass du mir gehörst, ist mehr als genug für mich.«

Ich schenkte ihm ein zitterndes Lächeln. Immer wenn Mason etwas in dieser Art sagte, wurde mir bewusst, wie glücklich ich mich schätzen konnte, ihn gefunden zu haben.

Ich werde keinen weiteren Frosch mehr küssen müssen.

Mason war mein Märchenprinz und auch für mich war er mehr als genug.

~Ende~

Anmerkung der Autorin

Es gibt stets so viele Menschen, bei denen ich mich am Ende eines Buches bedanken möchte, denn ihre Bemühungen erwecken mein Werk erst zum Leben.

Mein Dank gilt meinem persönlichen Team Dani, Natalie, Isa und Annette für die Energie, die ihr investiert, um jedes Buch zu einem Erfolg werden zu lassen.

Ich könnte meine Arbeit niemals tun ohne meinen wunderbaren Mann, der am Ende immer allein am Herd steht und die restlichen Pflichten im Haushalt erledigt, während ich wie eine Besessene schreibe.

Außerdem möchte ich mich bei meinem Lesezirkel/Streetteam Jan's Gems für alles bedanken, was sie tun, um meine Bücher zu unterstützen.

Und nicht zuletzt möchte ich meinen Lesern Dank aussprechen. Sie alle erlauben mir, weiterhin das zu tun, was ich liebe, und davon zu leben. Danke für Ihre dauerhafte, begeisterte Unterstützung meiner Milliardärsserie.

xoxoxoxoxo Jan

Biografie

J.S. Scott ist eine Bestsellerautorin pikanter Liebesromane. Sie ist eine begeisterte Leserin von Büchern und Literatur jeglicher Art. J.S. Scott schreibt, was sie selbst gern liest, und das sind zeitgenössische sowie paranormale erotische Liebesgeschichten. Sie handeln meistens von einem Alphamännchen und haben ein Happyend, denn so schreibt sie sie einfach am liebsten!

Besuchen Sie mich auf: http://www.authorjsscott.com
https://www.facebook.com/J.S.ScottGermany/

Oder senden Sie eine E-Mail an: JSScott_author@hotmail.com

Sie finden mich ebenfalls auf Twitter: @AuthorJSScott

Oder folgen Sie mir auf Goodreads:
https://www.goodreads.com/author/show/2777016.J_S_Scott

Bitte tragen Sie sich auf meiner E-Mail-Liste ein, um über Neuigkeiten, neue Veröffentlichungen und exklusive Textauszüge informiert zu werden: http://eepurl.com/b2DuYn

Bücher von J. A. Scott

Ein Milliardär voller Leidenschaft - Die Serie:

Entfesselte Leidenschaft (Buch 1)

Das Herz des Milliardärs:
Ein Milliardär voller Leidenschaft ~ Sam (Buch 2)

Die Erlösung des Milliardärs:
Ein Milliardär voller Leidenschaft ~ Max (Buch 3)

Der Milliardär und sein Spiel:
Ein Milliardär voller Leidenschaft ~ Kade (Buch 4)

Ein Milliardär außer Kontrolle:
Ein Milliardär voller Leidenschaft ~ Travis (Buch 5)

Ein Milliardär ohne Maske:
Ein Milliardär voller Leidenschaft ~ Jason (Buch 6)

Milliardenschwer und ungezähmt:
Ein Milliardär voller Leidenschaft ~ Tate (Buch 7)

Milliardenschwer und ungebunden:
Ein Milliardär voller Leidenschaft ~ Chloe (Buch 8)

Milliardenschwer und unerschrocken:
Ein Milliardär voller Leidenschaft ~ Zane (Buch 9)

Milliardenschwer und unerkannt:
Ein Milliardär voller Leidenschaft ~ Blake (Buch 10)

Milliardenschwer und unverhüllt:
Ein Milliardär voller Leidenschaft ~ Marcus (Buch 11)

Milliardenschwer und ungeliebt:
Ein Milliardär voller Leidenschaft ~ Jett (Buch 12)

Milliardenschwer und ungestüm:
Ein Milliardär voller Leidenschaft ~ Carter (Buch 13)

Bräutigam auf Zeit (Zeke und Lia)

Milliardenschwer und unerreichbar:
Ein Milliardär voller Leidenschaft ~ Mason (Buch 14)

Die Sinclairs – Die Serie:

Kein gewöhnlicher Milliardär ~ Dante (Die Sinclairs, Buch 1)

Der verbotene Milliardär ~ Jared (Die Sinclairs, Buch 2)

Weihnachten mit dem Milliardär ~ Grady (Eine Sinclair-Novelle)

Der Milliardär mit dem gewissen Etwas ~ Evan (Buch 3)

Die Stimme des Milliardärs ~ Micah (Buch 4)

Der Milliardär geht aufs Ganze ~ Julian (Buch 5)

Die Geheimnisse des Milliardärs ~ Xander (Buch 6)

Nichts weiter als ein Millionär ~ Liam (Buch 7)

Unerwartet Milliardär – Die Serie:

Erfolgreich umworben (Buch 1)

Geschickt umgarnt (Buch 2)

Die Walker-Brüder – Die Serie:

Lass los!: Eine Geschichte der Walker-Brüder
(Die Walker-Brüder, Buch 1)

Vertrau mir!: Eine Geschichte der Walker-Brüder
(Die Walker-Brüder, Buch 2)

Rette mich!: Eine Geschichte der Walker-Brüder
(Die Walker-Brüder, Buch 3)

Obwohl die Serie »Die Walker-Brüder« zwanglos mit der Reihe »Ein Milliardär voller Leidenschaft« verbunden ist, stellt sie eine eigenständige Serie dar, die auch gelesen werden kann, ohne die Bücher von »Ein Milliardär voller Leidenschaft« zu kennen. Es handelt sich ebenfalls um eine heiße Liebesromanreihe mit Alpha-Milliardären.

Wächter des Guten – Die Serie:

Gefährlicher Handel (Buch 1)

Der Billionär und seine Braut – Die Serie:

Prinz Bryan ~ Der Billionär und seine Braut

Eine Jungfrau für den Prinzen

Von J.S. Scott & Ruth Cardello:

Gut Gespielt – Liebeszauber auf dem Footballfeld

Von J.S. Scott als Lane Parker:

Geliebter Stalker

Und auch die folgenden Bücher von J.S. Scott werden in Kürze auf Deutsch erhältlich sein:

Aus der Reihe »Unerwartet Milliardär«:

Enamored (Buch 3)

Aus der Reihe »Ein Milliardär voller Leidenschaft«:

Billionaire Undercover ~ Hudson (Buch 15)

Aus der Reihe »Wächter des Guten«:

A Dangerous Hunger (Buch 2)

A Dangerous Fury (Buch 3)

A Dangerous King (Buch 4)

Printed in Poland
by Amazon Fulfillment
Poland Sp. z o.o., Wrocław

31074695R00140